웃음과 망각의 책

웃음과 망각의 책

밀란 쿤데라　백선희 옮김

밀란 쿤데라 전집　　Milan Kundera　05　Le livre du rire et de l'oubli

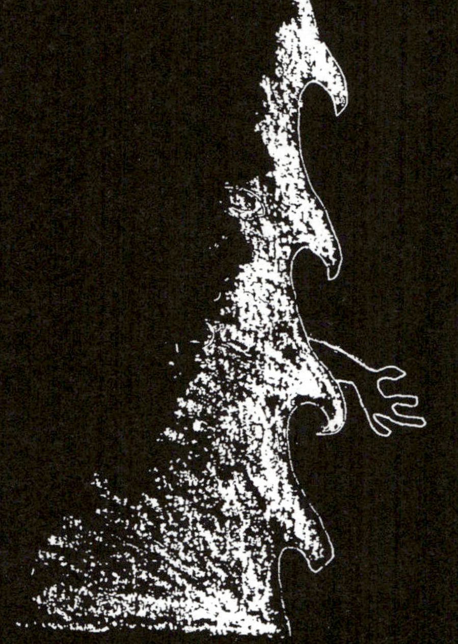

민음사

웃음과 망각의 책

LE LIVRE DU RIRE ET DE L'OUBLI
by Milan Kundera

1부　　　　잃어버린 편지들

1부　　　　잃어버린 편지들

1

1948년 2월, 공산당 당수 클레멘트 고트발트는 프라하의 옛 도심 광장에 모여든 수십만 군중에게 연설을 하기 위해 바로크 양식 궁전 발코니에 섰다. 보헤미아 역사의 거대한 전환점이었다. 숙명적인 순간이었다.

고트발트는 동지들을 거느리고 있었는데, 바로 곁에는 클레멘티스가 서 있었다. 눈이 내리고 추웠는데 고트발트는 모자도 쓰지 않았다. 클레멘티스가 잔뜩 걱정하는 얼굴로 털모자를 벗어 고트발트의 머리 위에 얹어 주었다.

선전부는 털모자를 쓰고 동지들에 둘러싸인 채 군중에게 말을 하는 고트발트의 사진을 수십만 장 찍어 냈다. 바로 이 발코니에서 보헤미아 공산당의 역사가 시작된 것이다. 그 사진은 벽보나 홍보책자나 박물관 등에 붙어 어린아이들까지도 누구나 알게 되었다.

사 년 뒤, 클레멘티스는 반역죄로 단죄받고 교수형에 처해졌다. 선전부는 그를 즉각 역사에서 지웠으며, 물론 사진에서도 그를 모조리 지워 버렸다. 그 후로 고트발트는 그 발코니에 혼자 서 있었다. 클레멘티스가 있었던 자리에는 궁전의 빈 벽뿐이었다. 클레멘티스로부터 남은 것은 고트발트 머리 위에 얹힌 털모자뿐이었다.

2

때는 1971년, 미레크는 말한다. 인간의 권력투쟁은 망각에 맞서는 기억의 투쟁이라고.

그는 일기를 꼼꼼히 쓰고, 서한을 간직하고, 친구들과 상황을 어떻게 이어 나갈지 의논하는 모든 회의를 낱낱이 기록함으로써 친구들이 경솔하다고 말하는 자신의 행동을 정당화하려고 애쓴다. 자신들이 하는 일이 헌법에 위배될 건 전혀 없다고 그는 친구들에게 설명한다. 숨고 죄책감을 느끼는 것이 패배의 시작일 거라고 말한다.

일주일 전, 공사 중인 건물 지붕 위에서 건설 팀과 함께 일하다가 그는 무심코 아래를 내려다보고는 현기증을 느꼈다. 그는 순간적으로 균형을 잃고서 대들보에 기댔는데, 그다지 튼튼하지 못한 대들보는 버티지 못하고 무너지고 말았다. 사람들이 그를 구해 냈다. 언뜻 보니 상처는 심각했다. 하지만 곧 흔한 팔 골절상이라는 걸 알고 그는 몇 주간 휴가를 갖고서 드디어 지금까지 할 시간이 없었던 일을 해결할 수 있겠다며 내심 흡족해했다.

그래도 그는 결국 더 신중한 친구들의 의견에 따랐다. 헌법이 표현의 자유를 보장하는 건 사실이지만, 법률은 국가 안전을 위협할 수 있는 모든 것을 처벌한다. 언제 국가가 이 말이나 저 말이 제 안전을 침해한다고 외치게 될지 모르는 일이다. 따라서 그는 위험한 저술들을 안전한 장소로 옮기기로 결심했다.

하지만 우선 즈데나 문제부터 해결하고 싶었다. 그는 프라하에서 100킬로미터 정도 떨어진, 그녀가 사는 도시로 전화를 걸었다. 그런데 통화는 하지 못했다. 그런 식으로 그는 나흘을 소모했다. 그리고 겨우 어제서야 그녀와 얘기를 할 수 있었다. 그녀는 오늘 오후에 그를 기다리겠다고 약속했다.

열일곱 살인 미레크의 아들이 그를 막고 나섰다. 팔에 깁스를 한 채 운전을 해서는 안 된다는 것이다. 운전을 하기가 힘든 건 사실이었다. 다친 팔은 띠에 묶인 채 그의 가슴 앞에서 무력하고 쓸모없이 덜렁거렸다. 속도를 바꾸려면 운전대를 놓아야만 했다.

3

이십오 년 전에 그는 즈데나와 사귀었는데, 그 시절과 관련해서 그에게 남은 기억은 얼마 되지 않았다.

두 사람이 만난 어느 날, 그녀는 손수건으로 눈물을 닦으며 훌쩍였다. 무슨 일이냐고 그는 물었다. 그녀는 러시아의 큰 인물이 전날 죽어서 그런다고 설명했다. 즈다노프인지 아르부조프인지 마스투르보프인지 하는 작자였다. 눈물을 펑펑 흘리는 걸 보니 그녀는 마스투르보프의 죽음이 자기 아버지 죽음보다 더 슬픈 모양이었다.

그게 과연 가능한 일일까? 단지 오늘날 그녀를 증오하는 그의 마음이 그녀가 마스투르보프의 죽음에 눈물을 흘렸다고 지어낸 건 아닐까? 아니다. 그 일은 분명히 일어났다. 하지만 그 울음을 믿을 만한 실제 울음으로 만든 당시 상황은 이제 생각이 나지 않으니 그 기억이 마치 캐리커처처럼 사실 같지 않게 된 것도 사실이다.

그녀에 대한 그의 모든 기억이 그러했다. 그들은 처음으로 사랑을 나눈 아파트에서 전철을 타고 함께 돌아오는 길이었다.(미레크는 그녀와 나눈 정사를 깡그리 잊어버려 단 한 순간도 떠올릴 수 없다는 사실을 확인하고는 흡족해했다.) 그보다 더 건장하고 키도 큰 그녀는(그는 키가 작고 허약했다.) 전철 의자 한쪽 구석에 앉아 있었는데, 전철은 흔들렸고, 침울하고 굳은 그녀의 얼굴은 놀랄 만큼 늙어 보였다. 왜 그렇게 말이 없느냐고 물었다가 그는 그들이 사랑을 나눈 방식에 그녀가 못마땅해한다는 사실을 알게 되었다. 그녀는 그더러 지식인처럼 정사를 나눈다고 말했다.

지식인이라는 말은 그 당시 정치적 언어로는 욕설이었다. 그 말은 인생을 알지 못하고 인민과 유리된 사람을 가리켰다. 그 시절 다른 공산주의자들에 의해 처형당한 공산주의자들은 모조리 이 욕설을 들었다. 땅에 단단히 발을 붙이고 있는 사람들과는 달리 지식인들은 허공에 떠다닌다고 사람들은 말했다. 따라서 어떤 의미에서는 그들이 영원히 땅에 발을 붙이지 못하고 땅 위에 살짝 떠 있도록 단죄받았다는 것은 맞는 말이었다.

그런데 그에게 지식인처럼 정사를 나눈다고 비난한 즈데나는 정확히 무슨 말을 하고 싶었던 걸까?

어떤 이유로 그녀는 그에 대해 불만을 품었는데, 가장 비현실적인 관계(그녀가 알지 못하는 마스투르보프와의 관계)에 가장 구체적인 감정(눈물 속에 구체화된 감정)을 씌운 것처럼 가장 구

체적인 행동에 추상적인 의미를 부여하고, 자신의 불만족에
정치적 명칭을 붙일 줄 알았다.

4

그는 백미러를 보고서 관광차 한 대가 계속해서 그를 뒤따라온다는 걸 확인한다. 자신이 미행당하고 있다는 걸 한 번도 의심하지는 않았다. 하지만 지금까지 그들은 귀감이 될 정도로 신중하게 행동해 왔다. 그런데 오늘은 근본적인 변화가 일어났다. 그들은 그가 그들의 존재를 알아차리기를 바란다.

프라하에서 20킬로미터 떨어진 시골 한복판에 커다란 방책이 있고 그 뒤로 정비소가 딸린 주유소가 있다. 그곳에서 일하는 친한 친구가 있어서 그는 결함 있는 시동 장치를 교체하고 싶었다. 그래서 빨간색과 흰색 줄무늬로 칠해진 차단기로 막아 둔 입구 앞에 차를 세웠다. 차단기 옆에 웬 뚱뚱한 여자가 서 있었다. 미레크는 그녀가 차단기를 걷어 주기를 기다렸지만 여자는 꼼짝 않고 오래도록 쳐다보기만 했다. 경적을 울려 보았지만 소용없었다. 그는 문 너머로 고개를 내밀었다. "그 사람들이 아직 당신을 체포하지 않았어요?" 여자가 물었다.

"아뇨, 아직 날 체포하지 않았어요. 차단기 좀 올려 주시겠어요?"

미레크가 대답했다.

여자는 그러고도 한참을 멍한 얼굴로 그를 쳐다보더니 하품을 하며 초소로 돌아갔다. 그녀는 탁자 뒤에 앉더니 더 이상 그를 쳐다보지 않았다.

할 수 없이 그는 자동차에서 내려 차단기를 빙 돌아서 그가 아는 정비공을 찾으러 정비소로 갔다. 그는 정비공과 함께 돌아와 차를 몰고 들어갈 수 있도록 직접 차단기를 들어올렸다.(뚱뚱한 여자는 여전히 멍한 눈길로 초소 안에 앉아 있었다.)

"이게 다 네가 텔레비전에 자주 나왔기 때문이야. 모든 여자들이 너를 알아보잖아."

정비공이 말했다.

"누구야?"

미레크가 물었다.

그는 러시아 군대가 보헤미아를 침공해서 나라를 점령하고 곳곳에 영향력을 행사한 것이 그 여자에게는 평범함에서 벗어나는 삶의 신호였다는 것을 알게 되었다. 그녀는 자기보다 높은 자리에 있는 사람들(세상사람 전부가 그녀보다 높은 자리에 있었다.)이 사소한 주장을 하다가 자신들의 권력을, 입지를, 일자리를, 빵을 박탈당하는 것을 보았으며 거기서 희열을 느꼈다. 그래서 직접 나서서 남을 밀고하기 시작했다.

"근데 어째서 아직 경비인 거지? 아직도 승진이 안 됐나?"

정비공은 웃었다. "저 여자는 열까지 셀 줄도 몰라. 그러니 다른 일자리를 찾아 줄 수가 없는 거야. 그들은 그저 저 여자에게 밀고할 권리를 재확인해 줄 수 있을 뿐이지. 그것이 저 여자에게는 승진인 셈이야!"

그는 차 덮개를 열고 엔진을 들여다보았다.

갑자기 미레크는 자기 옆에 누가 있다는 걸 알아차렸다. 그는 뒤를 돌아다보았다. 회색 재킷에 흰 셔츠, 밤색 바지를 입고 넥타이를 맨 남자가 서 있었다. 굵은 목과 살찐 얼굴 위로 곱슬곱슬한 회색 머리칼이 물결쳤다. 그는 두 다리로 버티고 선 채, 열린 차 덮개 아래로 몸을 숙인 정비공을 지켜보고 있었다.

잠시 후 정비공도 그의 존재를 알아차리고 몸을 일으키며 말했다. "누굴 찾으십니까?"

목이 굵고 얼굴은 살찐 남자가 대답했다. "아뇨, 아무도 찾지 않아요."

정비공은 다시 엔진 위로 몸을 숙이며 말했다. "프라하의 바츨라프 광장에 가면 토하고 있는 작자가 있지요. 또 한 사람이 그 앞을 지나가며 슬픈 눈길로 고개를 흔들며 말하지요. '얼마나 당신 심정이 이해되는지 모를 겁니다…….'"

5

아옌데 암살은 러시아의 보헤미아 침공에 관한 기억을 금세 뒤덮어 버렸고, 방글라데시의 유혈 사태는 아옌데를 잊게 했으며, 시나이 사막 전쟁은 방글라데시의 울부짖음을 뒤덮었고, 캄보디아 학살은 시나이를 잊게 했으며, 그런 식으로, 계속해서 그런 식으로 모든 사람이 모든 것을 깡그리 잊을 때까지 사건이 이어졌다.

역사가 아직은 느리게 나아가던 시절에는 그다지 많지 않은 사건들이 쉽게 기억 속에 새겨졌고, 누구나 아는 배경을 이루었으며, 그 배경 앞에서 개인사가 모험들로 가득한 매혹적인 공연을 펼쳤다. 오늘날, 시간은 성큼성큼 나아간다. 역사적 사건은 하룻밤이면 잊히고 말아 다음 날이면 이미 새로운 날의 이슬로 반짝인다. 따라서 역사적 사건은 이제 이야기의 배경이 아니라, 개인사의 너무도 친숙하고 진부한 배경 위로 펼쳐지는 놀라운 모험이 되었다.

역사가 기억에서 증발해 버리기에 나는 몇 년 전에 일어났던 사건들을 마치 천 년이나 된 것처럼 말해야 한다. 1939년, 독일군이 보헤미아에 들어왔고, 체코라는 국가는 존재하지 않게 되었다. 1945년, 러시아 군대가 보헤미아에 들어왔고, 이 나라는 다시금 독립 국가로 불리었다. 사람들은 독일군을 내쫓은 러시아에 열광했고, 체코 공산당을 러시아의 믿음직한 오른팔로 보았기에 그들에게 호감을 보였다. 그래서 1948년 2월 공산주의자들은 유혈 사태도 폭력 사태도 없이 국민 절반쯤의 환호를 받으며 권력을 차지했던 것이다. 그런데 주의할 것은, 환호를 내질렀던 이 절반이 나머지보다 훨씬 활동적이며 똑똑하고 선량한 사람들이었다는 사실이다.

그렇다, 누구나 하고 싶은 말을 할 수 있지만 공산주의자들은 훨씬 똑똑했다. 그들에게는 웅대한 계획이 있었다. 모두가 제자리를 찾을 수 있을, 전적으로 새로운 세상에 대한 계획이었다. 그들에 반대하는 자들에게는 큰 꿈이 없었고 단지 낡고 지루한 몇 가지 도덕적 원칙밖에 없었다. 그 원칙을 그들은 기존 질서라는 구멍 난 팬티나 기우는 데 사용하려고 했다. 따라서 이 용감한 자들, 열광하는 자들이 미적지근하고 조심스러운 자들을 쉽게 이기고, 자신들의 꿈인, 만인을 위한 정의라는 목가를 실현하려고 서두른 것은 놀랍지 않다.

나는 만인을 위한이라는 말과 목가라는 말을 강조한다. 왜냐하면 모든 인간은 언제나 목가를, 꾀꼬리가 노래하는 정원을, 조화의 왕국을, 세상이 인간을 소외하지 않고 인간이 다른 인간들을 소외하지 않으며, 세상과 모든 인간이 유일하고 동일한 물질로 만들어진 그런 왕국을 열망하기 때문이다. 그곳에서는 한 사람 한 사람이 바흐의 숭고한 푸가의 음표 하나하나가 되고, 그러고 싶지 않은 사람은 의미 없고 불필요한 검은 점으로 남기에, 벼룩처럼 잡아서 손톱 밑에 대고 뭉개 버리면 그만이다.

목가를 위해 필요한 기질이 자신들에게 없다는 사실을 금세 깨달은 사람들이 있다. 그래서 그들은 외국으로 떠나고 싶어 했다. 하지만 목가란 본질적으로 모두를 위한 세상이므로, 망명을 원하는 사람들은 목가를 부정하는 사람들로 간주되어 외국으로 가는 것이 아니라 철창 뒤로 가게 되었다. 곧 수천, 수만 사람들이 똑같은 길을 걷게 되었는데, 개중에는 고트발트에게 털모자를 빌려줬던 외무부 장관 클레멘티스 같은 공산주의자들도 많았다. 영화관 스크린에서는 수줍은 연인들이 손을 맞잡았고, 일반 시민들로 구성된 법정에서는 간통이 엄중하게 처벌되었다. 꾀꼬리들은 노래했고, 클레멘티스의 시체는 인류의 새 아침을 알리는 종처럼 흔들거렸다.

그러자 지적이고 급진적인 이 젊은이들은 문득, 그들이 품었던 이상과 닮지 않게 되었으며, 그들이 한 행위가 드넓은 세상에 나가 고유한 삶을 살기 시작했다는 기묘한 감정을 품게 되었다. 그 행위는 그들이 품었던 생각과 더 이상 닮지 않았고, 행위 주체들을 전혀 의식하지 않았다. 이 똑똑한 젊은이들은 그 행위를 하고 난 뒤 비명을 내질렀고, 그 행위를 부르며 비난하고, 뒤쫓고 추적하기 시작했다. 내가 이 재능 넘치고 똑

똑한 세대에 관해 소설을 쓴다면 제목을 '잃어버린 행위 사냥'
이라고 붙일 것이다.

6

정비공이 차 덮개를 닫자 미레크는 얼마냐고 물었다.

"그냥 가."

정비공이 대답했다.

미레크는 다시 운전대를 잡긴 했지만 가슴이 뭉클했다. 여행을 계속하고 싶은 마음이 전혀 없었다. 정비공과 함께 남아서 재미있는 이야기나 듣고 싶었다. 정비공은 몸을 숙여 차 안쪽을 들여다보며 팔꿈치로 다정하게 그를 툭 쳤다. 그러더니 차단기를 들어올리기 위해 초소를 향해 갔다.

미레크가 앞을 지날 때 그는 고갯짓으로 주유소 입구에 세워진 차를 가리켰다.

목이 굵고 머리카락이 곱슬곱슬한 남자가 열린 문 쪽에 서 있었다. 그는 미레크를 보고 있었다. 운전대를 잡은 사내도 그를 지켜보고 있었다. 두 남자가 전혀 거리낌 없이 무례하게 그

를 응시했기에 미레크는 그들 곁을 지나면서 애써 똑같이 무
례한 얼굴로 그들을 쳐다보았다.

그는 그들을 지나쳤고 백미러를 통해 남자가 차에 올라타
고 계속해서 그를 뒤쫓기 위해 차를 돌리는 것을 보았다.

그는 자신과 친구들에게 너무도 위험한 이 서류를 더 일찍
치워 버렸어야 했다고 생각했다. 사고가 난 첫날부터 즈데나
와 전화 통화가 될 때까지 기다리지 않고 없앴더라면 아마도
위험 없이 서류를 운반할 수 있었을 것이다. 다만 그는 오직
한 가지, 즈데나를 보러 가는 이 여행밖에 생각하지 못했다.
사실 그는 몇 년 전부터 이 생각을 해 왔다. 그런데 최근 몇 주
동안에는 더 이상 기다릴 수 없다는 느낌이 들었나. 그의 운명
이 종말을 향해 성큼성큼 다가가고 있기에 운명을 아름답게
완결 지으려면 무슨 일이건 해야겠다고 느꼈기 때문이다.

7

그녀와 헤어진 그 시절, 그는 거대한 자유를 얻은 듯한 느낌에 어리벙벙했고, 갑자기 모든 일이 순조롭게 풀리기 시작했다. 얼마 지나지 않아 그는 한 여자와 결혼했다. 아내의 아름다움은 그에게 자신감을 안겨 주었다. 그 후 그의 아름다운 아내는 죽었고, 그는 아들과 단둘이 고독 속에 남았다. 폼 나는 고독은 많은 여성들의 찬사와 관심과 배려를 불러일으켰다.

같은 시기에 그는 학술 연구에서도 인정을 받아 그 성공이 그를 보호해 줬다. 국가가 그를 필요로 했기에 그는 감히 아무도 엄두를 내지 못했던 시절에 국가에 대해 비판적일 수도 있었다. 그들 행위를 찾아 나섰던 사람들이 점차 영향력을 갖자 그는 점점 더 자주 텔레비전 화면에 등장했고 유명인사가 되었다. 러시아군이 오고 나서 자신의 신념을 부인하기를 거부하자 그는 일자리에서 쫓겨났고 사복경찰에 둘러싸였다. 그래도 그는 꺾이지 않았다. 그는 자기 운명을 사랑했고, 파멸을 향하는 그의 행보마저 그에게는 고귀하고 아름다워 보였다.

내 말을 제대로 이해하길 바란다. 나는 그가 자기 자신을 사랑했다는 것이 아니라 자신의 운명을 사랑했다고 말했다. 이 둘은 전혀 다른 얘기다. 마치 그의 삶은 해방되어 갑자기 미레크의 이해관계와는 전혀 들어맞지 않는 고유의 이해관계를 갖게 된 것 같았다. 내 생각에는 이런 식으로 삶이 운명으로 변하는 것 같다. 운명에겐 미레크를 위해 새끼손가락 하나 들어 올릴 의향이 없지만(그의 행복과 안전과 유쾌한 기분과 건강을 위해) 미레크는 자신의 운명을 위해 무엇이건 할 각오였다.(운명의 위대함과 명료함, 아름다움과 스타일, 이해 가능한 의미를 위해서.) 그는 자기 운명에 책임을 느꼈지만, 그의 운명은 그에 대해 책임을 느끼지 않았다.

그와 그의 삶이 맺는 관계는 조각가가 자기 조각상과, 또는 소설가가 자기 소설과 맺는 관계와 같았다. 소설가의 신성한 권리는 자기 소설을 다시 손질할 수 있다는 데 있다. 시작 부분이 마음에 들지 않으면 다시 쓰거나 없앨 수 있다. 그런데 즈데나의 존재는 미레크에게 이 저자의 특권을 거부했다. 즈데나는 소설 시작 부분에 고집스레 남아 있었다.

8

　그런데 도대체 왜 그는 그토록 끔찍이도 수치스러워하는 걸까?

　가장 간단한 설명은 이럴 것이다. 미레크는 아주 일찍 자신의 행위를 찾아 나선 사람들에 속했고, 반면 즈데나는 꾀꼬리가 노래하는 정원에 여전히 충실했다는 것이다. 최근에 그녀는 러시아 탱크의 입성을 기쁘게 맞이한, 이 나라의 2퍼센트에 해당하는 사람들에 속했다.

　그렇다, 사실이다. 하지만 나는 이 설명이 설득력 있다고 생각지 않는다. 이런 이유밖에 없었다면, 그녀가 러시아 탱크의 입성을 기뻐한 거라면, 그는 큰 소리로 사람들 앞에서 그녀에게 욕설을 퍼부었을 테고 그녀를 안다는 사실을 부인하지 않았을 것이다. 즈데나가 그에게 죄인이 된 것은 전혀 다른 심각한 이유에서다. 그녀가 못생겨서였다.

그런데 이십 년 동안 그녀와 잔 적이 없는데 그녀가 못생긴 것이 왜 문제인 걸까?

그것이 문제인 건 멀리서 봐도 큰 즈데나의 코가 그의 삶에 그림자를 드리웠기 때문이다.

몇 년 전, 그에겐 예쁜 애인이 있었다. 어느 날 그녀는 즈데나가 사는 도시로 갔다가 화가 나서 돌아왔다. "말해 봐, 어떻게 그렇게 끔찍이도 못생긴 여자랑 잘 수가 있어?"

그는 얼굴만 아는 사이라고 말하며 그녀와 관계 맺은 걸 극구 부인했다.

그는 삶의 거대한 비밀을 모르지 않았던 것이다. 여자들은 잘생긴 남자를 찾지 않는다는 비밀 말이다. 여자들은 예쁜 여자들을 가졌던 남자를 찾는다. 따라서 못생긴 여자를 애인으로 두는 건 치명적인 실수다. 미레크는 즈데나의 흔적을 깡그리 쓸어 버리려고 애썼고, 꾀꼬리를 좋아한 사람들이 날이 갈수록 그를 싫어했듯 그는 상근당원으로서 부지런히 경력을 쌓고 있는 즈데나가 그를 어서 빨리, 그리고 기꺼이 잊어 주기를 바랐다.

그런데 그 바람은 착각이었다. 그녀는 항상 그에 대해 말했고, 기회만 되면 어디서나 말했다. 한번은 참담한 우연으로, 사람들이 모인 자리에서 두 사람은 만났다. 그녀는 서둘러 그들이 매우 가까운 사이였음을 명백히 드러내는 추억을 얘기했다.

그는 정신이 나갈 정도로 화가 치밀었다.

또 한번은 그녀를 아는 그의 친구 가운데 한 사람이 그에게 물은 적이 있었다. "그 여자를 그렇게 싫어한다면서 예전에는 왜 사귄 거야?"

미레크는 설명하기 시작했다. 그때는 그가 스무 살 철부지였고, 그보다 나이가 많은 그녀는 존경받고 인기 많고 능력 있는 여자였다! 그녀는 당 중앙위원회 사람들을 모두 알았다! 그녀는 그를 도와 힘이 되어 주었고 영향력 있는 사람들에게 소개해 주었다!

그가 소리쳤다.

"난 그때 어리석은 출세주의자였지! 그래서 그 여자 목에 매달렸고, 그 여자가 못생긴 것쯤은 아랑곳하지 않았어!"

9

미레크는 진실을 말하지 않았다. 즈데나는 그와 동갑이었다. 그녀가 마스투르보프의 죽음에 눈물을 흘리긴 했지만 그당시 그녀는 힘 있는 사람들과 관계를 맺지도 못했으며, 자신의 경력을 쌓을 수단도, 다른 사람의 경력을 쌓게 해 줄 수단도 없었다.

그렇다면 그는 왜 그런 얘기를 지어냈을까? 왜 거짓말을 했을까?

그는 한 손으로 운전대를 잡고 백미러를 통해 비밀 경찰차를 보다가 갑자기 얼굴이 빨개졌다. 전혀 생각지도 않았던 기억 하나가 떠올랐던 것이다.

두 사람이 처음 함께 잔 날, 그녀가 지나치게 지식인 같은 그의 정사에 대해 비난하자 그다음 날 그는 그런 인상을 고치기 위해 즉각적이고 절제되지 않은 열정을 보여 주고 싶었다.

그렇다, 그가 두 사람의 모든 정사를 잊었다는 건 사실이 아니다! 그날의 정사 장면을 그는 생생히 기억했다. 그는 그녀 몸 위에서 일부러 거칠게 움직였으며, 마치 주인 신발을 물어뜯는 개처럼 오래도록 헐떡거렸다. 그러면서 그는, 매우 침착하게 말없이 미동도 하지 않고 자기 아래 누워 있는 여자를 관찰했다.(살짝 당혹해하며.)

자동차가 이십오 년 전 그 신음 소리를 냈다. 그의 굴종과 비굴한 열정이 내는 참기 힘든 소리요 그의 열의와 호의, 우스꽝스러움과 비참함의 소리였다.

그렇다. 그래서 미레크는 진실을 털어놓지 않으려고 출세주의자를 자처했다. 그는 예쁜 여자들에게 감히 다가갈 용기가 없어서 못생긴 여자와 잤던 것이다. 그의 눈에는 자신이 즈데나보다 나은 여자를 가질 만하지 못해 보였다. 그 나약함, 그 초라함이 그가 감추고 싶은 비밀이었다.

자동차는 광적이고 열정적인 신음 소리를 냈고, 그 소리는 즈데나가 다름 아닌, 그가 자신의 젊은 시절을 파괴하기 위해 붙들고 싶어 하는 마법의 이미지라는 사실을 입증했다.

그는 그녀 집 앞에서 멈춰 섰다. 따라오는 자동차도 그의 뒤에 멈춰 섰다.

10

대개 역사적 사건들은 별다른 재간 없이 서로 닮는다. 하지만 보헤미아에서 역사는 전대미문의 실험을 단행한 것 같다. 그곳에선 옛날 방식대로 한 무리 사람들(한 계층, 한 민족)이 다른 무리에 맞서 일어선 것이 아니라 사람들이(한 세대의 남녀가) 자신들의 청춘기에 맞서 일어섰다.

그들은 자기 행위를 붙잡아 길들이려고 애썼고, 어느 정도는 성공하는 듯했다. 1960년대에는 영향력을 점점 더 획득하여 1968년 초에 그들의 영향력은 거의 절대적이었다. 바로 이 후자의 시기를 일반적으로 프라하의 봄이라고 부른다. 목가 수호자들은 개인 아파트에 설치되었던 도청기를 떼어 낼 수밖에 없었고, 국경이 열렸으며, 바흐의 위대한 악보로부터 음들이 달아나 제각기 제 방식대로 노래를 불러 댔다. 믿기 힘들 만큼 활기 넘쳐 꼭 사육제 같았다!

온 지구를 위해 위대한 푸가를 쓰던 러시아는 음들이 흩어지는 것을 참아 내지 못했다. 1968년 8월 21일, 러시아는 보헤미아에 50만 군대를 보냈다. 얼마 후 2만 체코인이 나라를 떠났으며 남은 사람들 가운데 50만쯤이 일자리를 포기하고 오지의 갱 속 작업장으로, 먼 공장으로, 트럭 운전대를 잡으러, 다시 말해 아무도 그들의 목소리를 듣지 못할 장소로 떠나야만 했다.

나쁜 기억의 그림자가 끼어들어 나라의 관심을 복원된 목가가 아닌 다른 쪽으로 돌려놓지 못하게 하려면 프라하의 봄과 소련군 탱크의 진입, 아름다운 역사에 남은 이 오점이 없어져야만 했다. 그래서 오늘날 보헤미아에서는 8월 21일 기념일이 조용히 지나가며, 자신의 청춘기에 대항해 일어섰던 사람들의 이름들도 마치 초등학생 숙제에서 잘못이라도 지우듯 나라의 기억에서 세심히 지워졌다.

그들은 미레크도 지웠다. 그래서 지금 즈데나의 문으로 향하는 계단을 오르고 있는 그는 사실 하나의 흰 얼룩이고, 나선형 계단을 오르는 한 조각 허공일 뿐이다.

11

그는 즈데나 앞에 앉았다. 붕대에 감겨 어깨에 매달린 그의 팔이 덜렁거렸다. 즈데나는 그의 눈을 피해 옆을 보며 말을 쏟아 냈다.

"당신이 왜 왔는지 모르겠어. 하지만 이렇게 여기서 보니 기뻐. 동지들에게도 말했지만 당신이 건설 현장에서 막노동이나 하며 한평생을 보낸다는 건 말도 안 돼. 당이 당신에게 아직 문을 닫지 않았다는 건 분명해. 아직 시간이 있어."

그는 자신이 뭘 해야 하는지 그녀에게 물었다.

"공청회를 요구해. 직접. 당신이 선수를 쳐."

그는 무슨 말인지 알았다. 그들은 그에게 아직 오 분이 남았다는 걸 알게 했다. 그가 말하고 행동했던 모든 것을 큰 소리로 부인할 마지막 오 분. 그는 이런 거래를 잘 알았다. 그들은 사람들에게 그들의 과거와 맞바꾸어 미래를 팔 준비가 되었다. 그들은 러시아와 꾀꼬리에 반대한 것은 잘못이었다고 사람들에게 설명하도록, 목 졸린 소리로 텔레비전에서 말하라고 그에게 강요할 것이다. 자신의 삶을 멀리 던져 그림자가 되도록, 과거 없는 인간이, 배역 없는 배우가 되도록 그에게 강요할 것이다. 거부된 그의 삶조차, 배우가 포기한 이 배역조차 그림자로 바꿔 버리도록 강요할 것이다. 그렇게 그림자로 변해야 그를 살려 둘 것이다.

그는 즈데나를 쳐다보았다. 왜 저렇게 허둥대고, 왜 저렇게 자신감 없는 목소리로 말할까? 왜 옆을 보며 그의 눈을 피할까?

너무도 분명했다. 그녀는 그에게 덫을 놓고 있었다. 그녀는 당이나 경찰 지시대로 행동했다. 항복하도록 그를 설득하는 것이 그녀의 임무인 것이다.

12

그러나 그것은 미레크의 착각이었다! 즈데나에게 그를 교섭하라는 임무를 맡긴 사람은 없었다. 아니다! 오늘날 권력을 쥔 자들 가운데 그 누구도 미레크에게 공청회를 허락하지 않을 것이다. 그가 애원할지라도. 너무 늦었다.

즈데나가 그에게 구원받기 위해 무언가를 하라고 독려하고, 높은 자리에 있는 동지들의 메시지를 전달하는 것처럼 구는 것은 단지 할 수 있는 한 그를 돕고 싶은 막연하고 헛된 욕망을 느꼈기 때문이다. 그녀가 허둥대며 말하고 눈을 피하는 것은 손에 덫을 들어서가 아니라 손에 가진 것이 아무것도 없었기 때문이다.

미레크가 한 번이라도 그녀를 이해한 적이 있었던가?

그는 즈데나가 맹신 때문에 광적으로 당에 충실하다고 늘 생각해 왔다.

그건 사실이 아니다. 그녀는 미레크를 사랑했기 때문에 당에 충실했다.

그가 그녀를 떠났을 때 그녀는 오직 한 가지만 갈망했다. 충실함이야말로 다른 그 어떤 것보다 높은 가치임을 보여 주고 싶었던 것이다. 그녀는 그가 모든 것에 불충했으며 자신은 모든 것에 충실했음을 보여 주고 싶었다. 정치적 광신으로 보였던 것은 한낱 구실이고 우화며, 충실함의 표현이고, 실망한 사랑에 대한 암호화된 힐책일 뿐이었다.

나는 어느 화창한 8월 아침, 요란한 비행기 소음에 놀라 잠에서 깬 그녀를 상상한다. 그녀는 거리로 뛰쳐나왔고, 놀란 사람들이 러시아 군대가 보헤미아를 점령했다고 말했다. 그녀는 발작하듯 웃음을 터뜨렸다! 러시아 탱크가 모든 불충한 사람들을 벌하러 온 것이다! 그녀는 마침내 무릎 꿇은 그를 볼 것이다! 충실함이 무엇인지 아는 사람으로서 마침내 그에게 몸을 굽혀 그를 도울 수 있을 것이다.

미레크는 엉뚱한 방향으로 흘러가는 대화를 매몰차게 끊기로 마음먹었다.

"예전에 내가 당신한테 편지를 많이 썼지. 그 편지들을 돌려받고 싶어."

그녀는 놀란 얼굴로 고개를 들었다. "편지?"

"그래, 내 편지. 그 시절에 수십 통은 썼을 거야."

"그래, 당신 편지, 알지."

그녀는 갑자기 시선을 외면하던 걸 관두고 그의 눈을 똑바로 쳐다보았다. 미레크는 그녀가 자기 영혼 깊은 곳을 들여다

보며, 자신이 원하는 것이 무엇이며 왜 원하는지를 정확히 아
는 것 같아 불쾌했다.

그녀는 거듭 말했다.

"당신 편지, 그래, 당신 편지. 얼마 전에도 다시 읽었지. 당
신이 어떻게 그런 감정의 폭발을 일으킬 수 있었을까 생각했
어."

그녀는 감정의 폭발이라는 말을 여러 차례 반복했는데, 그
말만큼은 빠른 어조로 서둘러 말하지 않고, 마치 놓치고 싶지
않은 과녁을 겨누기라도 하듯 사려 깊은 목소리로 느릿느릿
말했다. 게다가 제대로 맞혔는지 확인하려고 과녁에서 눈을
떼지 않았다.

13

깁스한 팔이 가슴 앞에서 덜렁거리고 그의 얼굴이 붉어졌다. 마치 따귀라도 한 대 얻어맞은 것 같았다.

그렇다! 확실히 그렇다. 그의 편지들은 끔찍할 정도로 감상적이었다. 그는 자신이 이 여자에게 집착하는 것이 그의 나약함과 비참함 때문이 아니라 사랑 때문이라고 무슨 수를 써서라도 스스로에게 입증해야만 했다! 참으로 거대한 열정만이 이토록 못생긴 여자와의 관계를 해명해 줄 수 있었기 때문이다.

"당신이 내게 당신의 투쟁 동지라고 썼던 것, 기억나?"

그의 얼굴이 더욱 새빨개졌다. 도대체 있을 수 있는 일인가? 투쟁이라는 우스꽝스럽기 짝이 없는 말을 쓰다니! 그들의 투쟁이 대체 뭐란 말인가? 그들은 끝날 줄 모르는 회의에 참석하느라 엉덩이에 못이 박혔지만, 극단적인 의견을(계급의 적은 더욱 엄하게 벌해야 했고, 어떤 생각은 훨씬 단호한 말로 표현해야만 했다.) 주장하기 위해 일어설 때는 영웅적인 그림의 주인공을 닮았다고 느꼈다. 그는 권총을 손에 쥔 채 어깨에 상처를 입고 쓰러졌고, 그녀는 권총을 손에 쥔 채 그가 갈 수 없었던 곳으로 나아갔다.

그 시절 그의 얼굴은 여전히 청춘의 여드름으로 뒤덮였는데, 그는 그걸 눈에 띄지 않게 하려고 반항의 가면을 썼다. 그는 부농인 아버지와 영원히 결별했노라고 모두에게 얘기했다. 토지와 소유물에 집착하는 해묵은 농촌 전통에 침을 뱉어 버렸노라고 말했다. 말다툼 장면과 아버지 집을 어떻게 극적으로 떠나왔는지를 자세히 설명했다. 그 모든 것에는 진실이라곤 눈곱만치도 없었다. 오늘날 그가 뒤를 돌아다보면 온통 전설과 거짓밖에 보이지 않았다.

"그때 당신은 지금과는 전혀 다른 사람이었어." 즈데나가 말했다.

그는 편지 꾸러미를 들고 가는 자신의 모습을 상상했다. 처음 만나는 쓰레기통 앞에 멈춰 서서 그는 똥 묻은 휴지라도 들듯 두 손가락으로 편지를 조심스레 들어 쓰레기 속에 던져 버린다.

14

"그 편지들을 어쩌려는 거야? 대체 왜 그걸 원하는 거지?" 그녀가 물었다.

쓰레기통에 버릴 거라고 말할 수는 없었다. 따라서 그는 우수에 찬 목소리로, 이제 뒤를 돌아볼 나이가 되었다고 둘러대기 시작했다.

(이런 말을 하면서 그는 마음이 편치 않았다. 그가 지어낸 얘기에 설득력 없다는 느낌이 들어 창피했다.)

그렇다. 그는 젊었을 때 자신이 어떤 사람이었는지 잊었기에 뒤를 돌아보고 있다고 했다. 자신이 실패했다는 것은 그도 잘 안다. 바로 그래서 그가 어디서 출발했는지 알고 싶다. 어디서 실수를 범했는지 알고 싶은 것이다. 그래서 옛 편지들을 보고 거기서 그의 청춘과 그의 시작과 뿌리의 비밀을 발견하고 싶은 것이다.

그녀는 고개를 저었다. "절대로 안 줄 거야."

그는 거짓말을 했다. "그냥 잠시 빌리려는 거야."

그녀는 다시 고개를 저었다.

그는 이 아파트 어딘가에 자신의 편지가 있고, 그녀가 언제라도 아무에게나 그 편지들을 읽어 줄 수 있다는 생각이 들었다. 자기 삶의 한 조각이 즈데나 손에 남아 있다는 사실이 그는 견딜 수 없었다. 그래서 두 사람 사이에 자리한 낮은 탁자 위 유리 재떨이를 들어 그녀의 머리를 치고는 편지들을 가져가고 싶었다. 그렇지만 그는 그러지 않고 과거를 돌아보고 자신이 어디에서 출발했는지 알고 싶은 거라고 다시 그녀에게 설명했다.

그녀는 고개를 들더니 눈길로 그를 침묵하게 만들었다. "그 편지들은 절대 안 줄 거야. 절대로."

15

두 사람이 즈데나의 아파트에서 함께 나왔을 때 자동차 두 대가 문 앞에 앞뒤로 줄을 지어 서 있었다. 경찰들은 맞은편 인도에서 서성였다. 그 순간 그들은 멈춰 서서 두 사람을 쳐다보았다.

그는 경찰들을 가리키며 즈데나에게 말했다. "저 두 양반이 내내 나를 쫓아왔어."

"정말?"

그녀는 못 믿겠다는 듯 빈정거렸다.

"온 세상이 당신을 괴롭힌다고 생각해?"

그녀는 어떻게 이토록 냉소적일까? 그리고 노골적으로 뻔뻔하게 그들을 살피고 있는 두 남자를 두고 어떻게 그에게 지나가는 행인일 뿐이라고 말할 수 있을까?

거기엔 한 가지 설명밖에 없다. 그녀는 그들 놀음에 놀아나고 있는 것이다. 마치 비밀경찰 같은 건 존재하지 않으며 아무도 박해받지 않는다는 듯이 구는 놀음 말이다.

그 사이 경찰들은 길을 건넜고, 미레크와 즈데나가 지켜보는 앞에서 그들의 차에 올랐다.

"잘 지내."

미레크가 말했다. 그러고는 더 이상 그녀를 쳐다보지도 않았다. 그는 운전대를 잡았다. 백미러로 경찰차가 그를 쫓아 막 출발하는 것을 보았다. 그는 즈네다를 보지 않았다. 보고 싶지 않았다. 다시는 그녀를 보고 싶지 않았다.

그렇기에 그는 그녀가 인도 위에 남아서 오래도록 그를 지켜보았다는 것을 알지 못했다. 그녀는 겁에 질린 표정이었다.

아니다. 즈데나가 맞은편 인도에서 서성이는 두 남자를 경찰로 보지 않으려 한 것은 냉소적 태도 때문이 아니었다. 그녀는 자기 이해를 넘어서는 것 앞에서 공포에 사로잡혔던 것이다. 그에게 진실을 감추고 싶었고, 자기 자신에게도 감추고 싶었던 것이다.

16

난폭하게 몰아 대는 빨간 스포츠카 한 대가 갑자기 미레크와 경찰들 사이에 나타났다. 미레크는 가속기를 밟았다. 그들은 주거 밀집 지역으로 들어섰다. 길은 휘어졌다. 미레크는 그 순간 뒤를 쫓는 사람들이 그를 보지 못한다는 것을 알고서 샛길로 접어들었다. 브레이크가 끼익 소리를 냈고, 길을 건너려던 한 아이가 아슬아슬하게 뒤로 물러섰다. 미레크는 백미러를 통해 주도로로 달려가는 빨간 차를 보았다. 하지만 미행자들의 차는 아직 보이지 않았다. 바로 그때 그는 다른 길로 꺾었고, 미행자들의 시야에서 완전히 사라졌다.

그는 전혀 다른 방향으로 이어지는 길을 통해 도시를 빠져나왔다. 백미러를 쳐다보았다. 아무도 그를 따라오지 않았고, 길은 비어 있었다.

그를 찾으며 상관에게 혼날까 봐 겁에 질렸을 경찰들의 가

런한 꼴을 그는 상상했다. 그리고 웃음을 터뜨렸다. 그는 속도를 늦추고 경치를 감상했다. 사실 그는 한 번도 풍경을 바라본 적이 없었다. 그는 어떤 일을 해결하기 위해서나 다른 일에 대해 의논하기 위해 언제나 목표를 향해 달려왔다. 따라서 그에게 세상 공간은 부정적인 것이었고, 시간 낭비였으며, 그의 활동에 방해되는 장애물이었다.

그의 앞쪽, 조금 떨어진 곳에서 빨간색과 흰색 줄무늬가 그려진 두 차단기가 천천히 내려왔다. 그는 멈춰 섰다.

갑자기 그는 엄청난 피로감을 느꼈다. 왜 그녀를 보러 갔던가? 무엇 하러 그 편지를 돌려받으려 했던가?

이 여행에서 터무니없고 우스꽝스럽고 유치한 모든 것이 그를 에워싸고 공격하는 느낌이 들었다. 그를 이끈 건 이성적 추론이나 계산이 아니라 억누를 수 없는 욕망이었다. 팔을 뻗어 자신의 과거를 주먹으로 치고 싶은 욕망. 자신의 청춘기 그림을 칼로 찢고 싶은 욕망. 다스릴 수 없어서 채워지지 못한 채 남을 격렬한 욕망.

그는 지칠 대로 지친 느낌이었다. 이제는 자기 아파트에서 위험한 서류를 꺼내 올 수도 없을 것이다. 모든 것이 안 좋게 끝날 것이다. 그의 뒤를 쫓는 경찰들은 이제 그를 잠시도 놓아 두지 않을 것이다. 너무 늦었다. 그렇다, 모든 게 너무 늦어 버렸다.

멀리서 숨 가쁜 기차 소리가 들려왔다. 차단기 초소 앞에는 머리에 빨간 숄을 걸친 여자가 서 있었다. 기차가 도착했다. 완행열차였다. 파이프를 문 용감한 농부가 창밖으로 몸을 내밀더니 침을 뱉었다. 신호등 벨 소리가 들렸고, 빨간 숄을 걸친 여자가 건널목을 향해 몇 걸음 가더니 손잡이를 돌렸다. 차단기가 오르기 시작했고 미레크는 출발했다. 그는 마을로 들어섰다. 끝없이 이어지는 긴 길 끝에 역이 있었다. 역사는 나무 문이 달린 나지막하고 하얀 집이었고 그 문 너머로 플랫폼과 철로가 보였다.

17

역 창문들은 베고니아 화분으로 장식되어 있었다. 미레크는 차를 세웠다. 그는 운전대 앞에 앉아 그 집과 창문과 빨간 꽃을 바라보았다. 잊었던 오랜 과거 어느 시절로부터 창가에 빨간 베고니아 꽃이 있는 하얀 집 이미지가 떠올랐다. 어느 산촌에 있는 작은 호텔이었고, 여름 방학 때 일이었다. 창문에서 꽃들 사이로 커다란 코가 모습을 드러냈다. 미레크는 스무 살이었다. 그는 그 코를 향해 눈을 들었고 무한한 애정을 느꼈다.

그는 가속기를 밟아 그 기억으로부터 달아나려고 했다. 그러나 이번만큼은 나도 속아 넘어가지 않겠다. 그 기억을 불러서 잠시 붙들어 둘 것이다. 따라서 나는 거듭 말한다. 창문에서 베고니아 사이로 커다란 코와 더불어 즈데나의 얼굴이 나타났고, 미레크는 무한한 애정을 느꼈다.

그것이 가능한 일일까?

그렇다. 안 될 이유가 어디 있는가? 나약한 청년이 못생긴 여자에게 진정한 사랑을 느끼지 못할 이유가 어디 있는가?

그는 보수적인 아버지에 맞서 반항했다고 그녀에게 얘기했고, 그녀는 지식인들을 격렬히 비난했다. 그들은 가만히 앉아 있지 못했으며 손을 맞잡고 다녔다. 함께 집회에 참석했고 고향 사람들을 고발했으며, 거짓말을 했고 서로를 사랑했다. 그녀는 마스투르보프의 죽음에 눈물을 흘렸고, 그는 그녀의 몸 위에서 개처럼 헐떡였고, 그들은 서로 없이는 살 수가 없었다.

그가 자신의 인생 사진첩에서 그녀를 지우고 싶은 건 그가 그녀를 사랑하지 않아서가 아니라 사랑했기 때문이다. 그는 그녀를 지웠다. 그녀와 그녀에 대한 자신의 사랑을. 당 선전국이 고트발트가 역사적 연설을 한 발코니에서 클레멘티스를 사라지게 했듯 그는 그녀의 이미지를 사라지게 하려고 그것을 마구 긁어 댔다. 미레크는 공산당이 그러듯, 모든 당이 그러듯, 모든 민족이, 인간이 그러듯 역사를 다시 썼다. 사람들은 나은 미래를 만들고 싶다고 외치지만 그건 사실이 아니다. 미래는 아무도 관심을 갖지 않는 무심한 공허에 불과할 뿐이지만 과거는 삶으로 가득 차 있어서, 그 얼굴이 우리를 약 올리고 화나게 하고 상처 입혀, 우리는 그것을 파괴하거나 다시 그리고 싶어 한다. 우리는 오직 과거를 바꾸기 위해 미래의 주인이 되려는 것이다. 우리는 사람들의 전기와 역사를 다시 쓰고 사진을 다시 손볼 수 있는 암실에 접근하려고 안간힘을 쓴다.

그 역 앞에서 그는 얼마나 오랫동안 머물렀을까?

그 휴식은 무슨 의미였을까?

아무 의미 없었다.

그는 생각에서 그 기억을 얼른 지워 버렸고, 그래서 이제 더이상 그는 베고니아가 있던 흰 집에 대해 아무것도 알지 못했다. 다시 그는 풍경을 쳐다보지 않고 빠른 속도로 달렸다. 다시 세상의 공간은 그의 행동을 가로막는 장애물이 되었다.

18

그가 따돌린 차는 그의 집 앞에 세워져 있었다. 두 남자는 차에서 약간 떨어진 곳에 있었다.

그는 그들의 차 뒤에 차를 세우고 내렸다. 그들은 그의 도주가 모두를 즐겁게 만든 장난에 불과했다는 듯이 그에게 거의 유쾌한 미소를 지어 보였다. 그가 그들 앞을 지날 때, 목이 굵고 인두로 머리를 손질한 듯한 남자가 웃더니 그에게 고개를 까딱했다. 이 친근한 태도 앞에서 미레크는 불안에 사로잡혔다. 그것은 그들이 앞으로 점점 더 긴밀하게 접촉해 올 것이라는 의미였다.

눈썹 하나 까딱하지 않고 미레크는 집으로 들어갔다. 열쇠로 아파트 문을 열었다. 먼저 아들이 보였고, 동요를 억누른 아들의 눈길이 보였다. 안경 쓴 낯선 남자가 미레크에게 다가오더니 신분을 밝혔다. "검사 수색영장을 보겠습니까?"

“네.”

미레크가 말했다.

아파트 안에는 낯선 사람이 둘 더 있었다. 한 사람은 종이와 공책과 책이 쌓인 책상 앞에 서 있었다. 그는 물건을 하나씩 들어 보고 있었다. 두 번째 남자는 책상 앞에 앉아서 첫 번째 남자가 부르는 걸 받아 적고 있었다.

안경 쓴 남자가 가슴 호주머니에서 접힌 서류를 꺼내더니 미레크에게 내밀었다. “자, 검사 영장입니다. 저 사람들은 — 그는 두 남자를 가리켰다. — 압수품 목록을 작성하고 있습니다.”

바닥에는 서류와 책 들이 흩어져 있었고, 벽장문은 열려 있었으며, 가구들은 벽에서 떨어져 나와 있었다.

아들이 미레크를 향해 몸을 굽히더니 말했다. “저 사람들, 아버지가 떠나시고 오 분 뒤에 왔어요.”

책상 앞에서 두 남자는 압수품 목록을 작성했다. 미레크의 친구들이 보낸 편지들, 러시아 점령 초기 서류들, 정치 상황에 대한 분석 자료, 집회 기록들.

“선생은 그다지 친구들을 배려하지 않으시더군요.”

안경 쓴 남자가 고갯짓으로 압수 물품을 가리키며 말했다.

19

망명한 사람들,(12만 명에 달한다.) 침묵을 강요당하고 직장에서 쫓겨난 사람들(50만 명이다.)은 안갯속으로 멀어지는 행렬처럼 눈에 보이지 않고 잊힌 채 사라져 갔다.

하지만 감옥은 제아무리 사방이 벽으로 둘러싸였을지라도 환하게 불 밝힌 역사의 무대다.

미레크는 오래전부터 그걸 알고 있었다. 이 마지막 한 해 동안, 감옥이라는 영광에 그는 버티기 힘들 정도로 이끌렸다. 아마도 바로 이런 식으로 플로베르는 보바리 부인의 자살에 이끌렸을 것이다. 그렇다, 미레크는 자기 인생이라는 소설을 위해 그보다 더 나은 결말을 상상하지 못했다.

사람들은 때 묻지 않은 목가의 때 묻지 않은 시간만 남기려고 수천 명의 삶에 대한 기억을 지우고 싶어 했다. 하지만 그 목가 위에 미레크는 그의 작은 몸을 얼룩처럼 내려놓을 것이다. 그것은 고트발트의 머리 위에 남은 클레멘티스의 모자처럼 거기 남을 것이다.

그들은 미레크에게 압수품 목록에 서명하게 했고, 아들과 함께 그들을 따라오게 했다. 일 년의 미결 구류 끝에 재판이 열렸다. 미레크는 육 년 형을 받았고, 그의 아들은 이 년 형을 받았으며, 그들 친구 십여 명은 일 년에서 육 년 사이의 형을 선고받았다.

2부　　엄마

2부　　엄마

1

마르케타가 시어머니를 좋아하지 않았던 시절이 있었다. 그녀가 카렐과 함께 (시아버지가 살아 있을 때) 시어머니 집에서 살던 시절이었다. 그 시절 그녀는 매일 시어머니의 공격적인 태도와 과민한 성격에 부딪쳤다. 그들은 오래 못 견디고 이사를 했다. 그 당시 그들의 철칙은 엄마로부터 가능한 한 멀리 떨어지는 것이었다. 그들은 나라 반대편 끝에 있는 다른 도시로 살러 갔고, 그렇게 해서 카렐의 부모를 일 년에 한 번 볼까 말까 하게 되었다.

그러던 어느 날, 카렐의 아버지가 죽고 엄마만 혼자 남게 되었다. 그들은 장례식에서 그녀를 다시 보았다. 그녀는 볼품없고 가련한 모습이었고, 예전보다 한층 작아 보였다. 두 사람 모두 머릿속에 한 가지 문장밖에 떠오르지 않았다. "엄마, 혼자 계시면 안 되겠어요. 우리 집에 와서 사세요."

그 문장은 그들의 머릿속에서만 울렸지 입 밖으로 나오지
는 않았다. 더구나 장례식 다음 날, 침울하게 산책을 하면서
앙상하고 처량한 엄마는 그동안 그들이 그녀에게 했던 모든
잘못을 가지고 그들을 격하게 꾸짖었고, 그들은 그 역정을 터
무니없다고 여겼다. "엄마는 절대로 변하지 않을 거야." 기차
에 올라타자마자 카렐이 마르케타에게 말했다. "슬픈 일이지
만, 어쩔 수 없이 엄마랑 멀리 떨어져 있어야겠어."

그 후 몇 년이 흘렀고, 엄마가 여전한 건 사실이지만 아마
도 마르케타는 변한 것 같았다. 왜냐하면 시어머니가 그들에
게 했던 모든 것이 따지고 보면 사소한 일이었으며, 시어머니
의 푸념에 지나치게 중요성을 부여한 자신이 잘못이었다는
느낌이 종종 들었기 때문이다. 당시 그녀는 아이가 어른을 생
각하듯이 시어머니를 생각했지만 이제는 그 역할이 뒤바뀌었
다. 마르케타는 어른이었고, 이렇게 거리를 두고 보니 시어머
니가 그녀에게는 아이처럼 작고 무방비 상태인 것처럼 보였
다. 마르케타는 그녀에 대해 너그러운 인내심을 느꼈고, 정기
적으로 그녀에게 편지까지 썼다. 노파는 곧 거기에 길이 들었
고, 정성들여 답장을 썼으며, 마르케타에게 점점 더 자주 편지
를 쓰도록 요구했다. 그녀의 편지가 외로움을 견딜 수 있게 해
주는 유일한 낙이기 때문이라고 시어머니는 말했다.

얼마 전부터 카렐 아버지의 장례식 때 떠올랐던 문장이 다
시금 그들 머릿속에서 맴돌기 시작했다. 또다시 아들은 며느
리의 선의를 막고 나섰다. 그래서 "엄마, 우리 집에 와서 지내
세요."라고 말하는 대신 그들은 엄마를 일주일 동안 초대했다.

부활절 기간이었다. 열 살 난 그들의 아들은 바캉스를 떠나고 없었다. 주말에는 에바가 오기로 했다. 그들은 엄마와 함께한 주를 잘 보내고 싶었지만 일요일만큼은 빼고 싶었다. 그들은 그녀에게 말했다. "우리 집에 와서 일주일을 지내세요. 다음 주 토요일에서 그다음 주 토요일까지요. 그다음 주 일요일에는 약속이 있어요. 어딜 가야 해요." 그들은 더 자세한 것은 말하지 않았다. 에바에 대해서 말하고 싶지 않았던 것이다. 카렐은 전화로 두 번이나 거듭해서 말했다. "다음 주 토요일부터 그다음 주 토요일까지예요. 그다음 주 일요일에는 약속이 있어요. 어딜 가거든요." 그리고 엄마는 말했다. "그래, 알았다. 정말 고맙구나. 너희들이 원할 때 떠나마. 내가 바라는 건 그저 외로움에서 좀 벗어나는 것뿐이야."

하지만 토요일 저녁, 마르케타가 와서 몇 시에 역으로 데려다 주길 바라는지 물었을 때 엄마는 망설이지 않고 단호하게 월요일에 떠날 거라고 말했다. "카렐 말이 너희들이 월요일에 약속이 있어서 떠난다고 하더구나. 그러니 난 월요일 아침에 가야겠다."

물론 마르케타는 이렇게 대답할 수도 있었을 것이다. "잘못 아신 거예요. 저희는 내일 떠나요." 하지만 그녀에겐 그럴 용기가 없었다. 그들이 갈 장소를 그 자리에서 지어내지 못했다. 그녀는 자신들이 거짓말을 허술하게 준비했다는 사실을 깨닫고 아무 말도 하지 않았고, 시어머니가 일요일에 그들 집에 남을 거라는 생각을 받아들였다. 그녀는 시어머니가 잠을 자는 아들 방이 반대쪽 구석에 있으니 그들에게 방해되지 않을 거라 생각하고 안심했다. 그리고 카렐에게 비난하듯 말했다.

"엄마한테 너무 모질게 굴지 마. 봐, 불쌍하잖아. 보기만 해도 가슴이 아파."

2

카렐은 체념하고 어깨를 으쓱했다. 마르케타의 말이 옳았다. 엄마는 정말이지 변했다. 모든 것에 만족하고, 모든 것에 감사했다. 카렐은 사소한 일로 다투게 될 순간을 살폈지만 그런 일은 없었다.

하루는 산책을 하다가 엄마가 먼 곳을 바라보면서 이렇게 말했다. "저기 하얗고 작은 예쁜 마을이 뭐지?" 그것은 마을이 아니라 경계석이었다. 카렐은 시력이 약해진 엄마가 가여웠다.

그런데 시력 결함은 보다 근본적인 무언가를 표현하는 것 같았다. 그들에게 커 보이는 것을 그녀는 작다고 여겼고, 그들에게 경계석인 것을 그녀는 집으로 보았다.

사실을 말하자면, 그건 엄마의 새로운 면모가 아니었다. 달라진 게 있다면 예전에는 그들이 그런 데 화를 냈다는 것이다.

예를 들어 어느 날 밤, 거대한 이웃 나라 탱크들이 그들 나라를 점령했다. 그것은 엄청난 충격이자 공포여서 오랫동안 누구도 다른 생각을 하지 못했다. 때는 8월이었고, 정원에는 배가 무르익어 있었다. 일주일 전, 엄마는 배를 따러 오라고 약사를 초대했더랬다. 하지만 약사는 오지 않았고 사과조차 하지 않았다. 엄마는 그 약사를 용서하지 못했는데, 그 일로 카렐과 마르케타는 격분했다. 그들은 엄마를 힐책했다. 모두가 탱크 생각을 하는데 엄마는 고작 배 생각이나 하느냐고. 그 후 그들은 엄마의 좀스러움에 대한 기억을 안고 이사를 했다.

그런데 탱크가 배보다 정말 더 중요한 걸까? 시간이 흐를수록 카렐은 이 질문에 대한 대답이 그가 늘 생각해 왔던 것만큼 분명하지 않다는 걸 깨달았고, 엄마의 시각에 은밀히 공감을 느끼기 시작했다. 엄마의 시각 전면에는 커다란 배가 있었고 뒤쪽 멀리 어딘가에는 사람들 눈길로부터 몸을 숨긴 채 언제라도 날아오를 태세를 한 무당벌레보다 작은 탱크가 있었다. 그렇다! 사실은 엄마가 옳다. 탱크는 사라지지만 배는 영원하니까.

예전에 엄마는 아들에 관해 모든 것을 알고 싶어 했고, 아들이 자기 인생의 무언가를 그녀에게 감추면 화를 냈다. 따라서 이제는 엄마를 기쁘게 하려고 그들은 그들이 하는 일, 그들에게 닥친 일, 그들이 품고 있는 계획들을 얘기했다. 하지만 그들은 곧 엄마가 예의 때문에 그들의 말을 듣고 있으며, 그녀가 집을 비우는 동안 이웃에게 맡겼던 강아지에 대한 얘기를 꺼내 딴 방향으로 화제를 끌고 간다는 것을 알아차렸다.

예전 같으면 카렐은 그런 태도를 이기심이나 좀스러움으로
여겼을 것이다. 하지만 지금은 그게 전혀 아니라는 것을 알았
다. 그들이 상상하는 것보다 시간이 많이 흘렀던 것이다. 엄마
는 모성이라는 최고의 지휘봉을 포기하고 다른 세상으로 떠
나 버렸다. 또 한번은 산책을 하다가 갑자기 폭풍을 만난 적이
있었다. 그들은 양쪽 옆에서 엄마의 팔을 붙들고 거의 들다시
피 했다. 그러지 않으면 엄마는 바람에 날려 갈 판이었다. 카
렐은 엄마의 가벼운 무게를 느끼고 가슴이 찡했고, 엄마가 다
른 피조물들의 왕국에 속한다는 것을 깨달았다. 더 작고, 더
가볍고, 바람에 쉽게 날려 가는 피조물들 말이다.

3

에바는 점심 식사 후에 왔다. 마르케타가 역으로 마중을 나갔다. 그녀가 에바를 자기 친구로 생각했기 때문이다. 그녀는 카렐의 여자 친구들을 좋아하지 않았다. 하지만 에바는 달랐다. 사실 그녀는 에바를 카렐보다 먼저 알았다.

대략 육 년 전 일이었다. 마르케타는 카렐과 함께 온천 도시에서 휴양을 하고 있었다. 이틀에 한 번씩 그녀는 사우나에 갔다. 다른 여자들과 함께 땀에 흠뻑 젖은 채 사우나실에 앉아 있는데, 키 큰 여자가 알몸으로 들어오는 게 보였다. 두 사람은 서로 알지 못한 채 웃었고, 조금 뒤 젊은 여자가 마르케타에게 말을 걸었다. 그녀는 굉장히 직설적이었고, 마르케타는 그렇게 호감을 표시한 그녀를 고맙게 여겼기에 두 사람은 금세 친해졌다.

에바가 마르케타의 마음을 사로잡은 건 그녀의 특이함이

풍기는 매력 때문이었다. 보자마자 그녀에게 말을 거는 태도만 봐도 그렇다! 두 사람은 마치 만나기로 약속을 한 것 같았다! 에바는 규칙과 습관에 대한, 건강에 좋고 식욕을 돋우는 사우나에 대한 대화로 시간 낭비를 하지 않고 바로 자기 자신에 대해 얘기하기 시작했다. 광고를 내서 사람을 만난 뒤 장래 파트너가 될 사람에게 첫 편지부터 간결하게 집약해서 자신이 누구이며 하는 일이 무엇인지 설명하려고 드는 사람들처럼 말이다.

에바는 자신을 어떤 사람이라고 했을까? 에바는 유쾌한 남자 사냥꾼이다. 하지만 결혼을 하려고 사냥하는 건 아니다. 그녀는 남자들이 여자를 사냥하듯이 남자들을 사냥한다. 그녀에게 사랑은 존재하지 않는다. 다만 우정과 관능적 쾌락만 있을 뿐이다. 그래서 그녀에겐 친구가 많았다. 남자들은 그녀가 그들과 결혼하길 원할까 봐 겁내지 않았고, 여자들은 그녀가 남자를 뺏으려고 들까 봐 두려워하지 않았다. 게다가 행여 그녀가 결혼한다면 그녀가 모든 걸 허용하면서 아무것도 요구하지 않을 친구가 남편이 될 것이다.

이 모든 것을 마르케타에게 설명한 뒤 그녀는 마르케타의 골격이 예쁘며, 매우 드문 일이라고 했다. 몸매가 정말 아름다운 여자는 그다지 많지 않다고 에바는 말했다. 그 찬사는 너무도 자연스럽게 흘러나와서 마르케타는 남자에게서 들은 것보다 훨씬 더 큰 기쁨을 느꼈다. 이 여자는 그녀를 얼근히 취하게 만들었다. 그녀는 진지함의 왕국으로 들어선 느낌이 들었고, 이틀 뒤 사우나에서 같은 시간에 다시 만나기로 약속했다.

나중에 그녀는 에바에게 카렐을 소개했지만 이 우정에서 그
는 언제나 제삼자였다.

"우리 집에 시어머니가 와 있어."

마르케타는 역에서 나오면서 죄진 듯한 어조로 말했다.

"널 내 사촌이라 소개할게. 방해가 안 되면 좋겠는데."

"전혀 그렇지 않아."

에바는 이렇게 말하고 마르케타에게 그녀 가족에 관해 몇
가지 간단한 사실을 물었다.

4

엄마는 며느리의 가족에 관심을 가진 적이 없었지만 사촌, 조카, 이모, 손녀라는 말은 그녀의 마음을 덥혀 주었다. 가족이란 친근한 개념으로 이루어진 선량한 왕국이었다.

그리고 그녀는 오래전부터 알던 사실을 새롭게 확인했다. 자기 아들이 도무지 구제불능인 괴짜라는 사실이었다. 그녀가 이곳에 다른 친척 여자와 함께 있는 것이 방해라도 되는 듯이 구니 말이다. 저들이 편하게 수다 떨기 위해 저들끼리만 있고 싶어 한다는 걸 그녀는 이해했다. 하지만 그런 이유로 하루 더 일찍 자기를 내쫓으려 한다는 건 터무니없는 일이었다. 다행히도 그녀는 그들을 다룰 줄 알았다. 그녀는 단순히 날짜를 잘못 안 걸로 만들기로 결심했다. 그리고 마음씨 착한 마르케타가 그녀에게 일요일 아침에 떠나라고 얘기하지 못하는 걸 보고서 하마터면 웃을 뻔했다.

그렇다. 인정해야만 했다. 그들은 예전보다 훨씬 다정했다. 몇 년 전만 같아도 카렐은 가차 없이 떠나라고 말했을 것이다. 어제 그녀는 이 작은 꾀로 그들에게 큰 도움을 줬다. 적어도 처음으로 그들은 이유 없이 엄마를 하루 더 일찍 고독으로 돌려보냈다는 자책을 하지 않아도 될 테니까.

게다가 그녀는 이 새로운 친척을 알게 되어 매우 기뻤다. 그녀는 아주 상냥한 여자였다.(이 여자가 누군가를 생각나게 하는 건 놀라운 일이었다. 그런데 누구를 생각나게 하는 거지?) 엄마는 두 시간은 족히 그녀의 질문에 대답했다. 젊었을 때 어머니는 어떤 머리를 하셨어요? 땋은 머리를 했다. 물론 아직 오스트리아-헝가리 체제였을 때다. 빈은 수도였다. 엄마 중학교는 체코 학교였고, 엄마는 애국자였다. 갑자기 엄마는 그 당시 노래했던 애국적인 노래들 가운데 몇 곡을 그들에게 불러 주고 싶은 마음이 들었다. 아니면 시를 암송해 주고 싶었다! 물론 그녀는 아직도 시를 꽤 많이 외우고 있었다. 전쟁 직후 (물론 1914년의 전쟁 후, 1918년에 체코슬로바키아 공화국이 세워졌을 때 말이다. 저런, 사촌은 언제 공화국이 선언되었는지 몰랐다!) 엄마는 학교의 엄숙한 모임에서 시를 암송했더랬다. 오스트리아 제국의 종말을 축하하고, 독립을 축하하는 자리였다! 그런데 상상해 보라. 갑자기 마지막 구절에 이르러 그녀의 머릿속이 캄캄해졌다. 다음 구절을 기억해 낼 수가 없었다. 그녀는 입을 다물었다. 이마에서 식은땀이 흘렀고, 그녀는 부끄러워 죽을 것만 같았다. 그때 갑자기, 전혀 예상치도 못한 박수갈채가 터져 나왔다! 모두들 시가 끝났다고 생각했던 것이다. 마지막 구절이 빠졌다는 걸 알아차린 사람은 아무도 없었다! 그래도 엄마는 절망했고 수치심에 뛰쳐나가 화장실에 틀어박혔다. 교장 선생님이 직접 그녀를 찾으러 달려와서 화장실 문을 오래도록 두드리며 대성공이니 울지 말고 나오라고 애원했다.

사촌은 웃었고, 엄마는 오래도록 그녀를 쳐다보았다. "사돈 처녀를 보면 누가 생각나는데, 그게 누군지 모르겠네……."

"그런데 전쟁 후라면 중학교에 다니시지 않았잖아요."

카렐이 말했다.

"내가 언제 중학교에 다녔는지는 내가 더 잘 알지 않겠니!"

"그렇지만 전쟁 마지막 해에 대학입학자격시험에 통과하셨잖아요. 그때는 아직 오스트리아-헝가리 체제였고요."

"내가 대학입학자격시험을 언제 통과했는지는 내가 잘 알지 않겠니."

그녀는 화가 나서 대답했다. 하지만 바로 그 순간 그녀는 카렐 말이 틀리지 않다는 걸 이미 알았다. 정확했다. 그녀는 전쟁 중에 대학입학자격시험을 통과했다. 그렇다면 전쟁 후에 학교에서 열렸던 엄숙한 모임에 대한 이 기억은 대체 어디서 온 것일까? 갑자기 엄마는 머뭇거리다가 입을 다물었다.

이 짧은 침묵 동안 마르케타의 목소리가 들렸다. 그녀는 에바에게 말을 하고 있었는데, 1918년 엄마의 암송과 상관없는 이야기였다.

"그럼, 재미있는 시간을 보내거라. 너희들은 젊으니 서로 얘기할 것이 많을 게야." 갑작스레 기분이 나빠져서 그녀는 손자 방으로 갔다.

5

에바가 엄마에게 질문을 계속하는 동안 카렐은 감동해서 그녀를 바라보았다. 그는 그녀를 십 년 전부터 알고 지냈지만 그녀는 언제나 한결같았다. 직설적이고 대담했다. 그는 아내가 몇 년 뒤에 에바를 사귈 때만큼이나 금세 그녀를 알게 되었다.(그 당시 그는 아직 마르케타와 함께 부모 집에 살았다.) 어느 날 그는 사무실에서 모르는 여자로부터 편지 한 장을 받았다. 그 여자는 그를 본 적이 있다며, 자기는 남자가 마음에 들 경우 관습 따위는 전혀 상관하지 않기 때문에 그에게 편지를 쓰기로 마음먹었다고 말했다. 카렐은 그녀의 마음에 들었고, 그녀는 사냥꾼이었다. 잊을 수 없는 경험을 좇는 사냥꾼. 그녀는 사랑을 인정하지 않았다. 오직 우정과 관능적 쾌락만 인정했다. 편지에는 알몸으로 도발적인 자세를 한 여자 사진이 동봉되어 있었다.

처음에 카렐은 답장하기를 망설였다. 장난이라고 생각했기 때문이다. 하지만 결국 그는 버티지 못했다. 그는 적힌 주소로 젊은 여자에게 편지를 써서 친구 스튜디오로 초대했다. 에바는 키 크고 말랐으며, 세련되지 못한 옷차림을 하고 왔다. 꼭 키만 큰 청소년이 할머니 옷을 입은 꼴이었다. 그녀는 카렐 앞에 앉더니 마음에 드는 남자가 있을 때 자신은 관습 따위는 상관하지 않는다고 설명했다. 그리고 자신은 우정과 관능적 쾌락만 인정한다고 말했다. 거북스러워하며 애쓰는 모습이 그녀의 얼굴에서 읽혀 카렐은 그녀에게 욕정보다는 차라리 우애 어린 연민 같은 감정을 느꼈다. 하지만 곧 그는 모든 기회는 왔을 때 잡아야 한다고 생각했다.

여자를 안심시키려고 그가 말했다.

"멋지군요. 두 사냥꾼이 만났으니."

이것이 그가 젊은 여자의 수다스러운 고백을 중간에 자르며 처음 던진 말이었다. 에바는 십오 분 전부터 영웅처럼 혼자서 감당하던 상황의 무게에서 벗어나자 곧 다시 용기를 냈다.

그는 그녀가 그에게 보낸 사진 속 모습이 아름다웠다고 말하고 (사냥꾼의 도발적인 목소리로) 알몸을 보여 주는 것이 흥분되더냐고 물었다.

"저는 노출광이에요."

마치 재침례파 교인이라는 고백이라도 하듯 천진한 얼굴로 그녀가 말했다.

그는 그녀에게 벗은 몸을 보고 싶다고 말했다.

안심한 그녀는 스튜디오에 전축이 있느냐고 물었다.

그렇다, 그곳에는 전축이 있었다. 하지만 카렐의 친구는 바흐, 비발디, 바그너의 오페라 등 클래식 음악만 좋아했다. 카렐은 젊은 여자가 이졸데의 노래에 맞춰 옷을 벗는 건 이상할 것 같았다. 에바 역시 디스크에 불만을 표했다. "여기 팝은 없어요?" 그렇다, 그곳엔 팝은 없었다. 다른 해결책을 찾지 못해 그는 결국 할 수 없이 전축에다 바흐의 피아노 조곡을 걸었다. 그는 전체를 조망할 수 있도록 한쪽 구석으로 가서 앉았다.

에바는 박자에 맞춰 몸을 움직여 보려고 하더니 이 음악으로는 도저히 못 하겠다고 말했다.

그가 목소리를 높여 엄하게 말했다.

"입 다물고 옷이나 벗어!"

바흐의 천상의 음악이 방 안 가득 흐르는 가운데 에바는 다소곳이 몸을 움직이기 시작했다. 경이롭지만 춤곡은 결코 아닌 음악 때문에 그녀의 퍼포먼스는 유난히 힘들었다. 그래서 카렐은 스웨터를 벗는 순간부터 팬티를 벗는 순간까지 그녀가 걸어야 할 길이 그녀에게는 한없이 길게 느껴질 것이라고 생각했다. 피아노 소리가 들렸고, 에바는 분절된 춤 동작으로 몸을 비틀며 옷을 하나씩 벗어 던졌다. 그녀는 카렐을 보지 않았다. 자기 자신과 자기 동작에만 완전히 몰두했다. 어려운 곡을 마음으로 연주하며 관객을 향해 눈을 들면 집중이 흐트러질까 봐 겁내는 바이올린 연주자 같았다. 완전히 알몸이 되었을 때 그녀는 벽을 향해 돌아서 있었고, 한 손은 가랑이 사이에 있었다. 그런데 카렐도 이미 옷을 벗은 상태였고, 황홀경에 빠져 자위하는 젊은 여자의 등을 바라보고 있었다. 참으로 황홀했기에 그 후 그가 언제나 에바를 두둔한 것은 얼마든지 이해될 만하다.

게다가 그녀는 마르케타에 대한 카렐의 사랑에 화를 내지 않는 유일한 여자였다. "당신 아내는 당신이 자기를 사랑하지만, 당신이 사냥꾼이고, 그 사냥이 그녀에게 위험하지 않다는 사실을 알아야 해. 하긴 어떤 여자도 이해하지 못하지. 암, 어떤 여자도 남자를 이해 못 하지." 그녀는 마치 자기가 이해받지 못한 남자라도 되는 양 슬픈 얼굴로 덧붙였다.

그러더니 그녀는 카렐에게 그를 돕기 위해 뭐든지 하겠다고 제안했다.

6

엄마가 물러나와 은둔한 방은 겨우 6미터 정도 떨어져 있었고, 얇은 칸막이 두 개가 가로놓였을 뿐이었다. 엄마의 그림자는 여전히 그들과 함께였고, 마르케타는 그 그림자에 짓눌린 느낌이었다.

에바는 행복한 듯 수다를 떨었다. 그들이 만난 지 참으로 오래되었고, 그 사이 많은 일들이 있었던 것이다. 그녀는 다른 도시로 가서 살았고, 그리고 무엇보다 그녀를 대체 불가능한 친구로 여기는 연상 남자와 결혼했다. 그녀가 대체 불가능한 존재인 것은, 우리도 알다시피 친구 사귀는 데 탁월한 재능을 보이고, 이기심과 히스테리가 따르는 사랑을 거부하기 때문이다.

그녀는 새로운 직장도 구했다. 벌이는 꽤 괜찮았지만 숨 돌릴 시간이 없었다. 내일 아침이면 그곳에 가 있어야만 했다.

마르케타가 깜짝 놀라며 말했다. "뭐라고! 그럼 몇 시에 떠나려는 거야?"

"새벽 5시에 직행열차가 있어."

"세상에, 에바. 그럼 4시에 일어나야 하잖아! 너무했다!"

순간적으로 그녀는 카렐 어머니가 그들 집에 있다는 생각에 화까지 치미는 건 아니더라도 적어도 씁쓸한 회한만큼은 느꼈다. 왜냐하면 에바는 먼 곳에 살고 시간 여유가 없는데도 어쨌든 마르케타를 위해 이 일요일을 예약해 두었는데, 정작 그녀는 언제나 유령처럼 그들과 함께하는 시어머니 때문에 하고 싶은 대로 에바에게만 시간을 할애할 수가 없었기 때문이다.

마르케타는 좋던 기분을 잡치고 말았고, 엎친 데 덮친다고 전화까지 울렸다. 카렐이 수화기를 들었다. 그의 목소리는 머뭇거리는 듯했고, 그의 짧고 애매한 대답에는 어딘지 수상쩍은 데가 있었다. 마르케타는 그가 말뜻을 숨기기 위해 단어를 조심스레 고르는 듯한 느낌을 받았다. 마르케타는 그가 여자와 만날 약속을 잡고 있다는 확신이 들었다.

"누구야?"

그녀가 물었다. 카렐은 다음 주에 이웃 도시에서 오기로 한 여자 동료인데, 얘기를 하고 싶어 한다고 대답했다. 이때부터 마르케타는 한 마디도 하지 않았다.

그녀가 그렇게 질투를 했던가?

몇 년 전, 두 사람의 사랑이 시작된 초기에는 틀림없이 그랬다. 다만 몇 년이 흘렀고, 오늘 그녀가 질투로 알고 겪고 있는 것은 이젠 습관에 불과했다.

사태를 달리 말해 보자. 모든 애정 관계는 암묵적인 관습에 토대를 둔다. 사랑하는 사람들이 초기 몇 주 사이에 사랑에 빠졌다고 경솔하게 결론을 내리는 관습 말이다. 그들은 아직 꿈속에 있지만, 그 사실을 알지 못한 채 까다로운 법률가처럼 그들 계약서의 세세한 조항들을 작성한다. 아! 연인들이여, 이 위험한 초기 나날들을 조심하라! 상대에게 아침 식사를 침대로 가져다주면 평생 그래야 한다. 사랑이 식었느니 배신했느니라는 식의 비난을 받고 싶지 않다면 말이다.

그들 사랑이 시작된 지 몇 주 동안 카렐과 마르케타 사이에는 카렐이 바람을 피울 것이고, 마르케타는 그걸 받아들여서 최고의 여자가 되는 특권을 누릴 것이며, 카렐은 그녀 앞에서 죄책감을 느끼게 될 것이라는 계약이 결정되었다. 최고의 여자가 되는 것이 얼마나 슬픈 일인지를 마르케타보다 더 잘 아는 사람은 없었다.

물론 마르케타도 마음속으로는 그 전화 통화 자체는 별 의미 없는 것이라는 사실을 잘 알았다. 하지만 중요한 건 그 대화가 무엇이었느냐가 아니라 그것이 의미하는 바가 무엇이냐는 것이다. 그것은 그녀 인생의 모든 상황을 간결하지만 제대로 표현해 주었다. 마르케타가 하는 모든 것은 오직 카렐을 위해 카렐 때문에 한다는 것을 말해 준다. 그녀는 그의 어머니를 돌보고, 가장 친한 친구를 그에게 소개해 준다. 친구를 그에게 선물처럼 바친다. 오직 그를 위해, 그의 즐거움을 위해. 그런데 왜 그녀는 이 모든 것을 할까? 왜 스스로에게 고통을 줄까?

왜 시시포스처럼 바위를 밀고 올라가는 걸까? 그녀가 무얼 하건 카렐의 정신은 딴 곳에 가 있다. 그는 다른 여자와 만날 약속을 잡고 언제나 그녀에게서 달아난다.

고등학교 때 그녀는 콧대가 높고 반항적이며 활기가 넘쳤다. 나이 든 수학 선생은 그녀를 놀리기를 좋아했다. 마르케타, 너한테는 도무지 고삐를 맬 수 없을 거야! 누가 네 남편이 될지 정말 걱정이다. 그럴 때마다 그녀는 자신만만하게 웃곤 했다. 그런 말이 그녀에게는 행복의 징조처럼 보였던 것이다. 그런데 어떻게 된 건지 모른 채 어느 새 그녀는 자기 예상과는 반대로, 자기 의지나 취향과는 반대로 전혀 다른 역할 속에 처해 있었다. 그리고 그 모든 게 그녀가 자신도 모르게 계약서를 작성한 첫 주 동안 조심하지 않았기 때문이었다.

항상 좋은 여자로 남는 것이 그녀에게 더 이상은 즐거운 일이 되지 못했다. 갑자기 결혼 생활의 모든 세월이 너무도 무거운 자루처럼 그녀를 짓눌렀다.

7

마르케타는 점점 더 침울해졌고, 카렐의 얼굴은 노기를 띠었다. 에바는 불안해졌다. 그녀는 두 사람의 행복한 결혼 생활에 대해 책임을 느꼈고, 집을 뒤덮은 먹구름을 걷기 위해 점점 더 수다스럽게 떠들었다.

하지만 그건 그녀 능력을 넘어서는 일이었다. 카렐은 이번만큼은 너무도 명백하게 부당한 처사에 화가 나서 고집스레 침묵을 지켰다. 마르케타는 쓸쓸한 마음을 다스릴 수도 없고, 남편의 화에도 참을 수가 없어서 일어나 부엌으로 가 버렸다.

에바는 카렐에게 그들 모두가 오래전부터 기다려 온 저녁을 망치지 말자고 설득하려고 애썼다. 하지만 카렐은 끄떡도 하지 않았다. "더 이상 지속될 수 없는 때가 있어. 이젠 정말 피곤해지기 시작했어! 늘 이런저런 이유로 날 비난해 대니. 더 이상은 죄책감에 시달리고 싶지 않아! 게다가 이런 바보 같은

일로 말이야! 이런 바보 같은 일이 어디 있어! 이건 아냐. 더
이상은 보고 싶지 않아. 절대로!" 그는 똑같은 소리를 거듭하
며 제자리를 맴돌았고, 말리려는 에바의 애원을 들으려 하지
않았다.

그녀는 결국 그를 혼자 내버려두고 마르케타가 있는 곳으
로 갔다. 마르케타는 부엌에 웅크리고 앉은 채 일어나지 말아
야 할 일이 방금 일어났다는 것을 깨달았다. 에바는 그 전화가
그녀의 의심을 전혀 정당화해 주지 않는다는 것을 입증하려
고 애썼다. 마르케타도 마음속으로는 이번에는 자신이 옳지
않았다는 걸 알고서도 이렇게 대답했다. "그렇지만 더 이상은
계속할 수가 없어. 늘 똑같아. 해가 가도, 달이 가도, 여자들과
거짓말뿐이야. 난 이제 지쳐 가고 있어. 지쳤어. 지긋지긋해."

에바는 두 부부가 똑같이 고집이 세다는 걸 알았다. 이곳에
오면서 가졌던, 처음에는 미심쩍어 보였던 막연한 생각이 좋
은 생각이라는 확신이 섰다. 두 사람을 도우려면 자기 생각대
로 행동해 보는 걸 겁내지 말아야 했다. 두 사람은 서로 사랑
하지만, 누군가가 두 사람에게서 무거운 짐을 덜어 줄 필요가
있었다. 누군가가 그들을 해방해야만 했다. 따라서 그녀가 이
곳에 오면서 품었던 계획은 단지 그녀에게만 득인 것이 아니
었다.(그렇다, 분명히 그 계획은 무엇보다 그녀에게 득이었다. 바로 그
래서 약간 마음에 걸렸던 것이다. 그녀는 친구들에게 결코 이기주의자
처럼 행동하고 싶지 않았기 때문이다.) 마르케타와 카렐에게도 득
이 되는 일이었다. 마르케타가 물었다.

"내가 어떻게 해야 하지?"

“가서 얘기해 봐. 화내지 말라고 해 봐.”
“더 이상은 그를 보고 싶지 않아. 절대로!”
“그럼 눈을 내리깔고 얘기해. 그러면 더 감동적일 거야.”

8

　이날 저녁은 구제되었다. 마르케타가 술 한 병을 장엄하게 들고 카렐에게 내밀었고, 그는 올림픽 경기에서 결승 경주에 출발 신호를 주는 사람처럼 거창한 동작으로 그 병을 땄다. 포도주가 잔 세 개를 채웠고, 에바는 몸을 흔들며 전축을 향해 걸어 가더니 디스크 하나를 골랐고, 음악 소리에 맞춰 (이번에는 바흐가 아니라 듀크 엘링턴이었다.) 방 안을 돌기 시작했다. 마르케타가 물었다.

“엄마가 주무실까?”

“가서 주무시라는 인사를 하는 게 좋을 것 같은데.”

카렐이 조언했다.

“당신이 가서 인사를 하면 엄마가 수다를 다시 시작할 것이고, 한 시간은 또 허비할 거야. 에바가 일찍 일어나야 한다는 것, 당신도 알잖아.”

마르케타는 이미 시간을 너무 많이 허비했다고 생각했다. 그녀는 친구 손을 잡고 엄마에게 인사를 하러 가는 대신 에바와 함께 욕실로 들어갔다.

카렐은 엘링턴의 음악과 함께 거실에 혼자 남았다. 그는 말다툼의 먹구름이 걷혀서 기뻤지만 이날 저녁에 대해 더 이상 아무런 기대도 하지 않았다. 전화가 온 작은 사고에 그는 그가 받아들이기를 거부해 온 것을 갑작스레 떠올렸다. 그는 지쳤고, 더 이상 아무런 의욕도 없었다.

몇 년 전 일이었다. 마르케타는 그에게 그녀가 질투하는 애인과 셋이서 함께 정사를 나누자고 청했다. 순간적으로 현기증이 날 정도로 그 제안에 그는 흥분했다! 하지만 그날 저녁은 그에게 그다지 기쁨을 안겨 주지 못했다. 오히려 끔찍이도 힘들기만 했다! 두 여자는 그가 보는 앞에서 서로 키스를 하고 끌어안았지만 한순간도 경쟁자의 태도를 버리지 못했다. 그가 누구에게 더 헌신적이며 누구에게 더 다정한지 경계를 풀지 않고 서로를 관찰했다. 그는 말 하나하나를 신중하게 골라서 했고, 애무를 할 때도 세심히 무게를 가늠했으며, 애인이라기보다는 세심하게 주의를 기울이는, 상냥하고 예의 바르며 공평한 외교관처럼 행동했다. 어쨌든 그는 실패했다. 먼저 그의 애인이 정사 도중에 울음을 터뜨렸고, 그 후 마르케타도 깊은 침묵 속에 빠져들고 말았던 것이다.

그녀가 순수하게 관능적 쾌락을 위해 그 같은 난교파티를 요구했다면(마르케타는 나쁜 여자일 테고) 그 파티는 분명히 그녀 마음에 들었을 것이다. 하지만 처음부터 나쁜 사람으로 정해진 그에게는 그 방탕한 행위가 고통스러운 희생으로밖에, 그의 일부다처제 성향을 넘어서서, 그것으로 행복한 결혼의 요소를 만들기 위한 관대한 노력으로밖에 보이지 않았다. 그는 마르케타의 질투를 보고 대단히 놀랐다. 그것은 그들 사랑이 시작되던 초기에 그가 안긴 상처였다. 그녀가 다른 여자 품에 있는 걸 보고서 자칫하면 그는 무릎을 꿇고서 용서를 구할 뻔했다.

그런데 방탕한 놀이가 고행일 수 있을까?

세 사람의 사랑이 즐거운 것이려면 마르케타가 경쟁자를 만난다는 감정을 품지 말아야 한다는 생각이 그에게 떠올랐다. 그러자면 카렐을 알지 못하고 그에게 관심이 없는, 마르케타의 친구를 데려와야만 했다. 그래서 그는 사우나에서 에바와 마르케타의 만남이라는 술책을 상상해 냈던 것이다. 계획은 성공했다. 두 여자는 친구가 되었고, 동맹이 되었으며, 그를 강간하고, 그와 더불어 즐기고, 그를 희생해 가며 즐기고, 함께 그를 욕망하는 공범이 되었다. 카렐은 에바가 마르케타의 머리에서 사랑에 대한 불안을 몰아내는 데 성공하여 마침내 그가 자유로워지고 죄책감을 벗기를 바랐다.

그런데 방금 그는 몇 년 전 결정된 것을 바꿀 방법이 없다는 것을 확인했다. 마르케타는 여전히 똑같았고, 그는 여전히 죄인이었다.

그렇다면 뭣하러 마르케타와 에바의 만남을 주선했단 말인가? 왜 두 여자와 정사를 나누었단 말인가? 그 모든 걸 왜 했단 말인가? 그 누구라도 이미 오래전에 마르케타를 유쾌하고 관능적이고 행복한 여자로 만들었을 것이다. 카렐만 빼고 누구라도. 그는 자신을 시시포스로 여겼다.

정말 시시포스로? 마르케타야말로 자신을 시시포스에 비견하지 않았던가?

그렇다, 세월과 더불어 두 부부는 쌍둥이처럼 되었다. 그들은 똑같은 어휘를, 똑같은 생각을, 똑같은 운명을 가졌다. 그들은 두 사람 모두 상대를 행복하게 만들기 위해 서로에게 에바라는 똑같은 선물을 했다. 그리고 두 사람 모두 바위를 밀고 올라간다는 느낌을 품었다. 또한 두 사람 모두 지쳤다.

카렐은 욕실에서 나는 물소리와 두 여자의 웃음소리를 들었고, 자신이 원하는 대로 한 번도 살 수 없었으며, 자신이 갖고 싶은 여자들을 갖고 싶은 대로 마음껏 갖지 못했다는 생각이 들었다. 그는 어딘가로 달아나서 사랑하는 사람들의 시선에서 벗어나서 혼자서 마음껏 자기 자신만의 이야기를 꾸리고 싶었다.

사실 깊이 생각해 보면 그에겐 이야기를 꾸리고 싶은 생각도 그다지 없었다. 그는 다만 그저 혼자 있고 싶었다.

9

마르케타가 엄마에게 잘 자라는 인사를 하러 가지 않고 그녀가 잠들었을 거라고 생각한 것은 분별없는 태도였고, 초조함 때문에 명철하게 보지 못한 것이었다. 아들 집에 머무는 동안 엄마의 머릿속에서는 생각이 더 빨리 돌았고, 이날 저녁엔 유난히 생각이 많았다. 젊은 시절의 누군가를 생각나게 하는 호감 가는 친척 때문이었다. 누굴 떠올리는 걸까?

마침내 그녀는 생각해 내는 데 성공했다. 노라였다! 그렇다, 몸매도 똑같고, 사람들의 눈길을 끄는 멋진 긴 다리도 똑같았다.

노라에게는 선의나 겸손이라고는 없어서 엄마는 그녀의 행동에 여러 번 상처 입었다. 하지만 지금은 그런 생각을 하지 않았다. 더 중요한 것은 그녀가 갑자기 여기서 자기 젊은 시절의 한 부분을 찾았다는 것이다. 반세기 정도 떨어진 곳에서 온 신호를 말이다. 그녀는 옛날에 경험했던 모든 것이 여전히 그녀와 함께며, 고독 속에서도 그녀를 감싸며, 그녀와 함께 얘기를 나눈다는 생각에 기뻤다. 노라를 결코 좋아한 적이 없었음에도 그녀를 이곳에서 만난 것이 기뻤다. 더구나 노라는 완전히 순해졌고, 엄마를 존중하는 태도를 보이는 딴 사람으로 변했다.

이 생각이 들었을 때 그녀는 그들이 있는 곳으로 달려가고 싶었다. 하지만 그녀는 자제했다. 오직 꾀를 써서 오늘 이곳에 있게 되었으며 정신 나간 아들과 며느리가 그들 사촌과 더불어 오붓한 시간을 보내고 싶어 했다는 것을 너무도 잘 알기 때문이었다. 저들끼리 비밀 얘기나 잘 하라지! 그녀는 손자 방에서 조금도 심심하지 않았다. 뜨개질도 있고, 읽을 책도 있었다. 무엇보다 그녀의 머리를 채우는 무언가가 언제나 있었다. 카렐이 그녀의 생각을 어지럽혀 놓았다. 그렇다. 그 애 말이 옳았다. 그녀가 전쟁 동안 대학입학시험을 본 것은 분명했다. 그녀가 잘못 생각한 것이다. 시 암송과 잊어버린 마지막 구절에 관한 일화는 적어도 오 년 전에 일어났던 것이다. 교장 선생이 와서 그녀가 틀어박혀 울던 화장실 문을 두드린 것은 사실이었다. 하지만 그해 그녀는 기껏해야 열세 살이었다. 그 일은 크리스마스 방학 전 중학교 축제 때 일어났다. 연단 위에는 장식된 크리스마스트리가 있었고, 아이들은 크리스마스 노래를 불렀다. 그리고 그녀는 짧은 시를 암송했다. 마지막 구절 앞에서 그녀는 머릿속이 하얘졌고 어떻게 계속해야 할지 알지 못했다.

엄마는 그 기억이 수치스러웠다. 카렐에게 뭐라고 말했어야 할까? 자신이 틀렸다는 걸 인정해야 했을까? 어쨌든 그들은 그녀를 늙은이로 여겼다. 그들이 다정한 건 사실이지만 기분 나쁘게 너그러운 태도로 그녀를 아이처럼 다룬다는 것은 그녀도 모르지 않았다. 그녀가 어린 시절 크리스마스 공연을 정치 모임으로 혼동했다고 털어놓음으로써 카렐 손을 들어준다면 그들 어깨가 몇 센티미터나 더 올라갈 테고 그녀는 더욱더 작아진 느낌이 들 것이다. 아니다, 아니다, 그녀는 그들에게 그런 기쁨을 주지 않을 것이다.

그녀는 그들에게 그녀가 전쟁 후 그런 의식에서 시를 암송한 게 사실이라고 말할 것이다. 그녀가 이미 대학입학자격시험을 통과한 것은 사실이지만 교장 선생은 그녀가 암송에서 최고였기 때문에 그녀를 기억했고, 옛 제자에게 와서 시를 암송해 달라고 부탁했다고 말할 것이다. 참으로 영예로운 일이었지! 하지만 엄마에겐 그럴 자격이 있었어! 애국자였으니까! 그들은 전쟁이 끝난 뒤 오스트리아-헝가리 제국의 몰락이 어떠했는지에 대해 전혀 알지 못했다! 그게 얼마나 큰 기쁨이었는데! 그 노래들, 국기들! 그러자 다시금 그녀는 아들과 며느리에게 그녀가 젊었던 시절의 세상에 대해 말하고 싶어 달려가고 싶은 마음이 불끈 들었다.

게다가 이제는 그들을 보러 가지 않으면 안 될 것만 같았다. 그녀가 그들에게 방해하지 않겠다고 약속한 것은 사실이지만, 그것은 절반의 진실에 불과했기 때문이다. 나머지 절반은 그녀가 전쟁 후에 학교의 엄숙한 모임에 참여할 수 있었다는 것을 카렐이 알지 못한다는 것이다. 엄마는 나이가 들어서 때로 기억에 구멍이 날 때가 있었다. 그녀는 아들에게 상황을 그 자리에서 설명하지는 못했지만, 이제는 마침내 실제로 어떻게 된 것인지 기억해 냈기에, 어쨌든 아들의 질문을 잊은 척할 수는 없는 것이다. 그러는 건 옳지 못한 일일 것이다. 그녀는 그들이 있는 곳으로 갈 것이다. (어쨌든 그들은 그다지 중요한 얘기를 나누지는 않을 것이다.) 그리고 사과할 것이다. 방해를 하고 싶지는 않았지만, 카렐이 그녀에게 그 당시 이미 대학입학 자격시험을 보았는데 어떻게 격식 갖춘 중학교 모임에서 시를 암송할 수 있었는지 묻지만 않았어도 분명히 다시 돌아오지는 않았을 것이다.

얼마 후 그녀는 문이 열렸다가 닫히는 소리를 들었다. 그리고 두 여자의 목소리가 들렸고, 그러더니 다시금 문이 열렸다. 그 후 웃음소리와 물 흐르는 소리가 들렸다. 그녀는 두 여자가 잠을 자기 위해 이미 씻고 있다고 생각했다. 따라서 저 세 사람과 얘기를 조금 더 나누려면 지금이 가야 할 때였다.

<h1 style="text-align:center">10</h1>

엄마가 돌아온 것은 장난기 넘치는 신이 웃으면서 카렐에게 내민 손이었다. 그녀는 꼭 가장 나쁜 순간에 왔다. 그녀는 변명을 하려고 애쓸 필요도 없었다. 카렐이 다정한 질문들을 던졌던 것이다. 오후 내내 무엇을 했느냐, 슬프지는 않았느냐, 왜 그들을 보러 오지 않았느냐?

엄마는 젊은 사람들에겐 언제나 할 얘기가 많고, 늙은 사람들은 그것을 알고 방해하지 말아야 한다고 설명했다.

그때 두 여자가 웃음을 터뜨리며 문을 향해 달려오는 소리가 들렸다. 에바가 먼저 들어섰다. 그녀는 짙은 파란색 티셔츠를 걸쳤는데, 티셔츠는 정확히 그녀의 검은 거웃 바로 위까지 내려왔다. 엄마를 보고서 그녀는 질겁했지만 뒷걸음질을 칠 수가 없었기에 그저 웃으면서 거실로 들어와 소파로 가서 잘 감춰지지 않는 벗은 몸을 서둘러 감추었다.

카렐은 마르케타가 곧바로 따라 들어올 것이며, 틀림없이 이브닝드레스를 입고 있으리라는 걸 알았다. 그들 언어로 이브닝드레스란 목에는 진주 목걸이 하나만 걸고 허리에는 진홍빛 벨벳 스카프만 두른다는 뜻이었다. 그는 그녀가 들어서는 것을 막기 위해 끼어들어서 엄마가 질겁하는 일은 벌어지지 않도록 해야 한다는 것을 알았다. 하지만 어떻게 해야 했을까? "들어오지 마."나 "얼른 옷 입어, 엄마가 여기 있어."라고 소리쳐야 했을까? 아마도 마르케타를 막는 더 능숙한 방법이 있었을 것이다. 하지만 카렐에겐 일이 초 정도밖에 생각할 시간이 없었고, 그동안 아무 생각도 떠오르지 않았다. 오히려 그는 기분 좋은 마비 상태에 사로잡혀서 정신이 없었다. 그는 아무것도 하지 않았고, 따라서 마르케타는 문턱에 나타났다. 그녀는 정말로 발가벗고 있었다. 목걸이 하나와 허리에 스카프 하나를 둘렀을 뿐이었다.

바로 그 순간 엄마는 에바를 향해 고개를 돌렸고, 상냥한 미소를 지으며 말했다. "가서 자고 싶었을 텐데, 내가 붙잡아 두는 건 아닌가요." 곁눈질로 마르케타를 본 에바는 '아닙니다.'라고 대답했는데, 마치 친구의 벗은 몸을 자기 목소리로 덮으려는 듯 거의 외치다시피 말했다. 마르케타는 상황을 알아차리고 복도로 뒷걸음질쳤다.

얼마 뒤 긴 목욕 가운을 걸치고 그녀가 돌아왔을 때 엄마는 에바에게 한 말을 다시 반복했다. "마르케타, 내가 붙잡아 두는 건 아닌지 몰라. 자려고 했을 텐데."

마르케타는 그렇다고 말하려고 했으나 카렐이 기꺼이 고개를 저었다. "아니에요, 엄마. 엄마가 우리와 함께 계셔서 기뻐요." 엄마는 마침내 1914년 전쟁 후, 오스트리아-헝가리가 몰락한 순간에, 교장 선생이 옛 제자를 불러 애국시를 암송하라고 해서 중학교 공식 모임에서 시를 암송한 이야기를 그들에게 할 수 있었다.

두 여자는 엄마가 얘기하는 것을 듣지 않았지만 카렐은 관심을 갖고 들었다. 잊어버린 구절에 대한 이야기가 그다지 그의 관심을 끌지 못했다는 사실은 짚어 두고 싶다. 그는 그 이야기를 수도 없이 들었다. 너무도 많이 들어 잊어버렸다. 그의 관심을 끄는 것은 엄마가 들려주는 이야기가 아니라 엄마가 이야기를 한다는 사실이었다. 엄마와 엄마의 세계. 그 세계는 커다란 배를 닮았고, 그 위에 러시아 탱크가 무당벌레처럼 앉아 있었다. 교장 선생이 두드리는 화장실 문이 무대 전경을 차지했고, 그 문 뒤로 두 젊은 여자의 탐욕스러운 초조함이 눈에 보일 듯했다.

바로 이것이 카렐의 마음에 들었다. 그는 희열을 느끼며 에바와 마르케타를 바라보았다. 두 여자의 벗은 몸은 티셔츠와 목욕 가운 아래에서 초조함에 발을 동동 굴렀다. 그는 서둘러 새로운 질문들을 던질 뿐이었다. 교장에 대해, 중학교에 대해, 1914년의 전쟁에 대해. 그리고 마지막으로 그는 엄마에게 그녀가 마지막 구절을 잊었던 애국시를 암송해 달라고 청했다.

엄마는 곰곰이 생각하더니 극도로 집중해서 그녀가 열세 살에 중학교 축제에서 암송했던 시를 읊기 시작했다. 따라서 그것은 애국시가 아니라 크리스마스트리와 베들레헴의 별에

관한 시였다. 그러나 아무도 그 세부 사실을 알아차리지 못했
다. 그녀 자신조차도. 그녀는 오직 한 가지만 생각했다. 마지
막 구절이 생각날까? 그녀는 기억해 냈다. 베들레헴의 별은
빛나고 동방박사 세 사람은 구유에 도착했다. 그녀는 이 성공
에 너무도 감동해 웃으며 고개를 끄덕였다.

에바가 박수를 쳤다. 에바를 쳐다보면서 엄마는 그들에게
더 중요한 사실을 말하러 왔던 것이 기억났다. "카렐, 저 사촌
분이 누구를 생각나게 하는지 알겠니? 노라야!"

11

카렐은 에바를 쳐다보았고, 그가 분명히 들은 것을 믿을 수가 없었다. "노라? 노라 아주머니?"

어린 시절 기억에서 그는 이 엄마 친구를 분명히 떠올렸다. 그녀는 키가 크고 얼굴이 여왕처럼 당당하며 눈부시게 아름다운 여자였다. 카렐은 그녀를 좋아하지 않았다. 너무 자부심 강하고 다가갈 수 없는 존재였기 때문이다. 그렇지만 그녀에게서 눈을 뗄 수가 없었다. 세상에, 그녀와 따뜻한 에바 사이에 어떤 닮은 점이 있을 수 있단 말이지?

"그래, 노라 말이다! 척 보면 모르겠니. 큰 키며 걸음걸이며. 그리고 얼굴도!"

엄마가 대답했다.

"에바, 일어나 봐!"

카렐이 말했다.

에바는 일어나기가 겁이 났다. 짧은 티셔츠가 그녀의 음부를 충분히 가리는지 확신이 없었기 때문이다. 하지만 카렐이 너무도 고집을 부려 결국 시키는 대로 하지 않을 수 없었다. 그녀는 일어섰고, 팔을 몸에 꼭 붙인 채 남몰래 티셔츠를 아래로 끌어내렸다. 카렐은 그녀를 열심히 살폈다. 그러다 갑자기 그녀가 노라를 닮았다는 느낌이 정말로 들었다. 포착하기 힘들 만큼 먼 닮음이었다. 그 느낌은 짧은 순간 나타났다가 금세 꺼졌지만 카렐은 붙들고 싶었다. 에바를 통해 아름다운 노라 아주머니를 계속해서 오래도록 보고 싶었기 때문이다.

"뒤돌아 서 봐!"

그가 명령했다.

에바는 돌기를 망설였다. 티셔츠 아래 아무것도 입지 않았다는 생각이 머리에서 떠나지 않았기 때문이다. 하지만 카렐은 집요하게 요구했다. 엄마가 막고 나서는데도 그랬다. "아가씨한테 군대 훈련을 하라는 거냐!"

카렐은 고집을 부렸다. "아니에요, 난 에바가 뒤로 돌면 좋겠어요." 그래서 결국 에바는 그의 말을 따랐다.

엄마의 시력이 매우 좋지 못하다는 사실을 잊지 말아야 한다. 그녀는 경계석을 마을로 보았고, 에바와 노라 아주머니를 혼동했다. 하지만 눈을 반쯤 감기만 하면 카렐도 경계석을 마을로 볼 수 있을 것이다. 한 주 내내 그는 엄마의 관점을 부러워하지 않았던가? 그는 눈꺼풀을 반쯤 감았다. 그러자 그의 눈앞에 옛날의 아름다움이 보였다.

그는 그 아름다움에 대해 잊을 수 없는 비밀스러운 기억을 간직하고 있었다. 아마도 그가 네 살 때였을 것이다. 엄마와 노라 아주머니는 그를 데리고 온천 도시로 갔다. (그곳이 어디였을까? 그는 전혀 알지 못했다.) 그는 텅 빈 탈의실에서 두 사람을 기다려야 했다. 그는 벗어 둔 여자 옷들 가운데서 홀로 끈기 있게 기다렸다. 한 벌거벗은 여자가 탈의실로 들어왔다. 키가 크고 눈부시게 아름다웠다. 그녀는 아이에게 등을 돌리고 선 채 그녀의 가운이 걸린 벽의 옷걸이를 향하고 있었다. 노라였다.

선 채 등을 돌린 그 벗은 몸의 이미지는 그의 기억에서 한 번도 지워진 적이 없었다. 그는 아주 작았기에 아래에서 개미의 시각으로 그 몸을 보았다. 마치 오늘날 그가 5미터 높이 조각상을 고개를 들고 올려다보듯 말이다. 그는 아주 가까이 있었지만 무한히 멀었다. 이중으로 멀었다. 공간적으로 그리고 시간적으로. 그의 위로 뻗은 그 몸은 아주 높이까지 솟았고, 셀 수 없는 세월로 그로부터 떨어져 있었다. 그 이중 거리는 네 살 꼬마 소년에게 현기증을 안겨 주었다. 이 순간 그는 다시금 바로 그 현기증을 느꼈다. 아주 강렬하게.

그는 에바를 바라보았고 (그녀는 여전히 등을 돌리고 있었다.) 노라 아주머니를 보았다. 그는 그녀로부터 거리로는 2미터, 시간상으로는 일이 분 정도 떨어져 있었다.

"엄마, 이렇게 우리와 얘기를 나누러 오신 것 정말 고마워요. 그런데 이제 여성분들이 자러 가고 싶어 해요."

엄마는 공손하고 고분고분한 태도로 나갔고, 곧 그는 두 여자에게 그가 노라 아주머니에 대해 간직해 온 기억을 얘기했다. 그는 에바 앞에 쭈그리고 앉더니 등 뒤에서 바라보기 위해 그녀를 뒤로 돌렸고, 옛날 어린아이 시각의 흔적을 눈으로 좇 았다.

피로가 단숨에 씻겨 나갔다. 그는 그녀를 바닥에 쓰러뜨렸 다. 그녀는 배를 깔고 엎드렸고, 그는 그녀의 발밑에 쪼그리고 앉아서 다리를 따라 엉덩이를 향해 미끄러지듯 눈으로 훑었 다. 그러다 곧 달려들어 그녀를 덮쳤다.

그는 그녀 몸 위로 달려드는 것이 거대한 시간을 가로지르 고 달리는 것처럼, 어린아이가 유년기에서 성년기로의 도약 인 것처럼 느꼈다. 그런 다음 그녀 몸 위에서 앞으로, 그리고 뒤로 움직이는 동안 그는 끊임없이 동일한 움직임을 그리는 것 같았다. 유년기에서 성년기로, 그리고 그 반대로, 그리고 다시 한 번 여자의 거대한 몸을 가련하게 바라보는 꼬마 아이 에서 그 몸을 끌어안고 지배하는 남자로 뛰어넘는 움직임이 었다. 기껏해야 15센티미터 정도밖에 되지 않는 이 움직임은 삼십 년처럼 길었다.

두 여자는 그의 광기에 순종했고, 그는 노라 아주머니에서 마르케타로, 그리고 다시 노라 아주머니에게로 돌아가기를 반복했다. 그것은 매우 오랫동안 지속되었다. 그리고 나서는 휴식이 조금 필요했다. 그는 경이로울 정도로 기분이 좋았고, 그 어느 때보다 강해진 느낌이었다. 그는 안락의자에 누워서 맞은편 소파에 누운 두 여자를 물끄러미 지켜보았다. 그 짧은 휴식 동안 그의 눈앞에 있는 건 노라 아주머니가 아니라 오랜 두 친구, 그의 삶의 증인들인 마르케타와 에바였다. 그러자 그는 자신이 체스판 두 개를 두고 적수들을 상대로 이긴 위대한 체스 선수가 된 느낌이 들었다. 이러한 비교가 너무도 마음에 들어 그는 큰 소리로 외치지 않을 수 없었다. 그는 웃음을 터뜨리며 외쳤다. "나는 보비 피셔다. 나는 보비 피셔다."

12

카렐이 자신을 보비 피셔(그 시절 아이슬란드에서 체스 세계 챔피언이 된 인물이다.)로 여기고 외치는 동안 에바와 마르케타는 서로를 꼭 껴안은 채 소파에 누워 있었다. 에바가 친구의 귀에 대고 속삭였다. "그럴 거지?"

마르케타는 그러겠다고 대답했고, 에바의 입술에 자기 입술을 대고 눌렀다.

한 시간 전, 두 사람이 욕실에 함께 있을 때 에바는 그녀에게 보답 삼아 다음번에는 자기 집에 와 주겠느냐고 물었다.(이 생각을 그녀는 이곳에 올 때부터 품었지만 정직한 생각인지는 그녀가 보기에도 의심스러웠다.) 카렐과 함께 초대하고 싶지만 다만 에바의 남편과 카렐은 질투를 하기에 다른 남자의 존재를 견디지 못했다.

그 자리에서는 받아들이는 것이 불가능하다고 생각했기에

마르케타는 그저 웃기만 했다. 그런데 몇 분 뒤, 카렐 엄마의 수다가 그녀 귓등을 스치던 거실에서 에바의 제안은, 처음에 받아들이기 힘들게 여겨졌기에 더더욱 뇌리를 떠나지 않았다. 에바 남편의 유령이 두 여자와 함께 있었다.

그 후 카렐이 자신은 네 살이라고 외치기 시작했을 때, 서 있는 에바를 아래에서 쳐다보기 위해 쭈그리고 앉았을 때 그녀는 그가 정말 네 살이 되어서 그녀 앞에서 어린 시절로 달아나고 있다는 생각이 들었다. 그래서 놀라울 만큼 효율적인 그의 몸만 두 여자와 함께 남았다. 그 몸은 너무도 기계적으로 강건해서 마치 개인을 떠나 텅 빈 것처럼 보였기에 그 몸에 어떤 영혼이라도 담아서 상상할 수 있었다. 필요하다면 에바 남편의 영혼까지도, 얼굴도 없고 겉모습도 없는 완벽하게 낯선 그 남자의 영혼까지도 담을 수가 있었다.

마르케타는 그 기계적인 수컷 몸의 사랑을 받아들였고, 얼마 후 그 몸이 에바의 다리 사이로 달려드는 것을 보았다. 그러나 그녀는 그것이 낯선 사람의 몸이라고 생각할 수 있도록 얼굴을 보지 않으려고 애썼다. 그것은 가면 무도회였다. 카렐은 에바에게 노라의 가면을 씌웠고, 그는 어린아이의 가면을 썼으며, 마르케타는 그의 몸에서 머리를 떼어 냈다. 그는 머리 없는 남자의 몸이었다. 카렐이 사라지자 기적이 일어났다. 마르케타는 자유로웠고 유쾌했다!

이런 얘기를 통해 나는 카렐의 의심을 입증하는 걸까? 집에서 벌이는 그들의 난교파티가 그때까지 마르케타에게는 희생이요 고통이었을 뿐이라는 의심 말이다.

아니다, 그런다면 너무 단순화하게 될 것이다. 마르케타는 자신의 몸과 감각으로, 그녀가 카렐의 정부라고 여겼던 여자들을 정말로 욕망했다. 또한 그녀는 머리로도 욕망했다. 옛날 수학 선생님의 예언을 실현하여 스스로 적극적이고 쾌활한 모습을 보이고 싶었고(적어도 그 침통한 계약의 한계 내에서일지라도) 카렐을 놀라게 만들고 싶었다.

다만 그녀가 넓은 소파에 그 여자들과 발가벗고 있으면 관능적 공상은 머릿속에서 곧 사라졌고, 남편을 보는 것만으로도 그녀는 자기 역할로 돌아가게 되었다. 사람들이 고통을 안기는 착한 여자라는 역할 말이다. 그녀가 아주 좋아하고 질투를 하지 않는 에바와 함께 있을 때조차도 너무도 사랑하는 남자의 존재가 그녀를 무겁게 짓눌러 감각의 쾌락을 억눌렀다.

그의 몸에서 머리를 떼어 낸 순간, 그녀는 자유와의 낯설지만 황홀한 접촉을 느꼈다. 몸의 익명성은 갑작스럽게 발견된 천국이었다. 야릇한 쾌락과 더불어 그녀는 상처 입고 지나치게 경계심을 품은 자신의 영혼을 몰아냈다. 그리고 기억도 과거도 없지만 그만큼 수용력 있고 욕구 넘치는 단순한 몸으로 변했다. 그녀는 머리 없는 몸이 그녀 몸 위에서 힘차게 움직이는 동안 에바의 얼굴을 다정하게 어루만졌다.

그런데 머리 없는 몸이 움직임을 중단하더니 불쾌하게도 카렐의 목소리를 떠올리게 하는 목소리로 믿기 힘들 정도로 바보 같은 문장을 내뱉었다. "나는 보비 피셔다! 나는 보비 피셔다!"

그 목소리는 마치 그녀를 꿈에서 끌어내는 것만 같았다. 그 순간 그녀는 에바를 끌어안았고 (마치 잠에서 깬 사람이 뿌연 아침 햇살로부터 숨기 위해 베개를 끌어안듯이) 에바가 그녀에게 "그럴 거지?"라고 물었을 때 그녀는 동의를 뜻하는 신호로 그러겠다고 했다. 그리고 에바의 입술에 자기 입술을 갖다 댔다. 그녀는 늘 에바를 좋아했지만 오늘 처음으로 자신의 모든 감각으로, 자기 자신을 위해, 자신의 몸을 위해, 자신의 살갗을 위해 사랑했으며, 문득 새로운 사실이라도 발견한 듯 그 관능적 사랑에 도취했다.

그 후 두 여자는 배를 깔고 엉덩이를 살짝 들어 올린 채 나란히 엎드려 있었다. 얼마 후 마르케타는 놀랄 만큼 효율적인 몸이 다시금 두 여자 위로 눈길을 고정하며 금세라도 정사를 다시 시작할 태세라는 것을 느꼈다. 그녀는 자기 눈앞에 아름다운 노라 아주머니가 있다고 말하는 목소리를 듣지 않으려고 애썼고, 듣지 못하는 몸이 되어 매우 다정한 여자 친구와 머리 없는 어떤 남자의 몸과 밀착하려고 애썼다.

모든 것이 끝났을 때 그녀의 여자 친구는 금세 잠이 들었다. 마르케타는 그 동물적인 잠이 부러웠다. 그래서 그녀의 입술에서 그 잠을 빨아들이고 그녀의 리듬에 따라 잠들고 싶었다. 그녀는 카렐을 속이기 위해 에바에게 몸을 밀착하고 눈을 감았다. 카렐은 두 여자가 잠들었다고 생각하고서 옆방으로 자러 떠났다.

새벽 4시 30분에 그녀는 그의 방문을 열었다. 잠이 덜 깬 채 그가 그녀를 쳐다보았다.

"자요, 에바는 내가 보살필게요." 이렇게 말하고 그녀는 그에게 다정하게 키스했다. 그는 반대편으로 돌아눕더니 곧 다시 잠 들었다.

차에서 에바가 다시 물었다. "그럴 거지?"

마르케타는 어제만큼 결심이 서지 않았다. 그렇다. 그녀는 오래된 불문의 관습을 뛰어넘고 싶었다. 하지만 사랑을 파괴하지 않고 어떻게 그럴 수 있을까? 그녀가 여전히 카렐을 이토록 사랑하는데 어떻게 그럴 수 있을까?

"겁내지 마."

에바가 말했다.

"그 사람은 절대 눈치채지 못해. 너와 그 사람 중 의심을 품는 건 너지 그가 아니라는 사실은 영원히 변하지 않아. 정말이지 그 사람이 뭔가를 의심할까 봐 두려워할 일은 없다니까."

13

에바는 덜컹거리는 기차 안에서 졸고, 마르케타는 역에서 집으로 돌아와 이미 다시 잠들었고,(한 시간 후면 그녀는 다시 일어나서 일하러 갈 준비를 해야 한다.) 이제 카렐이 일어나 엄마를 역으로 모셔 가야 한다. 이날은 기차 배웅을 하는 날이다. 몇 시간 있으면 (하지만 그때쯤이면 두 부부는 이미 일터에 있을 것이다.) 그들의 아들이 이 이야기에 마침표를 찍기 위해 역에 내릴 것이다.

카렐은 아직 지난밤의 아름다움에 취해 있었다. 그는 천 번 또는 삼천 번의 사랑 행위 가운데(평생 그가 정사를 몇 번 했던 가?) 정말로 본질적이고 잊을 수 없는 것은 두세 번밖에 되지 않으며 다른 것들은 회귀요 모방이요, 반복이거나 환기라는 것을 잘 안다. 그리고 어제의 사랑이 그 두세 번의 위대한 사랑 행위 가운데 하나라는 것을 알고 무한한 감사를 느꼈다.

그는 자동차로 엄마를 역까지 배웅했고, 엄마는 쉬지 않고 말을 했다.

무슨 말을 했을까?

먼저 그녀는 그에게 감사했다. 아들과 며느리 집에서 너무도 편안했다는 것이다.

그런 다음 그녀는 원망을 했다. 두 사람이 그녀에게 많은 잘못을 했다는 것이다. 그가 마르케타와 함께 아직 그녀 집에 살 때 그는 그녀에게 짜증을 부렸고, 자주 거칠기까지 했으며, 무관심해서 그녀는 고통을 많이 받았다. 맞다, 그녀는 인정한다. 이번에 그들은 아주 친절했으며 지금까지 보여 준 모습과는 달랐다. 맞다, 그들은 변했다. 하지만 왜 그렇게 긴 시간을 기다려야 했단 말인가?

카렐은 이 긴 푸념을 듣고도(그는 이 푸념을 외우다시피 잘 알았다.) 조금도 짜증 나지 않았다. 그는 곁눈으로 엄마를 쳐다보며 그녀가 참으로 왜소하다는 사실에 다시금 놀랐다. 마치 그녀 인생 전체가 점차적인 수축 과정이었던 것만 같았다.

그런데 그 수축이란 정확히 뭘까?

성인의 크기를 버리고 노화와 죽음을 통해 크기라곤 없고 무(無)밖에 없는 먼 곳을 향한 긴 여행을 시작하는 인간의 실제적 수축일까?

아니면 그 수축은 시각적 착각에 불과할까? 엄마가 멀어져서 다른 곳에 있으며, 따라서 아주 멀리서 보기에 그에게는 엄마가 어린 양처럼, 박새처럼, 나비처럼 보인다는 사실에서 기인한 시각적 착각일까?

엄마가 잠시 푸념을 멈췄을 때 카렐은 물었다. "노라 아주머니는 어떻게 되었어요?"

"이젠 노파지. 눈도 거의 안 보여."

"이따금 만나세요?"

"너 모르니?"

벌컥 화를 내며 엄마가 말했다.

두 여자는 오래전부터 만나지 않았다. 사이가 틀어져서 헤어진 뒤로 다시는 화해를 하지 않았다. 카렐이 기억했어야 할 사실이다.

"제가 어렸을 때 우리가 그 아주머니와 함께 휴가를 보내러 갔던 곳이 어딘지 모르세요?

"알지."

엄마가 말했다. 그리고 보헤미아의 어느 온천 도시 이름을 말했다. 카렐은 그곳을 잘 알았지만, 그곳에 그가 발가벗은 노라 아주머니를 보았던 탈의실이 있는지는 결코 알지 못했다.

이제 그의 눈앞에는 그 온천 도시의 골짜기 많은 포근한 풍경이 떠올랐다. 조각된 기둥처럼 줄지어선 나무들, 그리고 풀밭으로 뒤덮인 주변 언덕들이 떠올랐다. 풀밭에서는 양들이 풀을 뜯고 있고, 양의 목에 매달린 종소리가 들렸다. 그는 머릿속으로 그 풍경 속에 노라 아주머니의 벗은 몸을 심었고,(콜라주를 하는 사람이 삽화 하나 위에 잘라 낸 삽화를 또 하나 덧붙이듯이) 아름다움이란 세월의 간격을 뛰어넘고 서로 다른 두 연령이 만날 때 갑자기 솟구치는 불꽃이라는 생각을 했다. 아름다움이란 연대(年代)의 소멸이며, 시간에 대한 저항이라는 생각을 했다.

그는 아름다움과 엄마에게 감사하는 마음으로 가슴이 벅찼다. 그래서 느닷없이 이렇게 말했다. "엄마, 마르케타와 나는 엄마가 아마 우리와 함께 살고 싶어 할 거라고 생각했어요. 아파트를 조금 더 큰 것으로 바꾸는 건 어렵지 않아요."

엄마는 아들 손을 어루만지며 말했다. "정말 고맙구나, 카렐. 고마워. 네가 그런 말을 해 주니 기뻐. 하지만 내 강아지는 지금 사는 곳에 길들었어. 그리고 나도 이웃들과 친구가 되기도 했고."

얼마 후 그들은 기차에 올랐고, 카렐은 엄마를 위한 열차 칸을 찾았다. 모든 칸이 가득 찼고 편안해 보이지도 않았다. 결국 그는 어머니를 일등칸에 앉혔고 검표원을 찾아 차액을 지불했다. 그리고 손에 지갑을 꺼내 든 김에 그는 100코루나 지폐를 한 장 꺼내 엄마 손에 쥐어 주었다. 엄마가 넓은 세상으로 멀리 떠나는 어린 여자아이라도 되는 듯이. 그러자 엄마는 놀라지도 않고 자연스럽게 지폐를 받았다. 어른들이 이따금 돈을 슬쩍 쥐어 주는 것에 익숙한 초등학생처럼.

그러고 나자 기차가 출발했고 엄마가 창가로 왔다. 카렐은 플랫폼에 서서 엄마에게 오래도록 손을 흔들었다. 오래도록, 마지막 순간까지.

3부   천사들

3부   천사들

1

　「코뿔소」는 외젠 이오네스코의 희곡이다. 그 등장인물들은 서로 닮으려는 욕망에 사로잡혀 차례차례 코뿔소로 변해 간다. 가브리엘과 미셸, 두 젊은 미국 여자들은 지중해 해안 작은 도시에서 외국 학생들을 위한 여름 학기 수업으로 이 작품을 공부했다. 그들은 라파엘 부인의 애제자들이었다. 왜냐하면 두 여자는 라파엘 부인을 언제나 주의 깊게 쳐다보았으며, 그녀가 하는 말마다 정성껏 받아 적었기 때문이다. 오늘 라파엘 부인은 그들에게 다음 수업을 위해 이 작품에 관한 발표를 함께 준비하라고 했다.

　"그들이 모두 코뿔소로 변하는 것이 무슨 의미인지 잘 모르겠어." 가브리엘이 말했다.

　"그걸 상징으로 해석해야 해."

　"맞아. 문학은 기호들로 이루어졌어."

"코뿔소란 무엇보다 하나의 기호야."

"그래, 그런데 그들이 진짜 코뿔소로 변한 것이 아니라 기호로 변한 것이라는 사실은 인정하더라도, 왜 다른 기호가 아니라 그 기호로 변한 거냐는 거지?"

"그래, 그게 문제야."

미셸이 침통하게 말했다. 그리고 기숙사로 돌아오는 길에 두 여자는 긴 침묵을 지켰다.

침묵을 깬 건 가브리엘이었다. "남근의 상징인 것 같지 않아?"

"뭐?"

"뿔 말이야."

"맞아!"

미셸이 외쳤다. 그러나 그녀는 곧 머뭇거렸다.

"그런데 왜 모두 남근의 상징으로 변했을까? 여자들이고 남자들이고 할 것 없이?"

기숙사를 향해 빠르게 걷던 두 여자는 다시금 조용해졌다.

"나한테 생각이 있어."

갑자기 미셸이 말했다.

"뭔데?"

가브리엘이 관심을 보이며 물었다.

"게다가 이건 라파엘 부인이 어느 정도 암시한 건데."

가브리엘의 호기심을 부추기며 미셸이 말했다.

"글쎄 뭔데? 말해 봐."

가브리엘이 초조하게 재촉했다.

"작가가 희극적 효과를 창출해 내고 싶었던 거지!"

친구가 표현한 생각에 홀린 가브리엘은 자기 머릿속에서 일어나는 생각에 몰두한 나머지, 걷는 것마저 잊고 걸음을 늦출 정도였다. 두 여자는 멈춰 섰다.

"코뿔소라는 상징이 희극적 효과를 창출하기 위한 거라고 생각한단 말이지?"

그녀가 물었다.

"응."

미셸은 이렇게 말하며 진리를 찾아낸 사람처럼 의기양양하게 웃었다.

"네 말이 맞아."

가브리엘이 말했다.

두 여자는 자신들의 기발함에 행복해하며 서로를 바라보았고, 자부심으로 그들의 입가가 떨렸다. 그러다 갑자기 그들은 날카로우며 짧고 발작적인, 뭐라 말로 표현하기 힘든 소리를 냈다.

2

　"웃음? 우리가 웃음에 대해 생각이나 할까? 농담이나 조롱 말고 우스꽝스러움을 뛰어넘는 진짜 웃음 말이다. 웃음, 달콤하고 커다란 즐거움, 온전한 즐거움…….

　나는 내 여동생에게 말하곤 했다. 혹은 내 여동생이 내게 말했던지. 이리 와, 웃는 놀이할래? 우리는 침대 위에 나란히 누워서 시작했다. 물론 웃는 척하는 것이다. 억지웃음. 우스꽝스러운 웃음. 너무도 우스꽝스러워 우리를 웃게 만드는 웃음을. 그러면 진짜 웃음이, 온전한 웃음이 찾아와 우리를 폭발하게 만든다. 폭발하고, 다시 터져 나오고, 떼밀려 나오는 고삐 풀린 웃음, 멋지고 화사하고 광적인 웃음…… 우리는 우리들의 웃음에 대한 웃음을 무한히 웃곤 했다…… 아, 웃음! 기쁨의 웃음, 웃음의 기쁨, 웃는다는 건 참으로 깊이 사는 것이다."

　지금 인용한 글은 『여자의 말』이라는 책에서 발췌한 것이다. 1974년, 우리 시대 분위기에 일획을 그은 열정적인 페미니스트 가운데 한 사람이 쓴 책이다. 이것은 기쁨에 대한 신비주의적인 선언이다. 발기의 짧은 순간에 바쳐진 수컷의 성적 욕망, 따라서 폭력과 소멸과 실종과 운명적으로 맺어진 수컷의 성적 욕망의 대척점으로, 저자는 부드럽고 한곳에 치우치지 않으며 지속적인 여성의 '쾌락'을 찬미하며 맞세운다. 여성에게는, 여성이 자기 고유의 본질로부터 소외되지 않기에 "먹는 것, 마시는 것, 배뇨하는 것, 배변하는 것, 만지는 것, 듣는 것, 혹은 그저 존재하는 것," 이 모든 것이 쾌락이다. 관능적 쾌락을 나열하자면 아름다운 신도송처럼 책 한 권을 채우고도 남을 것이다. "사는 것이 행복이다. 보는 것, 듣는 것, 마시는 것, 먹는 것, 배뇨하는 것, 배변하는 것, 잠수하는 것, 하늘을 보는 것, 웃는 것과 우는 것." 성교가 멋진 건 만지고, 보고, 듣고, 말하고, 느낄 뿐 아니라 마시고, 먹고, 배변하고, 체득하고, 춤추는 쾌락까지, 삶에서 누릴 수 있는 쾌락의 총체이기 때문이다. 젖 먹이는 것 또한 기쁨이며, 출산도 쾌락이며, 생리는 열락이요, 이 "미지근한 침, 이 거뭇한 젖, 이 뜨뜻하고 달짝지근할 것 같은 피의 배출, 타는 듯한 행복의 맛을 띤 이 고통."

어리석은 자만이 이 기쁨의 선언을 비웃을 수 있을 것이다. 모든 신비는 과도함이다. 신비를 끝까지 좇고 싶다면, 겸허의 끝까지 혹은 쾌락의 끝까지 가고 싶다면 우스꽝스러움을 두려워하지 말아야 한다. 테레사 성녀가 임종 가운데서도 웃었던 것처럼, 안니 르클레르 성녀(내가 인용문을 발췌한 책의 저자다.)는 죽음이란 기쁨의 파편이며 오직 수컷만이 죽음을 두려

위한다고 말한다. 왜냐하면 수컷은 "자신의 보잘것없는 자아와 보잘것없는 권력에" 가련하게 매달리기 때문이다.

관능의 사원의 궁륭처럼 웃음은 높은 곳에서 폭발한다. "행복의 달콤한 몰아지경, 쾌락의 최고 절정. 쾌락의 웃음, 웃음의 쾌락." 이런 웃음은 분명하게 "농담과 조롱과 우스꽝스러움 너머에" 있다. 침대 위에 누운 두 자매는 구체적인 것에 대해 웃는 것이 아니다. 그들의 웃음에는 대상이 없다. 그것은 존재하는 것을 기뻐하는 존재의 표현이다. 아픈 사람이 신음 소리를 통해 고통 받는 자기 몸의 현존하는 순간과 이어지는 것처럼(그는 과거와 미래로부터 완전히 벗어난다.) 황홀한 웃음을 터뜨리는 사람에게는 기억도 욕망도 없다. 그는 세상이 현존하는 순간에 자신의 외침을 던질 뿐 그 순간에 대해 아무것도 알려고 들지 않기 때문이다.

당신은 나쁜 영화 수십 편에서 봐서 분명히 다음 장면을 기억할 것이다. 한 남자와 여자가 손을 잡고 아름다운 봄(혹은 여름) 풍경 속으로 달려간다. 그들은 달리고, 달리고, 달린다. 그리고 웃는다. 달리는 이 두 남녀의 웃음은 온 세상에, 모든 영화 관객들에게 이렇게 말하는 것 같다. 우리는 행복하다. 우리는 세상에 태어난 것이 기쁘다. 우리는 존재에 동의한다! 이 장면은 멍청하고 상투적이지만 인간의 근본적인 태도를 표현해 준다. 진지한 웃음, "농담을 넘어서는" 웃음을.

모든 교회들, 모든 속옷 제조사들, 모든 장군들, 모든 정당들은 이 웃음에 동의하며, 모두가 그들의 종교를 위한, 제품을 위한, 이데올로기를 위한, 민중을 위한, 성(性)을 위한, 세제를

위한 포스터에, 웃으며 달려가는 이 남녀의 이미지를 담기 위
해 달려든다.

바로 이 웃음을 미셸과 가브리엘은 웃는다. 두 여자는 문구
점에서 나와 서로 손을 맞잡고 다른 손에는 색지, 풀, 고무줄
이 든 작은 꾸러미를 하나씩 들고 흔든다.

"라파엘 부인이 아주 좋아할 거야." 가브리엘은 이렇게 말
하며 날카롭고 발작적인 소리를 내지른다. 미셸도 그녀 생각
에 동의하며 거의 똑같은 소리를 낸다.

3

　러시아군이 1968년에 우리나라를 점령하고 얼마 지나지 않아 나는 직장에서 쫓겨났다.(다른 수천, 수만 체코인들과 마찬가지로.) 그리고 그 누구에게도 내게 다른 일자리를 줄 권리가 없었다. 그러자 젊은 친구들이 나를 보러 왔다. 그들은 러시아군 명단에 들어 있기에는 너무 젊었다. 따라서 편집실에, 학교에, 영화 스튜디오에 남아 있을 수 있었다. 내가 결코 배반하지 않을 이 선량하고 젊은 친구들은 내게 자기들 이름으로 라디오와 텔레비전을 위한 드라마, 연극작품, 기사, 취재 기사, 영화 시나리오를 쓰라고 제안했다. 그렇게 해서 내가 먹고살 수 있도록 말이다. 나는 몇 번은 그런 일을 했지만 대개는 거절했다. 사람들이 내게 제안하는 모든 것을 할 수가 없었기 때문이기도 하고 위험하기도 했기 때문이다. 나한테 위험한 것이 아니라 그들에게 위험했다. 비밀경찰은 우리를 굶주리게 만들고, 가난을 이용해 우리를 옴짝달싹 못 하게 하고, 항복할 수밖에 없도록 만들고, 공개적으로 우리를 움츠러들게 만들고 싶어 했다. 그래서 우리가 포위에서 벗어나려고 시도하는 비상구를 철저히 감시했으며, 이름을 빌려주는 사람들을 혹독하게 벌했다.

그 너그러운 공여자들 가운데 R이라는 젊은 여성이 있었다.(그녀 경우엔 모든 것이 드러났기 때문에 감출 것이 하나도 없다.) 수줍고 섬세하고 똑똑한 이 여성은 거의 신화적인 부수를 발행하는 청년 잡지의 편집장이었다. 그 잡지는 당시 형제 같은 러시아 민중을 찬양하는 소화하기 힘든 엄청난 양의 정치 기사를 실어야 했기 때문에 편집부에서는 대중의 관심을 끌 방법을 찾고 있었다. 따라서 마르크스 이데올로기의 순수성에서 예외적으로 멀어져서 점성술에 관한 지면을 만들기로 결정했다.

추방자로 살았던 그 세월 동안 나는 운세를 수천 건 썼다. 위대한 야로슬라프 하셰크는 한때 개장수였는데(그는 훔친 개들을 많이도 팔았고 잡종들을 종의 표본인양 속였다.) 나라고 점성술사가 되지 못할 게 뭐 있겠는가? 예전에 나는 파리의 친구들로부터 국제 점성술 센터 회장이라는 직책이 이름에 자랑스레 붙은 앙드레 바르보의 점성술 책을 몽땅 받았는데, 내 글씨체를 바꾸어 나는 그 책의 첫 페이지에 펜으로 이렇게 써넣었다. 밀란 쿤데라 님께, 존경을 담아, 앙드레 바르보. 그리고 헌사를 쓴 그 책들을 탁자 위에 슬쩍 놓아두고 어리둥절해하는 프라하의 손님들에게 내가 몇 달 동안 파리에서 저 유명한 바르보의 조수로 지냈다고 설명했다.

R이 내게 자기 주간지의 점성술 지면을 비밀리에 맡아 달라고 부탁했을 때 나는 당연히 열광했으며, 그녀에게 편집진에게는 이 글의 저자가 명석한 원자 전문가인데 동료들의 조롱거리가 될까 두려워 자기 이름을 밝히고 싶어 하지 않는다고 말해 달라고 부탁했다. 우리 계획은 이중으로 보호되는 것 같아 보였다. 존재하지 않는 학자를 통해, 그리고 그의 가명을 통해.

따라서 나는 가짜 이름을 내걸고 점성술에 관한 길고도 멋진 기사를 썼고, 매달 별자리에 관한 꽤 바보 같은 글을 썼으며, 황소자리, 염소자리, 처녀자리, 물고기자리 그림도 직접 그렸다. 벌이는 보잘것없었고, 일 자체도 전혀 유쾌하지도 주목할 만하지도 않았다. 이 모든 일에서 마음에 드는 것은 나의 실존뿐이었다. 역사와 문학과 전화번호부에서 지워진 한 사람의 실존. 죽은 사람이 사회주의 나라의 수십만 청년들에게 점성술의 대진리를 강의하기 위해 놀랍게 환생하여 다시 살아난 것이다.

어느 날 R은 편집장이 점성술에 빠져서 자신의 운세를 알고 싶어 한다고 내게 알려 왔다. 나는 기뻤다. 러시아군이 그 잡지의 수뇌로 앉힌 이 편집장은 프라하와 모스크바에서 마르크스-레닌의 이념을 공부하느라 인생의 반을 보낸 사람이었다!

"그 말을 하면서 약간 민망해하더군요." R이 웃으며 내게 설명했다. "그 사람은 자기가 중세 미신을 믿는다는 사실이 알려지는 걸 바라지 않아요. 그렇지만 엄청나게 해 보고 싶은가 봐요."

"좋아."

나는 기분이 좋았다. 그 편집장을 알았기 때문이다. 그는 R의 상사일 뿐 아니라 당의 간부 담당 고등위원회 일원으로 꽤 많은 내 친구들의 삶을 파멸로 몰아넣었다.

"그 사람은 철저하게 익명을 지키고 싶어 해요. 그의 생년월일은 드리겠지만 선생님은 그가 누구인지 모르셔야 해요."

그 말에 나는 한층 더 구미가 당겼다. "잘됐네!"

"자기 운세를 봐 주는 데 100코루나를 주겠대요."

"100코루나? 그 노랑이가 무슨 생각을 하는 거야?"

그는 내게 1000코루나를 보내야만 했다. 나는 그의 성격을, 그리고 그의 과거(여기에 대해서는 충분한 자료 조사를 했다.)와 미래를 묘사하는 내용을 열 페이지나 썼다. 일주일 내내 나는 작업했고 R과 함께 자세하게 상의까지 했다. 사실, 운세를 가지고 사람들의 행동에 멋지게 영향을 미치고 그들을 좌지우지까지 할 수 있다. 그들에게 어떤 행동을 권고하고, 어떤 행동들은 막고, 다가올 재앙을 알려 줌으로써 그들을 겸손하게 만들 수 있는 것이다.

얼마 뒤 R을 다시 만났을 때 우리는 실컷 웃었다. 그녀는 편집장이 운세를 읽고 난 후 훨씬 좋은 사람이 되었다고 했다. 그는 소리를 덜 질러 댔다. 운세가 조심하라고 한 자신의 엄격함을 경계하기 시작했고, 자신이 보여 줄 수 있는 선량함을 매우 중요하게 여겼으며, 종종 허공을 응시하는 그의 눈길에서

는 별들이 앞날의 고통만을 약속했다는 사실을 아는 사람의
슬픔을 읽을 수 있었다.

4

두 가지 웃음에 대하여

악마를 악의 신봉자로, 그리고 천사를 선의 투사로 여기는 것은 천사들의 선동을 받아들이는 것이다. 물론 사실은 훨씬 복잡하다.

천사들은 선의 신봉자가 아니라 신의 창조를 신봉하는 자다. 그 반대로 악마는 신의 세상에 대해선 합리적인 의미를 인정하지 않는 자다.

세상은 우리가 알듯 천사와 악마들이 나눠 지배하고 있다. 그렇지만 세상의 선이란 천사들이 악마들보다 우위에 있다는 것이 아니라(내가 어렸을 때 믿었던 것처럼.) 서로의 힘이 대략 균형을 이룬다는 것을 암시한다. 세상이 부인할 수 없는 의미로 넘쳐난다면(천사들의 권한) 인간은 그 무게에 짓눌려 버린다. 세상이 모든 의미를 잃어도(악마들의 통치) 우리는 살아갈 수가 없다.

가정된 의미를 홀연 잃어버린 사물들, 사물의 이치 속에 지정된 제자리를 잃어버린 사물들은(모스크바에서 교육받은 마르크스주의자가 점성술을 믿는 것처럼) 우리에게 웃음을 유발한다. 따라서 애초부터 웃음은 악마의 영역에 속했다. 웃음에는 어딘지 사악한 데가 있으며(사물이 여태껏 여겨지던 모습과 갑자기 다른 모습으로 드러난다.) 또한 웃음에는 편안한 안도감을 주는 측면도 있다.(사물이 보이는 것보다 훨씬 가벼워서 우리를 더욱 자유롭게 살게 해 주며 엄격한 심각성으로 우리를 짓누르길 그만둔다.)

처음으로 악마의 웃음을 들었을 때 천사는 어안이 벙벙해졌다. 그 일은 어느 향연 동안 일어났다. 그곳은 사람들로 가득 찼는데, 사람들은 하나둘씩 너무도 전염성이 강한 악마의 웃음에 휩쓸렸다. 천사는 그 웃음이 신과 신의 작품이 지닌 존엄에 맞서고 있다는 걸 분명히 알았다. 그는 어떤 식으로든 서둘러 행동해야 한다는 것을 알았다. 하지만 스스로 힘없고 무방비 상태라고 느꼈다. 스스로 아무것도 고안해 낼 수 없어서 그는 적을 따라했다. 천사는 입을 벌리고는 뚝뚝 잘리고 발작적인, 자기 음역에서 고음에 해당하는 소리를 냈는데(해안 도시 길거리에서 미셸과 가브리엘이 질렀던 것과 거의 같은 소리였다.) 그러나 그 의미는 정반대였다. 악마의 웃음이 사물의 부조리를 가리켰다면, 반대로 천사는 이 지상의 모든 것이 질서정연하고 현명하게 구상되었으며 선하고 의미 가득하다는 사실에 기뻐하고 싶었다.

이렇듯 천사와 악마는 마주본 채 서로에게 벌린 입을 보이며 거의 같은 소리를 냈지만 각자 자기 아우성을 통해 전적으

로 정반대 얘기를 했다. 그러다 악마는 웃고 있는 천사를 보고
는 더욱더 크게, 더 활짝, 더 솔직하게 웃었고, 그래서 웃고 있
는 천사의 꼴은 참으로 우스꽝스러웠다.

　우스꽝스러운 웃음은 패배였다. 그럼에도 천사들은 한 가
지 성과를 얻었다. 그들은 의미론적 기만으로 우리를 속였던
것이다. 그들의 웃음 모방과 본래의 웃음(악마의 웃음)을 가리
키는 데는 오직 한 가지 말밖에 없다. 오늘날 우리는 동일한
외적 표현이 전적으로 상반된 두 가지 내적 태도를 뒤덮고 있
다는 사실을 깨닫지 못한다. 두 가지 웃음이 있지만 우리에겐
그것들을 구분할 말이 없는 것이다.

5

한 잡지가 이런 사진을 실은 적이 있다. 군복 차림에 어깨에 총을 메고 안면 보호막이 부착된 군모를 쓴 채 일렬로 늘어선 사내들이 지켜보는 가운데 청바지와 티셔츠 차림 청년과 아가씨들이 손을 맞잡고 둥글게 원을 그리며 춤을 추고 있는 사진이다.

분명히 원자력 발전소나 군사 훈련장, 정당 사무국이나 대사관 보호 유리를 지키는 경찰과 충돌하기 직전, 휴지의 순간이다. 청년들은 이 죽은 시간을 활용해 원을 만들고 대중적인 단순한 노랫가락에 맞추어 제자리걸음을 두 발짝 했고, 한 발짝 앞으로 나아가더니 왼쪽 다리를 들었다가 다시 오른쪽 다리를 들었다.

나는 그들을 이해할 수 있을 것 같았다. 그들은 자신들이 바닥에 그리고 있는 원이 반지처럼 그들을 이어 주는 마법의 원이라고 느꼈다. 그들의 가슴은 강렬한 무고함으로 부풀어 올랐다. 그들은 군인이나 파시스트 특공대로서 도보 행진을 하려고 모인 것이 아니라 아이들처럼 춤을 위해 모인 것이다. 그들이 경찰의 얼굴에 내뱉고 싶은 것은 그들의 무고함이다.

사진·작가는 바로 그런 시각으로 그들을 보았고 그 의미심장한 대조를 부각했다. 한편에는 거짓된 화합(강요되고 지휘되는) 속에 경찰이 있고, 다른 한편으로는 진실된 화합(진지하고 자연스러운) 속에 젊은이들이 있다. 이쪽에는 공격 태세를 취하고 침울하게 대기 중인 경찰이 있고, 저쪽에는 놀이의 즐거움에 빠진 그들이 있는 것이다.

원을 그리며 춤을 추는 것은 마법과 같다. 원은 수천 년 된 기억의 바닥에서부터 우리에게 말을 건넨다. 교사인 라파엘 부인은 이 사진을 잡지에서 오려 냈고 꿈을 꾸듯 바라보았다. 그녀도 원을 그리며 춤을 추고 싶었다. 그녀는 평생 동안 손을 잡고 함께 원무를 출 수 있을 남녀를 찾았다. 처음에는 감리교 교회에서 찾았고(그녀 아버지는 광신도였다.) 그 후엔 공산당에서, 그리고 다시 트로츠키 당에서, 다음엔 트로츠키 분파에서, 그 후론 낙태 반대 운동에서,(아이에게도 살 권리가 있다!) 그리고 다시 낙태 합법화 운동에서,(여성에겐 자기 몸에 대한 권리가 있다!) 마르크스주의자들에게서, 정신분석학자들에게서, 구조주의자들에게서 찾았으며, 레닌에게서, 선불교에서, 마오쩌둥에게서, 요가 신봉자들에게서, 누보로망 작가들에게서 찾았으며, 마지막으로 그녀는 적어도 자기 제자들과 완벽한 조화를 이루고 싶었다. 그들과 하나가 되고 싶었다. 다시 말해 그녀는 그들에게 언제나 그녀와 똑같은 것을 생각하고 말하도록 요구했으며, 같은 원 안에서, 같은 춤 속에서 그녀와 하나의 몸, 하나의 영혼이 되도록 요구했다.

지금 이 순간 그녀의 제자들인 가브리엘과 미셸은 학생 기숙사 안 그들 방에 있다. 두 여자는 이오네스코 책을 들여다보고, 미셸이 소리 높여 읽는다.

"논리학자, 노신사에게: 종이 한 장을 들고 계산해 보십시오. 두 마리 고양이에게서 다리 두 개를 없애면 각 고양이에게 다리가 몇 개 남을까요?"

"노신사, 논리학자에게: 여러 가지 답이 가능합니다. 고양이 한 마리에게 다리 네 개가 있을 수 있고, 다른 한 마리에게 두 개가 있을 수 있습니다. 한 마리에게 다리 다섯 개, 다른 한 마리에게 하나가 있을 수도 있습니다. 여덟 개에서 다리 두 개를 빼면 한 마리에게 다리 여섯 개가 있고, 다른 한 마리에겐 다리가 전혀 없을 수도 있지요."

미셸은 읽기를 멈췄다. "고양이에게서 다리를 어떻게 떼 낼 수 있는지 모르겠어. 자를 수 있을까?"

"미셸!"

가브리엘이 외쳤다.

"그리고 고양이에게 다리가 여섯 개일 수 있다는 것도 이해 못 하겠어."

"미셸!"

가브리엘이 다시 외쳤다.

"왜?"

"너 잊었어? 네가 말해 놓고!"

“뭘?”

미셸이 다시 물었다.

“이 대화는 희극적 효과를 창출하려는 것이 목적인 게 분명해!”

“네 말이 맞아.”

이렇게 말하며 미셸은 희열 가득한 얼굴로 가브리엘을 바라보았다. 두 젊은 여자는 서로의 눈을 직시했다. 그들의 입가가 자부심으로 떨렸고, 결국 그들의 입에서는 그들 음역의 고음에서 짧고 발작적인 소리가 새어나왔다. 그리고 다시 똑같은 소리가 거듭되었다. “억지웃음, 우스꽝스러운 웃음…… 폭발하고, 다시 터져 나오고, 떼밀려 나오는 고삐 풀린 웃음, 멋지고 화사하고 광적인 웃음…… 아, 웃음! 기쁨의 웃음, 웃음의 기쁨…….”

그리고 어딘가에서 라파엘 부인은 외톨이로 지중해 해안 작은 도시의 거리를 배회했다. 마치 멜로디 한 구절이 멀리서 들려와 가벼운 대기 속에 떠돌기라도 하는지, 혹은 멀리서 온 어떤 향기가 그녀의 콧구멍을 때리기라도 하는지 그녀는 갑자기 고개를 들었다. 그녀는 멈춰 섰고, 머릿속에서 반항하며 채워지고 싶어 하는 공허의 비명 소리를 들었다. 멀지 않은 어딘가에서 큰 웃음의 불꽃이 떨리고 있는 것 같았다. 어쩌면 아주 가까이 어딘가에서 사람들이 서로 손을 맞잡고 원을 그리고 춤을 추고 있는지도 몰랐다…….

그녀는 그렇게 얼마 동안 남아서 신경을 곤두세우고 주변을 둘러보았다. 그러다 갑자기 그 불가사의한 음악이 멎었다.(미셸과 가브리엘은 이미 웃음을 멈추었다. 두 사람은 갑자기 지쳐

보였고, 그들 앞에는 사랑 없는 텅 빈 밤이 놓여 있었다.) 라파엘 부인
은 이상하게도 마음이 뒤숭숭하고 불안한 채로 해안 도시의
더운 거리를 가로질러 집으로 돌아왔다.

6

나도 원무를 췄다. 1948년 일이었다. 나의 조국에서 공산당이 승리를 거두고 사회당과 기독교 민주당 장관들이 외국으로 망명을 떠난 때였고, 나는 다른 공산주의자 학생들과 손을 맞잡거나 어깨동무를 하고서 제자리걸음을 두 발짝 떼었고, 한 발짝을 앞으로 내디뎠으며, 오른쪽 다리를 들어 올렸다가 왼쪽 다리를 들어 올렸다. 그것을 우리는 거의 매달 했다. 왜냐하면 언제나 기념할 일이 있었기 때문이다. 생일이나 어떤 사건이 있었고, 예전의 불의가 시정되거나 새로운 불의가 자행되고, 공장들이 국유화되었으며, 사람들 수천 명이 감옥에 가고, 의료비가 무상이 되고, 담배 가게들이 압수되고, 늙은 노동자들이 징발된 빌라로 첫 휴가를 떠났으며, 우리들 얼굴에 처음으로 행복의 미소가 피어올랐다. 그러던 어느 날, 나는 말하지 말아야 할 무언가를 말해 당에서 쫓겨났고 원무에서 빠져나와야만 했다.

그때 나는 원이 지닌 마법적 의미를 깨달았다. 열에서 이탈했을 때는 아직 돌아갈 수 있다. 열은 열린 조직이다. 하지만 원은 닫혀서, 떠나면 돌아갈 수가 없다. 행성들이 원을 그리며 움직이고, 떨어져 나온 돌이 원심력에 실려 가차 없이 멀어지는 것은 우연이 아니다. 행성에서 떨어져 나온 운석처럼 나는 원에서 떨어져 나왔고 오늘날까지도 계속 추락하고 있다. 맴돌다가 죽는 사람들이 있는가 하면, 추락 끝에 박살이 나는 사람들도 있다. 후자들(나도 이들 가운데 속한다.)은 마음속에 잃어버린 원에 대한 수줍은 향수 같은 것을 간직하고 있다. 왜냐하면 우리는 모두, 모든 것이 원을 그리고 도는 세상의 주민들이기 때문이다.

그때도 역시 누구의 날인지는 모르겠지만 기념일이었고, 프라하 거리에는 다시 한 번 춤을 추는 청년들의 원이 생겼다. 나는 그들 가운데 배회하며 그들과 아주 가까이 있었지만 그들의 어떤 원 속에도 들어갈 수가 없었다. 1950년 6월이었고, 그 전날 밀라다 호라코바가 교수형을 당한 때였다. 그녀는 사회당 의원이었는데, 공산주의 법정은 그녀가 반국가적 행동을 했다고 단죄했다. 앙드레 브르통과 폴 엘뤼아르의 친구이자 체코의 초현실주의자인 자비스 칼란드라도 그녀와 동시에 교수형에 처해졌다. 그리고 체코 청년들은 춤을 췄고, 전날 같은 도시에서 한 여자와 한 초현실주의자가 밧줄 끝에 대롱대롱 매달렸다는 사실을 알았다. 그래도 그들은 더더욱 미친 듯이 춤을 췄다. 그들의 춤은 민족과 민족의 희망을 배반한 두

처형자의 시커먼 죄악과 선명하게 대조를 이루는 자신들의
무고함을 표현하는 것이었기 때문이다.

앙드레 브르통은 칼란드라가 민족과 민족의 희망을 배반했
다고 생각하지 않았다. 파리에서 그는 그 터무니없는 단죄에
항의하고 오랜 친구를 구할 시도를 하기 위해 엘뤼아르에게
호소했다.(1950년 6월 13일자의 공개편지를 통해.) 하지만 엘뤼아
르는 파리와 모스크바와 프라하와 바르샤바, 소피아와 그리
스 사이에서, 그 모든 사회주의 국가와 세상의 모든 공산당 틈
에서 거대한 원무를 추고 있었고, 곳곳에서 기쁨과 우애에 관
한 아름다운 시를 읊고 있었다. 브르통의 편지를 읽고 그는 제
자리걸음을 두 발짝 떼었고, 곧 한 발짝 앞으로 내디디더니 고
개를 저어 민족의 배신자를 옹호하기를 거부했고(1950년 6월
19일 《악시옹》이라는 주간지를 통해.) 금속성 목소리로 시를 낭독
했다.

> 그토록 오랫동안
> 우리에게 부족했던 힘으로
> 무고함을 채워 우리
> 결코 더 이상 외롭지 않으리라.

그리고 나는 프라하 거리를 배회했다. 내 주위로 춤을 추며
웃는 체코인들의 원무가 맴을 돌았다. 나는 내가 그들 쪽에 있
지 않고 칼란드라 쪽에 서 있다는 것을 알았다. 칼란드라 역시
원을 그리는 궤도에서 떨어져 나와 자꾸만 떨어지더니 사형

수의 관 속으로 추락하고 말았다. 하지만 나는 그들 편에 있지 않아도 그들이 춤추는 것을 선망과 향수 어린 눈길로 바라보았으며 그들에게서 눈을 뗄 수가 없었다. 바로 그 순간, 나는 바로 내 앞에 선 그를 보았다!

그는 그들과 어깨동무를 하고 있었고, 그들과 함께 아주 단순한 두세 곡조를 부르고 있었다. 그는 왼쪽 다리를 들었다가 오른쪽 다리를 들었다. 그렇다. 그였다. 프라하의 총아, 엘뤼아르였다! 그와 함께 춤추던 사람들이 갑자기 입을 다물더니 절대적 침묵 가운데 움직임을 계속했다. 그러는 동안 그는 신발 소리에 맞춰 시를 읊조렸다.

> 우리는 휴식을 피하고, 우리는 잠을 피하고
> 우리는 새벽과 봄을 앞당기며
> 그리고 우리는 나날과 계절을 준비하리라.
> 우리의 꿈에 맞추어.

그러다 갑자기 모두가 다시 아주 단순한 서너 곡조를 노래하기 시작했고 춤의 리듬이 빨라졌다. 그들은 휴식과 잠을 피했고, 시간을 앞당겼으며, 자신들의 무고함을 채웠다. 그들은 모두 웃고 있었으며, 엘뤼아르는 어깨동무를 하고 있는 한 아가씨를 향해 몸을 숙이고 말했다.

"평화의 포로가 된 사람은 언제나 미소를 짓지요."

그러자 아가씨는 웃기 시작했고, 포장도로 위로 발을 더 세차게 굴렀다. 그녀는 보도 위로 몇 센티미터가량 날아올랐고,

다른 사람들도 그녀와 함께 위로 떠올라 곧 그들 가운데 단 한
사람도 바닥에 발이 닿지 않았다. 그들은 땅에 닿지 않은 채
제자리걸음을 두 발짝 했고 한 발을 내디뎠다. 그렇다. 그들은
바츨라프 광장 위로 날았다. 그들의 원무는 날아오른 거대한
왕관을 닮았다. 나는 아래에서 땅을 딛고 달렸고, 그들을 보기
위해 눈을 들었다. 그들은 점점 멀어져 갔다. 그들은 날면서
왼쪽 다리를 들었다가 오른쪽 다리를 들었다. 그들 아래에는
시인들로 가득 찬 카페들과 민족의 배신자들로 가득한 감옥
들이 늘어선 프라하가 있었다. 화장터에서는 어느 사회당 국
회의원과 초현실주의 작가 한 사람을 화장하고 있었고, 연기
가 행복의 전조처럼 하늘로 치솟았다. 나는 엘뤼아르의 금속
성 목소리를 들었다.

"사랑은 작업 중이며 지칠 줄 모른다."

나는 도시 위로 날고 있는 경이로운 인간 왕관을 눈에서 놓
치지 않으려고 그 목소리를 따라 거리를 가로질러 달렸다. 그
리고 불안한 마음으로 나는, 그들이 새처럼 날고 있으며 나는
돌처럼 추락하고 있다는 것을, 그들에게는 날개가 있고 나는
결코 날개를 갖지 못하리라는 것을 알았다.

7

처형된 지 십팔 년 뒤 칼란드라의 명예는 완전히 회복되었
지만 몇 달 뒤 러시아 탱크들이 보헤미아를 침략했고, 곧 수만
명이 민족과 민족의 희망을 배반한 것으로 단죄되었다. 일부
는 감옥에 집어넣어졌고, 대부분은 일자리에서 쫓겨났으며,
이 년 뒤(엘뤼아르가 바츨라프 광장 위를 난 지 이십 년 뒤) 이 새로
운 처단자들 가운데 한 사람(나)이 열두 달 동안 체코 청년들
을 대상으로 하는 한 잡지의 점성술란을 맡았다. 사수좌에 관
한 나의 마지막 칼럼 후 일 년이 흐르고 나는 알지 못하는 한
청년의 방문을 받았다. 아무 말 없이 그는 내게 봉투 하나를
건넸다. 나는 그것을 열고 편지를 읽었다. 하지만 그것이 R의
편지라는 것을 이해하는 데는 시간이 좀 필요했다. 글씨는 알
아보기 힘들었다. 편지를 쓸 때 그녀는 굉장히 흥분했던 게 분
명했다. 그녀는 나 아닌 다른 사람이 이해하지 못하도록 돌려

서 말해 나 자신도 반쯤밖에 이해하지 못했다. 내가 파악한 유일한 내용은 저자가 나라는 사실이 발각되었다는 것이다.

그 시절 내겐 프라하 바르톨로메스카 거리에 스튜디오 하나가 있었다. 작지만 유명한 거리였다. 두 개를 제외한(그중 하나에 내가 세들어 있었다.) 모든 건물이 경찰 소유였다. 오 층 창문을 통해 바깥을 쳐다보면 지붕 너머로 흐라드차니의 탑들이 보이고, 그 아래로 경찰서 뜰이 보였다. 위에서는 보헤미아 왕들의 영예로운 역사가 펼쳐졌고, 아래에서는 유명한 죄수들의 이야기가 전개되었다. 칼란드라, 호라코바, 슬란스키, 클레멘티스, 그리고 내 친구들 사바타와 후블이 모두 그곳을 거쳐갔다.

청년은(모든 정황으로 보아 그는 R의 약혼자였다.) 매우 경계하며 주변을 살폈다. 그는 경찰이 비밀 카메라를 설치하고 내 아파트를 감시하고 있다고 생각하는 게 분명했다. 우리는 말없이 고갯짓을 주고받고 밖으로 나왔다. 우선은 말 한마디 없이 걸었고, 떠들썩한 나로드니 트리다 대로에 이르자 그제서야 그는 R이 나를 보고 싶어 하며, 내가 알지 못하는 그의 친구가 비밀 만남을 위해 우리에게 교외 아파트를 빌려주겠다고 했다고 말했다.

다음 날, 나는 전차를 타고 프라하 교외까지 먼 걸음을 했다. 12월이라 내 손은 얼어붙었고, 베드타운인 그곳은 그렇게 이른 시간에는 완전히 비어 있었다. 나는 청년이 설명해 준 덕에 집을 찾았고, 엘리베이터를 타고 사 층까지 올라간 뒤 문패를 보고 벨을 눌렀다. 아파트는 조용했다. 벨을 다시 한 번 눌렀지만 문을 여는 사람은 없었다. 나는 거리로 되돌아갔다. R이 늦는 모양이라고 생각하고서 그녀가 전차에서 내려 인적 없는 인도를 걸어 올라올 때 만날 요량으로 얼음장 같은 추위 속에 삼십 분 정도 서성였다. 그러나 아무도 오지 않았다. 나는 다시 엘리베이터를 타고 사 층까지 올랐다. 다시 벨을 눌렀다. 몇 초 뒤 아파트 내부에서 물 내리는 소리가 들렸다. 그 순간 누군가 내 배 속에 불안의 얼음덩이를 놓는 것만 같았다. 불안감에 배 속이 뒤집혀서 문을 열지 못하는 젊은 여자의 두려움이 내 몸 안에서 느껴졌다.

그녀는 문을 열었고, 얼굴은 창백했지만 웃고 있었으며, 평소처럼 상냥한 태도를 보이려고 애썼다. 그리고 드디어 빈 아파트에 단둘이 있게 되었다며 어색한 농담을 건넸다. 우리는 앉았고, 그녀는 최근에 경찰에 불려갔더랬다고 말했다. 그들은 하루 종일 그녀를 심문했다. 처음 두 시간 동안은 별 의미 없는 질문들을 던졌기에 그녀는 자신이 상황을 제어하고 있다고 느꼈고, 그들과 농담까지 나눴으며, 이런 시시껄렁한 일로 점심까지 거르게 할 거냐고 불손한 태도로 묻기까지 했다. 그러자 그들은 그녀에게 물었다. 친애하는 R 양, 당신 잡지에 실린 점성술 기사는 누가 썼죠? 그녀는 얼굴이 붉어졌고, 이름을 밝힐 수 없는 저명한 물리학자 이야기를 꺼냈다. 그들은 물었다. 쿤데라 씨를 아시죠? 그녀는 나를 안다고 말했다. 그리고 그게 잘못이냐고 물었다. 그들은 대답했다. 그게 잘못된 건 결코 아니지만 쿤데라 씨가 점성술에 관심 있다는 사실을 아십니까? 난 알지 못하는 일입니다. 모르는 일이라고요? 그들은 웃으면서 말했다. 프라하 사람 모두가 그 얘기를 하는데 당신은 모르는 일이라? 그녀는 원자 전문가에 대해 얼마간 더 얘기했고, 그러자 경찰 한 사람이 그녀에게 고함을 질렀다. 시치미 떼지 마!

그녀는 사실을 말했다. 잡지 편집부에서 점성술란을 만들려고 했는데 누구에게 맡길지 알지 못했고, 그녀가 나를 알아서 내게 도움을 청했다고 말했다. 그리고 어떤 법도 위반하지 않았다고 확신한다고 말했다. 그들은 그녀 말이 옳다고 했다. 맞다, 당신은 어떤 법도 위반하지 않았다. 당과 국가의 신뢰를 배반한 죄인들과 협력하는 것을 금하는 내부 규정을 어겼을 뿐이다. 그다지 중대한 일이 일어난 건 없지 않느냐고 그녀는 지적했다. 쿤데라 씨의 이름은 익명 아래 감춰져 있었기에 그 누구에게도 해를 끼칠 수 없었지 않느냐고. 쿤데라 씨가 받은 원고료는 말할 필요조차 없었다. 그들은 이번에도 그녀 말이 맞다고 했다. 중대한 일은 없었다. 맞다. 일어난 일에 대해 조서만 쓸 테니 거기다 서명하라. 걱정할 일은 없을 것이다.

그녀는 조서에 서명했고, 이틀 뒤 편집장이 그녀를 부르더니 바로 해고되었다고 통고했다. 그날 당장 그녀는 오래전부터 그녀에게 일자리를 제안해 온 친구들이 있는 라디오로 갔다. 그들은 기쁘게 그녀를 맞아 주었다. 하지만 그녀가 서류를 채우기 위해 다음 날 다시 찾아갔을 때 그녀를 아주 좋아하던 인사부장이 안타깝다는 표정을 지으며 말했다. "무슨 어리석은 짓을 한 거예요! 당신은 인생을 망쳐 버렸어요. 내가 해 줄 수 있는 일이 하나도 없어요."

처음에 그녀는 내게 말하기를 망설였다. 심문에 대해 아무에게도 말하지 않겠다고 경찰들에게 약속해야 했기 때문이다. 하지만 경찰로부터 다시 호출을 받고 보니(다음 날 다시 출두해야 했다.) 나와 말을 맞춰서 혹시라도 내가 호출될 경우 서로 엇갈리는 진술을 하는 일이 없도록 나를 몰래 만나는 게 좋겠다고 마음먹게 된 것이다.

제대로 이해해 주기 바란다. R은 겁 많은 사람이 아니었다. 다만 젊어서 세상을 다 알지는 못했다. 그녀는 이제 막, 이해할 수 없고 예기치 않은 첫 타격을 받았기에 결코 이 타격을 잊지 못할 것이다. 나는 사람들에게 경고와 처벌을 나누어 주는 배달부로 내가 선택되었다는 사실을 깨닫고서 나 자신이 무서워지기 시작했다.

그녀가 목멘 소리로 물었다.

"당신이 별점을 봐 주고 1000코루나를 받은 사실도 그들이 알 거라고 생각하세요?"

"걱정하지 말아요. 모스크바에서 삼 년 동안 마르크스-레닌 사상을 공부한 사람이라면 별점을 봐 달라고 했다고 털어놓지 못할 겁니다."

그녀는 웃었고, 그 웃음은 겨우 반 초쯤 이어졌지만 내 귀에는 수줍은 구원의 약속처럼 울렸다. 왜냐하면 물고기자리며, 처녀자리며, 염소자리에 관한 바보 같은 칼럼을 쓸 때 내가 듣고 싶어 했던 것이 바로 그런 웃음이었기 때문이다. 내가 보상으로 상상했던 것이 바로 그 웃음이었지만 그 웃음은 아무 곳에서도 들려오지 않았다. 그사이 세상 곳곳에서 천사들이 중요한 모든 입지를, 모든 참모본부를 차지했기 때문이다. 천사들은 좌익과 우익을, 아랍인들과 유대인들을, 러시아 통합주의자들과 러시아 분리주의자들을 정복했다. 그들은 차가운 눈으로 사방에서 우리를 쳐다보았고, 그 눈길은 우리에게서 장난스럽게 속임수를 쓰는 사람의 호의적인 옷을 벗겨 내고, 우리를 젊은 세대도, 사회주의도 믿지 않으면서 사회주의 청년 잡지를 위해 일했으며, 편집장에게 별점을 봐 주며 편집부도 별점도 농락하고, 우리 주변 모두가(좌익과 우익, 아랍인들과 유대인, 통합주의자들과 분리주의자들) 인류 미래를 위해 투쟁할 때 하찮은 일에 몰두한 한심한 사기꾼으로 폭로했다. 우리 위로 쏟아지는 그들 눈길의 막중한 무게가 느껴졌는데, 그 눈길은 우리를 신발 바닥으로 밟아 짓눌러도 좋을 벌레로 바꿔 놓았다.

나는 불안한 마음을 다스리고 R이 다음 날 경찰에서 답변하는 데 따라야 할 가장 합리적인 계획을 생각해 내려고 애썼다. 대화를 나누는 동안 그녀는 여러 차례 일어나 화장실로 갔다. 그녀가 돌아올 때는 물 내리는 소리와 겁에 질린 당혹스러운 표정이 이어졌다. 이 용감한 아가씨는 자신의 두려움을 부끄러워했다. 이 세련된 여성은 이방인이 지켜보는 가운데 날뛰는 자신의 장(腸)을 부끄러워했다.

8

국적이 다양한 청년과 아가씨들 스무 명이 책상에 앉아서 미셸과 가브리엘을 무심히 쳐다보고 있었다. 두 여자는 긴장한 표정으로 라파엘 부인이 앉은 강단 앞에 서 있었다. 손에는 발표문이 적힌 종이를 몇 장 들고 있었고, 마분지에 고무줄이 달린 이상한 물건도 들고 있었다.

"저희는 이오네스코의 작품, 「코뿔소」에 대해 얘기하려고 합니다."

미셸이 이렇게 말하며 고개를 숙이더니 알록달록한 종잇조각을 붙인 마분지 튜브를 코에 걸었고, 고무줄을 머리 뒤로 넘겨 제자리에 고정했다. 가브리엘도 똑같이 했다. 그런 다음 두 여자는 서로를 쳐다보고 발작적이며 짧고 날카로운 소리를 냈다.

반 학생들은 두 여자가 첫째로, 코뿔소에겐 코 대신 뿔이 있다는 점과, 둘째로 이오네스코의 작품이 희극이라는 사실을 보여 주려 한다는 것을 꽤 쉽게 이해했다. 두 여자는 이 두 가지 생각을 물론 말로도 표현하지만 무엇보다 자신들의 몸을 이용해 표현하려고 마음먹었다.

긴 뿔이 얼굴 끝에서 흔들거렸고 반 학생들은 당혹스러운 연민에 빠졌다. 마치 장애인이 와서 책상 앞에서 잘린 팔을 내미는 것 같았다.

오직 라파엘 부인만이 애제자들의 발견에 감탄하고 그들이 내는 발작적인 날카로운 소리에 비슷한 소리로 화답했다.

두 젊은 여자는 흡족한 얼굴로 긴 코를 흔들었고 미셸이 자신의 발표문을 읽기 시작했다.

학생들 가운데는 사라라는 유대인 여자가 있었다. 그녀가 며칠 전 두 미국 여자에게 그들의 필기를 좀 봐도 되느냐고 물었는데(두 여자가 라파엘 부인의 말을 한 마디도 빠뜨리지 않고 쓴다는 것은 모두가 알고 있었다.) 두 여자는 거절했다. "해변에 놀러 가느라 수업 빼먹지 않으면 되잖아." 그날 이후로 사라는 두 여자를 마음속 깊이 증오했는데 지금은 그들의 바보 같은 공연을 즐기고 있었다.

미셸과 가브리엘은 「코뿔소」에 대한 분석을 차례차례로 읽었고, 긴 종이 뿔들은 그들 얼굴에서 마치 헛된 기도처럼 불거져 나와 있었다. 사라는 자기에게 주어진 기회를 붙잡지 않는 건 애석한 일이라는 걸 알았다. 미셸이 잠시 말을 멈추고 가브리엘을 돌아보며 이제 그녀 차례임을 알렸을 때 사라는 의자에서 일어나 두 여자를 향해 갔다. 가브리엘은 말도 못하고 놀라서 입을 벌린 채 가짜 코의 구멍을 사라를 향해 돌렸다. 두 여학생이 있는 곳에 이르자 사라는 그들 뒤로 돌아가더니(덧붙인 코가 너무 무거워 두 미국 여자는 그들 뒤에서 일어나는 일을 보기 위해 고개를 돌릴 수도 없었다.) 힘껏 미셸 엉덩이를 걷어찼고, 다시 가브리엘의 엉덩이를 발길질로 세차게 걷어찼다. 그런 다음 그녀는 침착하게, 심지어 고고하게 자기 자리로 돌아갔다.

그 순간 교실에는 절대 정적이 흘렀다.

잠시 후 미셸의 눈에서 눈물이 흐르기 시작했고, 이어서 가브리엘의 눈에서도 눈물이 흘렀다.

그리고 교실 전체가 폭소를 터뜨렸다.

그리고 사라가 자기 자리에 다시 앉았다.

그리고 라파엘 부인은 불시에 일어난 일이라 처음엔 어안이 벙벙했다가 사라의 개입이 세심하게 준비한 학생들의 소극(笑劇)에 계산된 삽입 장면이며, 그들 분석 주제(예술 작품의 해석은 전통 이론의 접근에 한정될 수 없으며, 실천과 행위와 해프닝을 통한 읽기라는 현대적 접근이 필요하다.)를 밝히려는 목적에 따른 것임을 이해했으며, 두 애제자의 눈물을 보지 못했기에(두 여자는 학생들과 마주 보고 있었으므로 그녀에게 등을 돌리고 있었다.) 고개를 뒤로 젖히고 폭소를 터뜨림으로써 이를 인정했다.

미셸과 가브리엘은 등 뒤로 사랑하는 교수의 웃음을 듣고서 배신감을 느꼈다. 이제 그들 눈에서는 눈물이 수돗물처럼 넘쳐흘렀다. 굴욕이 너무도 고통스러워 두 여자는 위경련이라도 일어난 듯 몸을 비틀었다.

라파엘 부인은 애제자들의 경련을 춤 동작으로 생각했고,

바로 그 순간 교수로서의 위신보다 더 큰 힘이 그녀를 의자에
서 일으켜 세웠다. 그녀는 눈물이 날 정도로 웃었고, 팔을 벌
린 채 몸을 얼마나 격하게 떨었는지 그녀의 머리는 마치 성당
지기가 손에 쥐고 힘껏 휘두르는 종처럼 앞으로 던져졌다가
목 뒤로 젖혀졌다. 그녀는 경련으로 몸을 비트는 여학생들 곁
으로 다가가서 미셸의 손을 잡았다. 그렇게 세 사람은 모두 반
학생들의 책상 앞에서 몸을 비틀며 눈물을 흘렸다. 라파엘 부
인은 제자리걸음을 두 발짝 뗐고, 왼쪽 다리를 들어 올렸다가
오른쪽 다리를 올렸으며, 울던 두 여학생도 수줍게 그녀를 따
라하기 시작했다. 그들의 종이 코를 따라 눈물이 흘렀고 여자
들은 몸을 비틀며 제자리에서 펄쩍 뛰었다. 그러다 선생이 가
브리엘의 손을 잡았고, 그들은 그렇게 학생들 앞에서 동그랗
게 원을 그렸다. 세 여자는 손을 맞잡고 제자리걸음을 하고 한
쪽 다리씩 들어올렸으며, 교실 마룻바닥 위에서 원을 그리며
돌았다. 그들은 오른쪽과 왼쪽 다리를 번갈아 가며 앞으로 던
졌는데, 그러자 가브리엘과 미셸의 얼굴에서 흐느낌으로 찌푸
린 인상이 눈에 띄지 않게 조금씩 웃음으로 찌푸린 인상으로
바뀌었다.

　세 여자는 춤을 추며 웃었다. 종이 코가 덜렁거렸고 반 학
생들은 불안한 얼굴로 아무 말 없이 바라보았다. 하지만 이미
세 여자는 다른 사람 따윈 안중에 없었고 오직 자기 자신과 자
신의 기쁨에만 몰두해 있었다. 갑자기 라파엘 부인이 더 세차
게 발길질을 하더니 마루 위로 몇 센티미터 떠올랐고, 다음 스
텝에서 그녀는 이미 땅을 밟고 있지 않았다. 그녀는 자기 뒤로

두 동료를 끌어들였고, 잠시 후 세 사람 모두가 마룻바닥 위
에서 맴돌았으며 천천히 나선형을 그리며 날아올랐다. 그들
의 머리카락은 이미 천장에 닿았고, 천장이 조금씩 열리기 시
작했다. 그렇게 열린 구멍으로 여자들은 점점 더 높이 올라 그
들의 종이 코는 이미 눈에 보이지 않았다. 열린 구멍을 넘어선
신발 세 켤레밖에 보이지 않았다. 하지만 그것마저도 결국 사
라졌고 넋 나간 학생들의 귀에는 멀어지는 웃음소리밖에, 세
대천사의 눈부신 웃음소리밖에 들리지 않았다.

9

빌린 아파트에서 R과 만난 것이 내게는 결정적인 사건이었다. 그때 나는 내가 불행의 메신저가 되었으며, 내가 사랑하는 사람들에게 해를 끼치지 않으려면 그들 가운데서 계속 살 수 없으며, 나에겐 내 나라를 떠나는 일밖에 남지 않았다는 것을 확실하게 알았다.

그런데 R과의 이 마지막 만남을 언급하는 또 다른 이유가 있다. 이 젊은 여성을 나는 항상 참으로 좋아했다. 가장 덜 성적이고 가장 순수한 방식으로. 그녀의 몸은 언제나 그녀의 눈부신 지성 뒤로, 또한 겸손한 행동 뒤로, 적절한 화장 뒤로 완벽하게 감춰져 있었다. 그녀는 자신의 벗은 몸을 어렴풋이나마 짐작하게 할 조그만 틈도 보이지 않았다. 그런데 갑자기 공포가 푸주한의 칼처럼 그녀의 배를 갈랐던 것이다. 나는 내 눈앞에서 배가 갈린 그녀를 보는 느낌이었다. 푸줏간 고리에 걸려 있는 잘린 암송아지 고깃덩이를 보는 듯했다. 우리는 그 빌린 아파트 안 긴 소파 위에 나란히 앉아 있었다. 화장실에서 물 흐르는 소리가 들려왔다. 그러자 갑자기 그녀와 정사를 나누고 싶다는 광적인 욕망이 느껴졌다. 더 정확하게 말하자면 그녀를 강간하고 싶은 광적인 욕망이었다. 그녀에게 달려들어서 완벽한 옷차림과 반란을 일으킨 장(腸), 그녀의 이성과 두려움, 그녀의 자부심과 수치심까지, 참을 수 없을 정도로 자극적인 그녀의 모순들을 단번에 모조리 끌어안고 싶었다. 내게는 그 모순들에 그녀 본질이, 보물이, 금덩이가, 그녀 내면 깊이 묻힌 다이아몬드가 감춰져 있는 것 같았다. 나는 그녀에게 달려들어 그것을 빼앗고 싶었다. 그녀의 똥과 지울 수 없는 그녀의 영혼까지 모두 갖고 싶었다.

하지만 나는 겁에 질린 채 나를 쳐다보는 두 눈을 보았고(지적인 얼굴에 겁 먹은 눈) 그 눈이 겁에 질릴수록 그녀를 범하고 싶은 욕망은 더욱 커졌다. 그런 만큼 그 욕망은 더더욱 터무니없고, 어리석고, 추악하며 이해할 수 없고 실현 불가능한 것이었다.

그날, 빌린 아파트에서 나와 프라하 변두리의 인적 없는 거리에 있을 때(R은 그 아파트에 조금 더 남아 있었다. 그녀는 나와 동시에 나가서 사람들이 우리가 함께 있는 걸 볼까 봐 겁냈다.) 오래도록 나는 호의적인 내 친구를 범하고 싶다는 엄청난 욕망 외에 다른 것을 생각할 수가 없었다. 그 욕망은 자루 속에 갇혀 있다가 이따금 깨어나 날갯짓을 하는 새처럼 내 안에 남아 있었다.

R을 범하고 싶다는 그 터무니없는 욕망은 추락하는 도중에

무언가를 붙잡으려는 절망적 노력에 불과했던 것일지도 모른
다. 그들이 나를 원무에서 축출한 뒤로 나는 계속해서 떨어졌
고 지금까지도 떨어지고 있기 때문이다. 그리고 그들은 내가
더 멀리, 더 깊이 떨어지도록 나를 다시 한 번 밀었던 것이다.
내 나라에서 점점 더 멀어져 천사들의 끔찍한 웃음소리가 나
의 모든 말을 뒤덮어 버리는 세상의 황량한 공간 속으로 떨어
지도록 말이다.

　세상 어딘가에 사라가, 유대인 처녀 사라가, 나의 누이 사
라가 있다는 걸 나는 안다. 하지만 어디서 그녀를 찾을 수 있
을까?

4부　잃어버린 편지들

4부　잃어버린 편지들

1

　계산해 보니 매 초마다 새로운 가상 인물 두세 명이 이곳 이승에서 세례를 받는다. 그래서 나는 세례자 요한의 이 엄청난 대열에 합류하는 것이 언제나 꺼려진다. 그렇지만 어쩌겠는가? 내 인물들에 이름은 부여해야 하니. 이번만큼은 내 여주인공이 나의 것이고, 오직 나에게만 속한다는 것을 분명히 보여 주기 위해(그 어떤 인물보다 애착이 갔다.) 나는 그녀에게 어떤 여자도 가져 본 적이 없는 이름을 붙일 것이다. 타미나. 나는 그녀를 아름답고 키가 크며 33세에 프라하 출신으로 상상한다.

　나는 그녀가 서유럽 어느 시골 마을 길을 내려오는 것을 머릿속으로 본다. 그렇다, 당신도 알아차렸을 것이다. 그녀 이름으로 내가 가리키는 것은 먼 프라하다. 내 이야기가 일어나는 도시는 익명으로 남겨 둔 채 말이다. 원근법 규칙에 어긋나는 일이지만 당신들은 받아들일 수밖에 없다.

타미나는 어느 부부가 운영하는 작은 카페에서 종업원으로 일한다. 그 카페 수입은 영 신통치 않아서 주인 남편이 일자리를 찾다가 만난 첫 번째 직장을 잡았고, 그렇게 해서 생긴 빈자리를 타미나가 차지했던 것이다. 주인이 새로운 직장에서 받는 빈약한 보수와 그 부부가 타미나에게 주는 더 빈약한 보수 사이의 차액이 그들의 보잘것없는 소득이었다.

타미나는 커피와 칼바도스 주를 손님들(손님이 그다지 많지 않았기에 홀은 언제나 반쯤 비어 있었다.)에게 가져다 주고는 계산대 뒤로 돌아간다. 바의 등받이 없는 의자에 앉아서 그녀와 얘기를 하고 싶어 하는 사람은 항상 있다. 모두가 타미나를 좋아했다. 그녀가 사람들의 얘기를 들어 줄 줄 알기 때문이었다.

그런데 그녀는 정말로 듣는 걸까? 아니면 그저 말없이 아주 주의 깊게 바라보기만 하는 걸까? 나는 알지 못하지만 그건 그다지 중요하지 않다. 중요한 것은 그녀가 말을 끊지 않는다는 것이다. 두 사람이 얘기를 나눌 때 어떤 일이 일어나는지는 당신도 안다. 한 사람은 말하고 다른 사람은 그의 말을 끊는다. "정말 나랑 똑같네……, 나는……." 그리고 자기 얘기를 꺼낸다. 먼저 말을 시작한 사람이 "정말 나랑 똑같네……, 나는……." 하고 끼어들 때까지.

"정말 나랑 똑같네……, 나는……."이라는 문장은 맞장구를 치는 반응처럼, 상대방의 생각을 계속 이어 가는 방식처럼 보이지만 그건 속임수다. 사실은 갑작스러운 폭력에 맞서는 갑작스러운 반항이며, 속박 상태로부터 우리 귀를 해방하고 상대방의 귀를 강제로 차지하기 위한 노력이다. 인간이 동료들 사이에서 보내는 전 생애는 타인의 귀를 차지하기 위한 투쟁과 다름없다. 타미나가 누리는 인기의 비결은 그녀가 자기 자신에 대해 말하고 싶어 하지 않는다는 데 있다. 그녀는 자기 귀를 점령해 오는 사람들을 저항하지 않고 받아들이고 이런 말을 절대로 하지 않는다. "정말 나랑 똑같네……, 나는……."

2

비비는 타미나보다 열 살 어리다. 일 년 전부터 그녀는 매일같이 타미나에게 자기 얘기를 했다. 얼마 전에(바로 그 순간 모든 것이 시작되었다.) 그녀는 여름휴가 동안 남편과 함께 프라하로 갈 생각이라고 말했다.

그러자 타미나는 몇 년 동안의 잠에서 깨어난 것 같았다. 비비는 얼마간 더 얘기했고, 타미나가 (평소와는 달리) 그녀 말을 잘랐다.

"비비, 프라하로 가면 우리 아버지 집에 들러서 나한테 뭐 좀 가져다줄 수 있어? 큰 건 아니야. 그냥 작은 꾸러미야. 가방 속에 쉽게 들어갈 거야."

"널 위해서라면 얼마든지 하지!"

비비가 아주 상냥하게 말했다.

"그래만 준다면 평생 고마워할 거야."

“날 믿어.”

비비가 말했다. 두 여자는 프라하에 대해 조금 더 얘기했고, 타미나는 뺨이 빨개졌다.

그러다 비비가 말했다.

“책을 쓰고 싶어.”

타미나는 보헤미아의 자기 짐꾸러미를 생각하고 있었지만 비비와의 우정을 지켜야 한다는 걸 알았다. 그래서 곧 자기 귀를 비비에게 내주었다. “책? 무엇에 관해서?”

비비의 한 살짜리 딸이 엄마가 앉은 의자 아래에서 기어다니고 있었다. 아기가 시끄러운 소리를 냈다.

“조용히 해!”

비비가 타일 바닥을 향해 외쳤다. 그러곤 생각에 잠긴 얼굴로 담배 연기를 내뿜었다.

“내가 보는 세상에 대해.”

꼬마가 점점 더 날카로운 소리를 내는 가운데 타미나가 물었다. “책을 쓸 줄 알아?”

“안 될 게 뭐 있겠어?”

비비는 이렇게 말하더니 다시 생각에 잠긴 표정이 되었다.

“책을 쓰려면 어떻게 해야 하는지 알기 위해 좀 물어 보긴 해야 할 거야. 혹시 바나카 몰라?”

“누구지?”

“작가야. 이 근처에 살아. 그를 알면 좋겠는데.”

“그가 뭘 썼는데?”

“몰라.”

비비는 이렇게 말하며 생각에 잠긴 표정으로 덧붙였다.

"그 사람이 쓴 걸 좀 읽어 봐야 할까 봐."

3

놀라움과 기쁨의 탄성 대신에 수화기에서 들려온 건 냉랭한 목소리뿐이었다. "저런! 이제야 내 생각이 난 거냐?"

"제가 돈방석에 앉아 있는 게 아니라는 것 잘 아시잖아요. 전화비가 너무 비싸요."

타미나가 미안해하며 말했다.

"편지는 쓸 수 있잖니. 우표는 그렇게 비싸지 않은 걸로 아는데. 네 마지막 편지를 받은 게 언제인지 기억조차 나지 않는구나."

시어머니와의 대화가 시작부터 삐거덕거린다는 것을 알고서 타미나는 먼저 그녀의 건강에 대해, 그동안 무슨 일을 했는지에 대해 한참 동안 물었고, 그러다 말했다. "부탁할 게 있어요. 우리가 떠나기 전에 어머니 집에 꾸러미를 하나 놓아 둔 게 있어요."

“꾸러미?”

“네. 파벨이 어머님과 함께 아버님 옛 서재에다 치웠잖아요. 그리고 열쇠로 서랍을 잠갔고요. 생각나시죠? 그 서재에는 늘 그이만의 서랍이 있었잖아요. 그 열쇠를 그이가 어머님한테 맡겼어요.”

“너희들 열쇠라니, 난 안 가지고 있는데.”

“어머님, 가지고 계실 거예요. 파벨이 드렸어요. 확실해요. 저도 그 자리에 있었으니까요.”

“너희들이 나한테 준 건 아무것도 없다.”

“몇 년 전 일이라 아마 잊으셨을 거예요. 제가 부탁드리는 건 그 열쇠를 찾아 보시라는 거예요. 분명히 찾으실 거예요.”

“그 열쇠로 날더러 어쩌라는 건데?”

“그냥 꾸러미가 아직 그 자리에 있는지 봐 주세요.”

“왜 그게 거기 없겠니? 거기다 넣었다며?”

“네.”

“그럼 왜 내가 그 서랍을 열어야 하지? 너희들 수첩을 내가 어쨌을 거라고 생각하는 거냐?”

타미나는 놀랐다. 시어머니가 그 서랍 속에 수첩이 있다는 것을 어떻게 알았을까? 그 수첩 꾸러미는 잘 포장해서 테이프를 여러 겹 감아 꼼꼼히 봉해 두었다. 그렇지만 그녀는 놀란 티를 전혀 내지 않았다.

“그런 말이 아니에요. 그냥 모든 게 제자리에 있는지만 봐 달라는 것뿐이에요. 다음에 더 자세히 말씀 드릴게요.”

“왜 그러는지 설명할 수 없어?”

"어머니, 오랫동안 얘기할 수가 없어요. 전화비가 너무 비싸요!"

시어머니는 훌쩍이기 시작했다. "그렇다면 나한테 전화하지 마라. 전화비가 그렇게도 아깝다면."

"울지 마세요, 어머니."

타미나가 말했다. 그녀는 시어머니의 흐느낌을 너무도 잘 알았다. 그녀의 시어머니는 뭔가를 강요하고 싶을 때면 언제나 울었다. 그녀는 울음으로 그들을 책망했고, 그녀의 눈물보다 더 공격적인 것은 없었다.

수화기는 흐느낌으로 흔들렸고, 타미나가 말했다. "곧 다시 전화 드릴게요."

시어머니가 울어서 타미나는 작별 인사를 하기 전에 수화기를 내려놓을 수가 없었다. 하지만 흐느낌은 그치지 않았고, 눈물 한 방울 한 방울이 비싼 값을 치르고 있었다.

타미나는 전화를 끊었다.

"타미나 부인, 아주 오래 통화를 하셨네요."

주인 여자가 딱하다는 듯 계산기를 보여 주며 말했다. 그녀는 보헤미아로 건 통화비가 얼마인지 계산했고 타미나는 그 엄청난 금액에 기겁했다. 다음 월급날까지 버티려면 동전 한 푼까지 계산해 가며 써야 할 것이다. 하지만 그녀는 인상을 찌푸리지 않고 요금을 지불했다.

4

타미나와 그녀의 남편은 불법으로 보헤미아를 떠나왔다. 그들은 공식 여행사가 기획한 유고슬라비아 바닷가 여행에 신청을 했다. 일단 도착하자 그들은 무리에서 떨어져 나와 오스트리아 국경을 넘었고 서쪽을 향했다.

단체 여행 동안 눈에 띄지 않으려고 그들은 각자 커다란 여행 가방 하나씩만 가져갔다. 떠나기 직전에 그들은 서로 주고받은 편지와 타미나의 수첩이 담긴 커다란 꾸러미를 들고 갈 엄두가 나지 않았다. 점령당한 보헤미아의 경찰이 세관 검사 때 그들의 짐을 열어 보게 한다면 그들은 두 사람이 보름 동안 바닷가로 휴가를 떠나면서 온갖 사적인 서류를 몽땅 챙긴 것을 즉각 수상쩍게 여길 것이다. 그런데 그들이 떠나면 그들 아파트가 국가에 몰수당하리라는 것을 알기에 집에다 그 꾸러미를 놓아 두고 싶지도 않아서 그들은 타미나의 시어머니 집

으로 꾸러미를 가져가 죽은 시아버지의 쓸모없어진 책상 서
랍 속에 놓아 두었던 것이다.

외국에서 타미나의 남편은 병에 걸렸고, 타미나는 죽음이
그녀에게서 그를 서서히 앗아 가는 것을 그저 지켜볼 수밖에
없었다. 그가 죽었을 때 그녀는 그를 매장할 건지 화장할 건지
질문을 받았다. 그녀는 화장해 달라고 말했다. 그러자 유골을
납골함에 담아 보관할 건지 아니면 재를 뿌리기를 원하는지
물어 왔다. 어딜 가도 그녀 집이 아니었기에 그녀는 평생 동안
남편을 손가방처럼 들고 다니게 될까 봐 두려웠다. 그래서 재
를 뿌리게 했다.

나는 세상이 타미나 주위로 점점 높이 솟아오르는 담이라
고, 타미나는 맨 밑바닥의 작은 잔디밭이라고 상상한다. 그 잔
디밭 위에는 남편의 기억이라는 단 한 송이 장미만 피어 있다.

혹은 타미나의 현재(커피를 따르고 귀를 내 주는 일을 하는)가
물 위를 표류하는 뗏목이며, 그녀는 그 뗏목 위에서 뒤를, 오
직 뒤만 바라보고 있다고 상상한다.

얼마 전부터 그녀는 과거가 점점 더 흐릿해져 가는 데에 절
망했다. 남편에 관한 것이라곤 여권 사진밖에 없었고, 다른 사
진들은 모조리 프라하의 몰수당한 아파트에 남아 있었다. 그
녀는 도장도 찍히고 귀퉁이도 떨어져 나간 그 처량한 사진을
쳐다보곤 했지만, 정면으로 찍힌 남편의 모습은(감식반이 찍은
범죄자처럼) 실물을 조금도 닮지 않았다. 매일 그녀는 마치 정
신 수련이라도 하듯이 그 사진 앞에 자리했다. 그러고는 남편
의 프로필을, 그리고 반프로필을, 다시 4분의 3 프로필을 상상

하려고 애썼다. 그렇게 그의 코와 턱 선을 되살렸고, 매일 상상의 크로키가 기억에 의문을 던지는 새로운 부분들을 드러낸다는 사실을 확인하고 겁에 질렸다.

그 훈련 동안 그녀는 피부와 피부색, 그리고 피부의 갖가지 사소한 흠집들, 물사마귀, 돌기, 주근깨, 실핏줄 들을 떠올리려고 애썼다. 그것은 어려운, 아니 거의 불가능한 일이었다. 그녀의 기억이 사용하는 색채들은 비현실적이어서, 그 색채로는 인간 피부를 모방해 낼 재간이 없었다. 그래서 그녀는 특별한 회상 기술을 고안해 냈다. 어떤 남자 맞은편에 앉았을 때 그녀는 그 사람의 머리를 조각 재료로 사용했다. 그 머리를 뚫어져라 처다보며 생각으로 얼굴 모형을 만들었고, 조금 더 어두운 혈색을 부여했으며, 거기에다 주근깨와 물사마귀들의 자리를 잡고, 귀를 작게 줄이고, 눈을 파란색으로 칠했다.

하지만 그 모든 노력은 남편 이미지가 돌이킬 수 없게 달아나고 있다는 것을 증명할 뿐이었다. 교제 초기에 그는 그녀에게 일기를 써서 거기다 두 사람의 삶을 기록하라고 부탁했다.(그는 그녀보다 열 살 많아 인간 기억의 빈곤에 대해 이미 어느 정도 알았다.) 그녀는 그들의 사랑을 조롱하는 일이라며 반대했다. 그를 너무도 사랑했기에 자신이 잊을 수 없는 것이라고 규정한 것이 잊힐 수 있다는 사실을 받아들일 수가 없었던 것이다. 물론 그녀는 결국 그의 말대로 했지만 기꺼운 마음은 아니었다. 그것은 수첩에서도 느껴졌다. 많은 페이지가 비어 있었고 메모들은 짤막했다.

5

그녀는 보헤미아에서 남편과 함께 십일 년을 살았고, 시어머니 집에 남겨진 수첩도 열한 개였다. 남편이 죽고 얼마 뒤에 그녀는 노트 하나를 사서 열한 개로 나누었다. 그녀는 많은 사건들과 반쯤 잊어버린 상황들을 기억해 낼 수는 있었지만 노트의 어느 부분에 기록해야 할지 정말이지 알지 못했다. 연대는 돌이킬 수 없을 정도로 엉망이었다.

그녀는 먼저 시간의 흐름 속에서 지표가 되고, 재구성된 과거의 주요 골격이 될 만한 기억을 되찾으려고 애썼다. 예를 들면 그들의 휴가가 그렇다. 열한 번 휴가를 떠났는데 그녀는 아홉 번밖에 기억해 내지 못했다. 두 휴가는 영원히 잃어버렸다.

그러고 나서 그녀는 되찾은 아홉 번의 휴가를 노트의 열한 개 장에 정리하려고 애썼다. 그런데 어떤 특별한 일이 있어 서로 구분되는 해들만 확실하게 정리할 수가 있었다. 1964년에는 타미나의 어머니가 죽었고, 한 달 뒤에 그들은 타트라 산으로 가서 슬픈 휴가를 보냈다. 그리고 그 이듬해는 불가리아 바닷가로 갔다는 것도 알았다. 또한 1968년의 휴가와 그 이듬해의 휴가도 기억했다. 왜냐하면 그들이 보헤미아에서 보낸 마지막 휴가였기 때문이다.

하지만 그녀가 그럭저럭 대부분의 휴가를 재구성하는 데는 성공했다면(모든 휴가의 년도를 기억해 낼 수는 없었지만) 그들의 크리스마스와 새해를 기억하는 데는 완전히 실패했다. 열한 번의 크리스마스 가운데 두 번의 크리스마스밖에 기억 한 구석에서 찾아내지 못했고, 열두 번의 새해 중 다섯 번밖에 기억하지 못했다.

그녀는 그가 그녀에게 붙였던 모든 이름도 기억해 내고 싶었다. 그는 첫 보름 동안만 그녀를 진짜 이름으로 불렀다. 그의 애정은 끊임없이 애칭을 만들어 내는 기계 같았다. 그녀는 수많은 이름으로 불렸지만 각 이름은 금세 낡아 버려 그는 쉬지 않고 새 이름을 그녀에게 부여했다. 그들이 함께 보낸 십이 년 동안 그녀는 스무 개, 서른 개 남짓한 이름으로 불렸는데, 그 이름 하나하나가 그들 삶의 어떤 특정한 시기에 속했다.

하지만 애칭과 시간의 리듬 사이의 잃어버린 관계를 어떻게 되찾는단 말인가? 타미나는 그 관계를 몇몇 경우밖에 찾아내지 못했다. 예를 들어 그녀는 어머니의 죽음에 이어진 날들을 기억했다. 그녀의 남편은 마치 그녀를 꿈에서 깨어나게 하려는 듯이 집요하게 그녀의 귀에 대고 이름을(그 시절, 그 순간의 이름을) 속삭였다. 그 애칭을 그녀는 기억해서 1964년이라는 제목 칸에 확실하게 써넣을 수 있었다. 하지만 다른 이름들은 마치 새장에서 달아난 새들처럼 시간 밖으로 미친 듯이 자유롭게 날아다녔다.

바로 그래서 그녀는 수첩과 편지 꾸러미를 그토록 필사적으로 가져오고 싶었던 것이다.

물론 수첩에는 불쾌한 일들, 불만족스러운 날들, 말다툼, 그리고 권태까지도 적혀 있다는 걸 그녀는 안다. 하지만 그런 게 문제가 아니었다. 그녀는 과거를 시적으로 미화하려는 것이 아니다. 자신의 과거에 잃어버린 몸을 돌려주고 싶은 것이다. 그녀를 부추기는 것은 아름다움에 대한 갈망이 아니라 생명에 대한 갈망이었다.

왜냐하면 타미나는 뗏목을 타고 표류하며 오직 뒤만 돌아보고 있기 때문이다. 그녀 존재의 부피는 그녀가 자기 뒤로 멀어져 가는 것을 보는 풍광에 지나지 않았다. 그녀의 과거가 축소되고 해체되고 사라짐에 따라 타미나도 작아지고 윤곽을 잃어 갔다.

그녀는 자신이 노트에 세운 사건들의 허약한 골조에 담장이 생겨 그녀가 살 수 있을 집이 되도록 수첩을 가져오고 싶었다. 왜냐하면 기억의 불안정한 구축물이 허술하게 세운 텐트처럼 무너지면 타미나에게는 현재밖에, 눈에 보이지 않는 이점, 천천히 죽음을 향해 나아가는 이 공허밖에 남게 되지 않을 것이기 때문이다.

6

그렇다면 왜 진작 수첩을 보내 달라고 시어머니에게 말하지 않았을까?

그녀의 나라에서는 외국으로 오가는 우편물이 비밀경찰의 손을 거치기에 타미나는 경찰 공무원들이 자신의 사생활에 코를 들이미는 걸 용납할 수가 없었다. 게다가 남편 이름(또한 그녀의 이름이기도 하다.)은 분명히 블랙리스트에 남아 있었고, 경찰은 심지어 죽은 적일지라도 그들의 인생에서 생겨난 모든 서류에 식을 줄 모르는 관심을 보였다.(이 점에서는 타미나의 생각이 조금도 틀리지 않았다. 오로지 경찰의 기록 보관소 자료에서만 우리는 불멸한다.)

따라서 비비가 그녀의 유일한 희망이었기에 그녀는 거기 매달리기 위해 뭐든지 할 생각이었다. 비비가 바나카를 소개받고 싶어 했기에 타미나는 곰곰이 생각했다. 비비가 적어도 그의 책 가운데 하나의 줄거리 정도는 알아야 했다. 그래서 그녀가 대화 중 이런 말을 집어넣어야 한다. "네, 바로 그게 선생님께서 책에서 하신 얘기잖아요." 혹은 "선생님은 작중 인물들과 참 닮으셨네요!" 타미나는 비비의 집에 책이 한 권도 없으며, 그녀가 책 읽는 걸 지겨워한다는 사실을 알았다. 따라서 그녀는 친구가 이 작가와의 만남에 대비할 수 있도록 바나카의 책에 무엇이 들어 있는지 알고 싶었다.

위고가 카페에 와 있었기에 타미나는 그 앞에다 커피 한 잔을 가져다 놓으며 말했다. "위고, 바나카를 아세요?"

위고에게선 입 냄새가 났지만 그것만 뺀다면 타미나는 그를 호감 가는 사람이라고 생각했다. 그는 그녀보다 다섯 살 정도 어린, 조용하고 수줍은 청년이었다. 그는 일주일에 한 번씩 카페에 와서 때로는 잔뜩 들고 온 책을 보거나 때로는 계산대 뒤에 자리한 타미나를 바라보곤 했다.

"네."

"그의 책 주제 가운데 하나를 알고 싶어요."

"타미나, 바나카를 읽은 사람은 없어요. 바보 취급을 당할 생각이 아니라면 바나카의 책을 읽는 건 불가능해요. 바나카가 이류, 삼류, 아니 심지어 십류 작가라는 건 누구도 의심하지 않을 겁니다. 바나카 자신조차도 자신의 평판에 휩쓸려 자기 책을 읽은 사람을 경멸할 정도지요."

그래서 그녀는 바나카의 책을 손에 넣으려고 애쓰는 걸 그만두고 직접 작가와의 만남을 주선해 보기로 마음먹었다. 그녀는 낮 동안 비어 있는 자기 방을 주주라는 별명을 가진 자그

마한 일본 유부녀가 유부남 철학교수와 밀회하는 데에 이따
금 빌려주곤 했다. 그 교수가 바나카를 알아서 타미나는 이 연
인들로부터 어느 날 비비가 그곳에 와 있을 때 바나카를 데려
오겠다는 약속을 받아 냈다.

그 소식을 듣고서 비비는 말했다. "어쩌면 바나카가 잘생긴
청년이어서 너의 성생활이 드디어 변할지도 모르겠네."

7

그건 사실이었다. 남편이 죽은 뒤로 타미나는 성생활을 하지 않았다. 원칙 때문은 아니었다. 죽음을 넘어서까지 정절을 지킨다는 것이 오히려 그녀에게는 우스꽝스러워 보였다. 그래서 아무에게도 그런 일을 떠들어 대지 않았다. 하지만 그녀가 남자 앞에서 옷을 벗는 상상을 할 때마다(그런 상상을 그녀는 자주 했다.) 눈앞에 남편 모습이 떠올랐다. 그녀는 정사를 나누면 남편을 보리라는 걸 알았다. 그녀를 지켜보는 남편의 눈과 얼굴을 보리라는 걸 알았다.

물론 엉뚱하며 심지어 터무니없는 생각이었고, 그녀도 그 사실을 알았다. 그녀는 남편 영혼이 사후에도 존재한다고 믿지 않았으며, 애인을 둔다고 해서 남편에 대한 추억이 훼손된다고 생각하지 않았다. 하지만 그녀도 어쩔 수 없었다.

그녀는 야릇한 생각까지 했다. 남편이 살아 있을 때 배반하는 것이 지금 배반하는 것보다 훨씬 쉬웠을 것이라는 생각이었다. 그녀의 남편은 쾌활하고 똑똑하고 강한 사람이었으며, 그녀는 그보다 훨씬 나약하다고 느꼈기에 아무리 기를 써도 남편에게 상처를 줄 수 없을 것이라는 느낌을 받았더랬다.

그런데 지금은 모든 것이 달랐다. 지금 그런다면 스스로 방어할 수 없는 누군가에게, 어린아이처럼 오로지 그녀의 처분에 달린 누군가에게 상처를 입히는 격이 될 것이다. 죽은 남편에게는 이제 세상에 오직 그녀밖에 없기 때문이다!

그래서 그녀가 다른 남자와 육체적 사랑의 가능성을 생각하면 즉각 남편 모습이 떠올랐고, 그 모습과 더불어 가슴을 에는 듯한 향수가 찾아왔으며, 그리고 그 향수와 더불어 울고 싶은 마음이 울컥 들었다.

8

바나카는 추남이어서 어떤 여자에게서 잠자는 관능을 일깨우기란 어려워 보였다. 타미나는 그의 찻잔에 차를 따랐고, 그는 아주 공손하게 그녀에게 감사했다. 타미나 집에서 모두들 편안해했으며, 바나카는 미소를 머금고 비비를 향해 고개를 돌리더니 불쑥 대화를 잘랐다.

"책을 쓰고 싶으시다고요? 무엇에 관한 책이 될까요?"

"아주 단순해요. 소설이에요. 내가 보는 세상에 관한."

"소설요?"

바나카가 못마땅함을 드러내는 목소리로 물었다.

비비가 얼버무리며 고쳐 말했다.

"꼭 소설이라야 하는 건 아니에요."

"소설이 무엇인지를 생각해 보세요. 서로 다른 수많은 인물들에 대해 생각해 보세요. 당신이 그들에 대해 모든 걸 안다고 믿게 하고 싶으세요? 그들이 어떻게 생겼으며, 무엇을 생각하고, 어떻게 옷을 입고, 어떤 집안 출신인지 안다고? 그런 것들에는 전혀 관심이 없다고 털어놓으시지요!"

"맞아요. 그런 것에는 흥미 없어요."

비비가 인정했다.

"아시다시피 소설이란 인간의 착각의 결실입니다. 타인을 이해할 수 있다는 착각 말입니다. 하지만 우리가 서로에 대해 무엇을 압니까?"

"아무것도 모르지요."

"맞아요."

주주가 말했다.

철학 교수는 동의의 표시로 고개를 끄덕였다.

"우리가 할 수 있는 건 자기 자신에 대한 보고서를 제출하는 것뿐입니다. 각자 자신에 대한 보고서를 쓰는 거죠. 나머지는 권력의 남용일 뿐이죠. 나머지는 전부 거짓이에요."

비비는 열광적으로 동의했다. "맞아요! 정말 맞아요! 저도 소설을 쓰고 싶은 게 아니에요! 제가 잘못 표현한 거예요. 저도 바로 선생님께서 말씀하신 것을 하고 싶었지요. 저 자신에 대해 쓰는 것 말이에요. 제 삶에 대한 보고서를 쓰는 것. 그러면서 저는 제 삶이 평범하고 일상적이라는 것과 제가 전혀 특별한 경험을 해 보지 않았다는 걸 감추고 싶지 않아요."

바나카가 웃으며 말했다. "그건 전혀 중요하지 않아요! 바깥에서 볼 때 저도 전혀 특별한 경험을 하지 않았지요."

"네, 말씀 정말 잘하셨어요!"

비비가 외쳤다.

"바깥에서 보았을 때 저는 전혀 산 게 아니지요. 바깥에서 볼 때 말이에요! 하지만 제 내적 경험은 글로 쓸 만한 가치가 있고 사람들이 흥미로워 할 수 있을 거라는 느낌이 들어요."

타미나는 찻잔들을 채웠고, 정신의 올림푸스 산에서 자기 아파트로 내려온 두 남자가 자기 친구에 대해 너그러운 태도를 보이는 것에 기뻐했다.

철학 교수는 파이프 담배를 피우며 마치 부끄럽기라도 한 듯 연기 뒤로 몸을 감췄다. 그가 말했다.

"제임스 조이스 이후로 이미 우리는 우리 삶의 가장 큰 모험이 모험의 부재라는 사실을 압니다. 트로이에서 싸웠던 율리시스는 바다를 가로질러 직접 배를 몰고 돌아오면서 들르는 섬마다 애인을 뒀지요. 우리 삶은 그렇지 않습니다. 호메로스의 '오디세이'가 제임스 조이스에게서는 내면으로 옮아왔지요. 내면화된 겁니다. 섬들, 바다, 우리를 유혹하는 세이렌들, 우리를 부르는 이타카 섬, 오늘날 이런 것들은 우리 내적 존재의 목소리들일 뿐이죠."

"그래요! 제가 느끼는 것이 바로 그거예요!"

비비는 이렇게 외치더니 다시 바나카에게 말했다.

"그래서 제가 어떻게 시작해야 할지 선생님께 여쭤 보고 싶었던 겁니다. 제 온몸이 표현하고 싶은 욕망으로 가득 찬 걸 종종 느껴요. 말하고 싶고 제 말을 들려주고 싶은 욕망 말이지요. 때로는 이러다 미쳐 버리는 게 아닐까 싶어요. 터질 것만 같고 소리치고 싶어요. 바나카 씨는 분명히 이런 감정을 아

실 거예요. 저는 제 삶을, 특별한 게 틀림없는 제 감정을 표현
하고 싶어요. 그런데 백지 앞에만 앉으면 갑자기 뭘 써야 할지
모르겠어요. 그래서 이건 분명히 기술 문제라는 생각이 들었
죠. 선생님께서 아시는 어떤 지식을 제가 모르는 게 분명해요.
선생님은 참으로 아름다운 책을 쓰셨잖아요……."

9

두 소크라테스가 젊은 여자에게 들려준 글쓰기에 관한 강의는 여러분에게 면제해 주겠다. 다른 얘기를 하고 싶다. 얼마 전 나는 택시를 타고 파리 시내를 가로질렀는데 운전사가 무척이나 말이 많았다. 그는 밤에 잠을 자지 못했다. 만성 불면증을 앓고 있었다. 불면증은 전쟁 때부터 시작되었다. 그는 선원이었다. 그가 탄 배가 침몰했다. 그래서 사흘 낮 사흘 밤 동안 헤엄을 쳤다. 그렇게 해서 그는 구조되었다. 생사의 기로에서 몇 달을 보냈다. 그 뒤 회복되었지만 잠을 잃었다.

"제 뒤에는 당신보다 삼 분의 일은 더 긴 인생이 있습니다."

그가 웃으며 말했다.

"더 가진 그 삼 분의 일로 뭘 할 겁니까?"

"글을 쓰지요."

나는 그가 쓰는 게 뭔지 알고 싶었다.

그는 자기 인생에 대해 쓰고 있었다. 바다에서 사흘 동안 헤엄을 치며 죽음에 맞서 싸웠고, 잠은 잃어버렸으나 여전히 살고자 하는 힘은 간직한 남자의 이야기.

"자식들을 위해 쓰는 겁니까? 가족 연대기처럼?"

그는 쓸쓸하게 웃었다. "제 자식들이오? 그런 데 관심 없을 겁니다. 꽤 많은 사람들에게 도움이 될 수 있을 것 같은데요."

택시 운전사와 나눈 이 대화는 내게 불현듯 작가 활동의 본질을 밝혀 주었다. 우리가 책을 쓰는 건 우리 아이들이 우리에 대해 관심을 갖지 않기 때문이다. 우리가 말을 할 때 아내가 귀를 틀어막기 때문에 우리는 익명의 세상에다 말을 하는 것이다.

택시 운전사는 글쓰기광이지 작가는 아니다. 따라서 개념들을 먼저 정확히 정립하는 일부터 시작해야 한다. 하루에 애인에게 편지를 네 통씩 쓰는 여자는 글쓰기광이 아니다. 사랑에 빠진 여자일 뿐이다. 그러나 자신의 연애편지를 언젠가 출간할 수 있도록 복사해 두는 내 친구는 글쓰기광이다. 글쓰기광증이란 편지나 일기나 가족 연대기를 쓰려는 욕망(다시 말해 자신이나 자신의 가족들을 위해 쓰는 것)이 아니라 책을 쓰려는 욕망이다.(즉 알지 못하는 독자들을 대상으로 삼는 것이다.) 이런 의미에서 택시 운전사의 열정과 괴테의 열정은 같다. 택시 운전사와 괴테를 구분 짓는 것은 다른 열정이 아니라 열정의 다른 결과다.

글쓰기 광증(책을 쓰려는 강박증)은 사회 발전이 세 가지 기본 조건을 충족할 때 전염병의 차원이 된다.

1) 전반적인 생활수준이 높아져서 사람들이 무익한 활동에 전념할 수 있을 것.

2) 사회 생활이 많이 세분화되어 전반적으로 개인의 고립화가 깊어졌을 것.

3) 국가의 내적 삶에 큰 사회적 변화가 근본적으로 결핍되어 있을 것.(이 관점에서 볼 때 거의 아무 일도 일어나지 않는 프랑스에서 작가 비율은 이스라엘보다 스물한 배나 높은 것이 이 징후처럼 보인다. 더구나 이는 비비가 "바깥에서 볼 때 저는 전혀 산 게 아니에요."라는 말로 잘 표현했다. 그녀로 하여금 글을 쓰도록 부추기는 동인은 바로 이 삶의 내용 부재, 그 공허다.)

그런데 반동에 의한 충격으로 결과가 원인에 다시 영향을 미친다. 전반적 고립은 글쓰기 광증을 낳고, 일반화된 글쓰기 광증은 다시 고립을 심화한다. 예전에 인쇄술의 발명은 인간이 서로를 이해할 수 있게 해 주었다. 보편적인 글쓰기 광증 시대에 책을 쓴다는 사실은 전혀 상반된 의미를 갖는다. 저마다 거울 담을 쌓듯이 자기 말을 담처럼 쌓아올려 바깥의 어떤 목소리도 들어오지 못하게 하는 것이다.

10

어느 날 아무도 없는 카페에서 얘기를 나누던 중 위고가 말했다.

"타미나, 당신과 잘해 볼 행운이 제게 전혀 없다는 것 알아요. 따라서 아무것도 시도하지 않을 거예요. 하지만 그래도 일요일 점심 식사에 당신을 초대할 수 있을까요?"

꾸러미는 시골 마을의 시어머니 집에 있었고, 타미나는 그것을 프라하의 아버지 집으로 보내서 비비가 그곳에서 가져오도록 하고 싶었다. 얼핏 보기에 그보다 더 간단한 일이 없지만 나이 많고 변덕스러운 사람들을 설득하려면 많은 시간과 돈이 필요할 것이다. 전화비는 비싸고 타미나의 월급은 겨우 집세와 식비를 대는 데 족할 정도였다.

"그래요."

위고 집에 분명히 전화가 있을 거라는 사실을 떠올리고 타미나가 말했다.

그가 차를 타고 그녀를 데리러 왔고, 그들은 야외 식당으로 갔다.

타미나의 불안정한 상황은 위고에게 쉽게 오만한 정복자의 역할을 하게 만들 수도 있었겠지만, 박봉의 카페 종업원이라는 인물 너머로 그는 이국의 미망인이 겪은 신비로운 경험을 보았다. 그리고 주눅이 드는 느낌이었다. 타미나의 상냥함도 총알이 뚫지 못하는 갑옷 같았다. 그는 그녀의 관심을 끌고 그녀를 사로잡고 그녀의 머릿속으로 들어가고 싶었다!

그는 그녀를 위해 흥미로운 무언가를 고안해 내려고 애썼다. 목적지에 도착하기 전에 그는 시골 성의 예쁜 정원에 마련된 동물원을 보게 해 주려고 자동차를 세웠다. 그들은 고딕풍 탑을 배경으로 원숭이들과 앵무새 사이를 거닐었다. 그들뿐이었다. 촌부 행색의 정원사가 나뭇잎으로 뒤덮인 넓은 산책로를 쓸고 있었다. 그들은 늑대와 비버, 원숭이와 호랑이를 지나갔고, 철조망으로 둘러쳐진 드넓은 풀밭에 이르렀다. 철조망 너머에는 타조들이 있었다.

타조는 여섯 마리였다. 타미나와 위고를 보고서 타조들은 그들 쪽으로 달려왔다. 녀석들은 무리 지어 문에 몰려들더니 긴 목을 내밀고 그들을 쳐다보며 납작하고 커다란 입을 열었다. 그러곤 믿기 힘든 속도로 빨리 입을 열었다 닫곤 했다. 마치 저마다 다른 녀석보다 더 크게 말하고 싶어 잔뜩 흥분한 것 같았다. 다만 절망적이게도 벙어리처럼 그 입에선 아무 소리도 새어나오지 않았다.

타조들은 중요한 메시지를 외웠으나 적이 그들의 성대를
잘라 버려 목적지에 도달했지만 소리 없이 입만 벙긋거릴 수
밖에 없는 메신저 같았다.

타미나는 마치 홀린 듯 그들을 쳐다보았고, 타조들은 점점
더 고집스레 줄곧 말을 했다. 그러나 그녀가 위고와 같이 멀어
지자 타조들은 울타리를 따라 그들을 쫓아오기 시작했고, 그
들에게 무언가를 경고하려는 듯 계속해서 부리를 딱딱 부딪
쳤지만 타미나는 무슨 말인지 전혀 알지 못했다.

11

"꼭 무서운 이야기의 한 장면 같았어요."

타미나가 고기 파이를 자르면서 말했다.

"뭔가 굉장히 중요한 걸 얘기하고 싶어 하는 것 같았는데. 뭘까요? 내게 뭘 말하려고 했을까요?"

위고는 어린 타조들은 늘 그렇게 행동한다고 설명했다. 그가 그 동물원을 마지막으로 들렀을 때도 여섯 마리가 모두 오늘처럼 울타리까지 달려와서 벙어리 부리를 열었다고 했다.

타미나는 그래도 마음이 뒤숭숭했다. "있잖아요. 난 보헤미아에 뭔가를 남겨 두고 왔어요. 서류가 담긴 꾸러미예요. 그걸 우편으로 보내면 경찰에 압수당할 위험이 있어요. 비비가 이번 여름에 프라하에 가고 싶어 해요. 그녀가 나한테 그걸 가져다주겠다고 약속했죠. 그래서 지금 난 겁이 나요. 타조들이 그 꾸러미에 무슨 일이 일어났다는 걸 알리려고 내게 온 건 아닌가 싶어요."

위고는 타미나가 미망인이며 그녀의 남편이 정치적 이유로 망명할 수밖에 없었다는 사실을 알고 있었다.

"정치 문서예요?"

타미나는 이곳 사람들에게 그녀의 삶을 이해시키려면 단순화해야 한다고 오래전부터 믿었다. 그 사적인 편지와 수첩이 경찰에 빼앗길 위험이 있으며, 무슨 이유로 그토록 그것에 집착하는지 설명하기란 참으로 어려웠다. 그래서 말했다. "네, 정치 문서예요."

그러고 나자 그녀는 위고가 그 문서에 관해 자세히 물을까 봐 겁이 났지만 괜한 두려움이었다. 사람들이 언제 그녀에게 질문을 던진 적이 있었던가? 사람들이 그녀의 나라에 대해 자신들이 생각하는 바를 설명한 적은 있지만 그들은 그녀의 경험에는 관심이 없었다.

"비비는 그것이 정치 문서라는 걸 알아요?"

"아뇨."

"그게 나을 거예요. 그게 정치적인 것이라는 사실은 말하지 마세요. 마지막 순간에 겁이 나서 당신 꾸러미를 찾으러 가지 않을지도 몰라요. 사람들이 얼마나 겁이 많은지 당신은 상상도 못 할 거예요, 타미나. 비비는 그것이 아주 사소하고 평범한 거라고 믿어야 해요. 예를 들어 당신 연애 편지 같은 것 말이죠. 그래요. 그 꾸러미에 연애 편지가 들어 있다고 하세요!"

위고는 자기 생각에 스스로 웃었다. "연애 편지라! 그래요! 그거라면 비비의 지평에서 벗어나는 게 아니죠! 그거라면 비비의 영역이에요!"

타미나는 위고에게는 연애 편지가 하찮고 평범한 것인가 보다고 생각했다. 그녀가 누군가를 사랑했으며, 그것이 중요하다는 생각은 그 누구도 하지 못했다.

위고가 덧붙여 말했다. "비비가 그 여행을 거부하면 날 믿으세요. 제가 당신 꾸러미를 찾으러 가지요."

"고마워요."

타미나가 진심으로 말했다.

"제가 당신을 위해 가지러 가지요. 체포되는 한이 있더라도."

그가 거듭 말했다.

타미나는 말했다. "아무 일 없을 거예요!" 그리고 그녀는 자기 나라에서 외국인 관광객들은 아무런 위험도 겪지 않는다고 설명하려고 애썼다. 그곳에서는 오직 체코 사람들의 삶만 위험했지만 이제는 체코인들조차 그걸 깨닫지 못했다. 그녀는 갑자기 흥분해서 길게 얘기했다. 나는 그녀가 그 나라를 속속들이 알며 그녀가 옳다는 걸 확인해 줄 수 있다.

한 시간 뒤, 그녀는 위고의 수화기를 자기 귀에 댔다. 시어머니와의 대화는 지난번보다 나을 게 없었다. "나한테 열쇠를 맡긴 적이 없어! 너희들은 늘 모든 걸 내게 감췄잖니! 어째서 너희들이 나한테 어떻게 했는지 떠올리게 하는 거냐!"

12

타미나가 그토록 자기 추억을 소중하게 생각한다면 왜 보헤미아로 돌아가지 않는 걸까? 1968년 이후 나라를 불법적으로 떠났던 망명자들도 그 후로 사면을 받아 돌아오라는 요청을 받았다. 타미나는 무엇을 겁내는 걸까? 자기 나라에서 위험에 처하기엔 너무도 하찮은 존재가 아니던가!

그렇다. 그녀는 두려워 말고 돌아갈 수도 있을 것이다. 그런데도 그녀는 그럴 수가 없다.

그 나라에서는 모두가 그녀의 남편을 배반했다. 그들이 있는 곳으로 돌아가면 그녀는 자신도 남편을 배반하는 것이라고 생각했다.

남편이 점점 더 하찮은 자리로 전근당하다가 결국 일자리에서 쫓겨났을 때 그 누구도 그를 옹호하지 않았다. 친구들조차도 그랬다. 물론 타미나는 사람들이 마음속으로는 남편과 한편이라는 걸 알았다. 그들이 침묵한 것은 단지 겁이 나서였다. 하지만 그들이 그의 편이었던 만큼 그들은 자신들의 두려움이 더욱 수치스러웠고, 그래서 길거리에서 그를 만날 때면 못 본 척했다. 조심스럽게 두 사람은 사람들을 피하기 시작했다. 그들에게 수치심을 일깨우지 않기 위해서였다. 그들은 곧 문둥병 환자처럼 취급받았다. 그들이 보헤미아를 떠났을 때 남편의 옛 동료들은 그를 중상하고 단죄하는 공개 선언서에 서명했다. 그들이 그렇게 한 것은 분명히 타미나의 남편이 일자리를 잃었던 것처럼 자신들의 일자리를 잃지 않기 위해서였다. 하지만 그들은 그렇게 했다. 이렇게 해서 그들과 두 망명자 사이에는 깊은 구렁이 팼고, 타미나는 그곳에 돌아가기 위해 그 구렁을 뛰어넘는 걸 결코 허락하지 않을 것이다.

두 사람이 도망 나온 뒤 첫째 날 밤, 어느 알프스 마을의 작은 호텔에서 잠이 깼을 때 그들은 자신들이 예전 그들 삶이 펼쳐졌던 세상으로부터 단절된 채 혼자라는 것을 깨달았다. 그녀는 해방감과 안도감을 느꼈다. 그들은 산속에 멋지게 둘뿐이었다. 그들 주위로 믿기 힘든 침묵이 흘렀다. 타미나는 그 침묵을 예기치 않은 선물처럼 받아들이고서 남편은 박해를 피해서 조국을 떠났으며 자신은 침묵을 찾아서 떠났다고 생각했다. 남편과 그녀를 위한 침묵. 사랑을 위한 침묵을 찾아.

남편이 죽자 그녀는 불현듯 십일 년의 그들 삶이 곳곳에 흔적을 남긴 고국에 대한 향수에 사로잡혔다. 감정이 복받쳐 그녀는 친구들 십여 명에게 부고장을 보냈다. 단 한 통의 답장도 받지 못했다.

한 달 뒤, 남은 돈으로 그녀는 바닷가로 떠났다. 수영복을 입고 수면제를 잔뜩 삼켰다. 그러고는 먼 바다로 멀리까지 헤엄을 쳤다. 그녀는 약이 깊은 피로감을 유발해 익사하리라고 생각했다. 하지만 차가운 물과 운동 선수 같은 동작(그녀는 늘 수영을 잘했다.)이 잠드는 걸 막은 데다 약은 그녀가 생각했던 것보다 훨씬 약했다.

그녀는 물가로 돌아왔고, 자기 방으로 가서 스무 시간을 잤다. 잠에서 깼을 때는 그녀 안에 평온과 평화가 깃들어 있었다. 그녀는 침묵을 지키며 침묵을 위해 살기로 결심했다.

13

비비의 텔레비전에서 나오는 은빛 도는 파란 불빛이 모인 사람들을 비췄다. 타미나, 주주, 비비, 그리고 사업차 여행을 많이 해서 나흘 동안 집을 비웠다가 전날 돌아온 비비의 남편 데데. 방에는 지린내가 살짝 떠돌았고, 화면에는 커다랗고 둥근 머리 하나가 보였다. 나이 많은 그 대머리에게 보이지 않는 기자가 도발적인 질문을 던진 참이었다.

"당신 회고록에서 충격적인 성 고백을 읽었는데요."

일주일에 한 번 방송되는 프로그램이었는데, 한창 잘나가는 기자가 전 주에 출간된 책의 저자들과 대담을 하는 내용이었다.

커다란 대머리가 흡족하게 웃으며 말했다. "아닙니다! 충격적일 게 전혀 없습니다! 아주 정확한 계산일 뿐이죠! 같이 계산해 보시지요. 제 성생활은 열다섯 살에 시작되었습니다." 늙고 둥근 머리가 자랑스레 주변을 둘러보며 말했다. "그래요, 열다섯 살이었죠. 지금 제 나이는 예순다섯입니다. 따라서 오십 년 동안 성생활을 해 온 거죠. 일주일에 평균 두 번씩 성 행위를 했다고 가정할 수 있죠. 이건 아주 겸손한 추산입니다. 그러면 일 년에 백 번이 되고 평생 동안 오천 번 한 게 되죠. 계산을 계속 해 봅시다. 오르가슴이 오 초 동안 지속된다면 저는 이만오천 초 동안 오르가슴을 느낀 거죠. 전부 해서 여섯 시간 오십육 분인 거죠. 이 정도면 괜찮지 않나요?"

방 안에 있는 모든 사람이 진지하게 고개를 끄덕였고, 타미나는 대머리 노인이 끝날 줄 모르는 오르가슴의 먹이가 된 상상을 했다. 그는 몸을 비틀며 손을 심장께로 가져간다. 십오 분쯤 후에 그의 입에서 틀니가 떨어지고 오 분 뒤 그는 죽어서 나자빠진다. 그녀는 웃음을 터뜨렸다.

비비가 그녀에게 주의를 줬다. "뭐가 웃기지? 그다지 나쁜 결과 같진 않은데! 여섯 시간 오십육 분의 오르가슴이라잖아."

주주가 말했다. "몇 년 동안 나는 오르가슴을 느낀다는 게 어떤 건지 전혀 몰랐어요. 그런데 이제는 몇 년 전부터 굉장히 규칙적으로 오르가슴을 느껴요."

모두가 주주의 오르가슴에 대해 말하기 시작했고, 그 사이 화면에서는 또 다른 얼굴이 분노를 표현하고 있었다.

"저 사람은 왜 저렇게 화를 내는 거지?"

데데가 물었다.

화면에서 작가가 말했다.

"아주 중요합니다. 아주 중요하죠. 제 책에다 설명해 두었
지요."

"뭐가 그렇게 중요하다는 거지?"

비비가 물었다.

"그가 루루라는 마을에서 어린 시절을 보냈다는 것 말이야."

타미나가 설명했다.

루루라는 마을에서 어린 시절을 보낸 남자는 코가 어찌나
긴지 그 무게 때문에 고개가 점점 더 아래로 숙어서 화면 밖으
로 쏟아져 거실로 떨어질 것만 같았다. 긴 코 때문에 무거워진
얼굴은 말할 때 극도로 흥분했다.

"그걸 제 책에다 설명해 두었지요. 제 글 전체가 루루라는
작은 마을과 연관이 있어서 그걸 이해하지 못하는 사람은 제
작품을 조금도 이해할 수 없어요. 제가 첫 시를 쓴 것도 그곳
에서죠. 네, 그래요. 제가 보기에 이건 아주 중요한 일이에요."

"같이 자도 오르가슴을 전혀 느낄 수 없는 남자들이 있어
요."

주주가 말했다.

"잊지 마세요."

작가가 말했다. 그는 점점 더 흥분한 얼굴이었다.

"제가 자전거를 처음으로 탄 곳도 루루예요. 네, 이런 걸 자
세히 책에다 얘기해 두었지요. 제 작품에서 자전거가 의미하
는 바를 아시지요. 그건 상징입니다. 제게 자전거는 인류가 가
부장적인 세상을 떠나 문명 세상으로 내딛는 첫 발걸음을 뜻
합니다. 문명과의 풋사랑이죠. 첫키스를 앞둔 처녀의 풋사랑

말입니다. 아직 처녀이지만 이미 죄를 범한 상태죠.”

“맞아요.”

주주가 말했다.

“제 동료 다나카는 아직 처녀였을 때 자전거를 타다가 첫 오르가슴을 경험했대요.”

모두가 다나카의 오르가슴에 대해 얘기하기 시작했고, 타미나는 비비에게 말했다.

“전화 한 통 써도 될까?”

14

지린내는 옆방에서 훨씬 심하게 났다. 비비의 딸이 자는 곳이었다.

"두 분이 서로 말을 안 한다는 건 알아요. 그렇지만 그러지 않으면 제 꾸러미를 돌려받지 못할 거예요. 유일한 방법은 아버지가 그 집으로 가서 가져오는 거예요. 열쇠를 못 찾겠다고 하면 억지로라도 서랍을 따게 하세요. 그건 제 물건이니까요. 편지와 뭐 그런 것들이에요. 저한테 권리가 있어요.

"타미나, 나더러 억지로 그 여자랑 말하게 만들지 마라!"

"아버지, 좀 맡아 주세요. 저를 위해 해 주세요. 그 여자가 아버지를 무서워하니까 아버지한테는 감히 거절하지 못할 거예요."

"있잖니, 네 친구들이 프라하에 오면 너한테 모피 코트를 하나 주마. 그게 낡은 편지보다 더 중요하잖니."

"전 모피 코트 같은 건 원하지 않아요. 제 꾸러미를 원한단 말이에요!"

"더 크게 말해! 안 들려!"

아버지가 말했다. 하지만 그의 딸은 일부러 목소리를 낮추고 있었다. 비비가 체코 말을 듣지 않기를 바랐기 때문이다. 그걸 들으면 그녀가 국제전화를 하고 있고 통화시간 일 초 일 초가 비쌀 거라는 사실이 드러나기 때문이었다.

"제 꾸러미를 원한다고 했어요. 모피는 싫어요!

타미나가 거듭 말했다.

"어째 넌 늘 바보 같은 것에만 관심을 가지냐!"

"아버지, 전화비가 어마어마하게 비싸요. 제발 부탁이에요. 정말로 그 여자를 보러 가 주실 수 없어요?"

통화는 힘겨웠다. 매순간 그녀의 아버지는 했던 말을 반복하게 만들었고, 그녀의 시어머니를 보러 가는 걸 완강히 거부했다. 그는 결국 이렇게 말했다.

"네 오빠한테 전화하렴! 걔가 가면 되잖니! 네 꾸러미를 가져다 줄 수 있을 거다!"

"그렇지만 오빠는 그 여자를 알지도 못하잖아요!"

"바로 그래서 좋아."

아버지가 웃으며 말했다.

"알았더라면 보러 가지 않을 거 아니냐!"

타미나는 재빨리 생각했다. 힘세고 퉁명한 오빠를 시어머니에게 보내는 것도 그다지 나쁜 생각이 아니었다. 하지만 타미나는 오빠에게 전화를 걸고 싶지 않았다. 그녀가 외국에 온 이후로 둘은 편지를 단 한 통밖에 쓰지 않았다. 그녀의 오빠는 보수가 아주 좋은 일을 했는데, 외국으로 떠난 동생과 모든 관계를 끊음으로써 그 자리를 지킬 수 있었던 것이다.

"아버지, 저는 오빠한테 전화 못 하잖아요. 아버지가 오빠한테 설명 좀 해 주세요. 제발요, 아버지!"

15

아버지는 키가 작고 허약했다. 옛날에 길거리에서 타미나의 손을 잡고 걸을 때 아버지는 자신이 창조해 낸 영웅적인 밤의 기념물이라도 온 세상에 내놓듯 보란 듯이 의기양양했다. 그는 결코 사위를 좋아하지 않아서 사위와 끝없는 전쟁을 벌였다. 타미나에게 모피 코트를 보내 주겠다고 한 것도(분명히 웬 죽은 친척으로부터 받았을 것이다.) 결코 딸의 건강을 생각해서가 아니라 사위와의 오랜 경쟁 관계를 생각해서였다. 그는 딸이 남편(편지 꾸러미)보다 아버지(모피 코트)를 더 좋아해 주길 바랐다.

타미나는 편지 꾸러미의 운명이 아버지와 시어머니의 적대적인 손아귀에 들어가 있다는 생각을 하니 끔찍했다. 얼마 전부터 낯선 눈들이 그녀의 일기를 읽는 걸 점점 더 자주 상상하게 되면서 낯선 눈길이 벽의 낙서를 지우는 비 같다는 생각이

들었다. 아니면 현상액에 담갔던 인화지를 너무 일찍 비춰 사
진을 망치는 빛 같았다.

그녀는 글로 적힌 자신의 추억이 오직 그녀만을 위한 것이라
는 점이 그것에 의미와 가치를 부여한다는 사실을 알았다. 편
지 꾸러미가 그 특성을 상실하는 순간, 그녀와 그 꾸러미를 연
결하는 긴밀한 관계가 끊길 것이고, 그녀는 더 이상 자기 눈으
로 그 편지들을 읽지 못하고 다른 누군가의 자료를 검토하는
대중의 눈으로 읽게 될 것이다. 그렇게 되면 그것을 쓴 사람조
차도 그녀에게는 다른 사람이, 낯선 사람이 될 것이다. 그럼에
도 그녀와 일기의 저자 사이에 남을, 놀랄 만큼 닮은 점은 그
녀에게 패러디나 조롱의 효과를 안길 것이다. 그렇다, 낯선 눈
이 읽었다면 그녀는 다시는 자기 수첩을 읽지 못할 것이다.

그래서 그녀는 그토록 초조했고 가능한 한 빨리 수첩과 편
지들을 되찾고 싶었다. 거기에 붙들린 과거의 이미지가 망가
지기 전에.

16

비비가 불쑥 카페로 들어오더니 바에 앉았다.

"안녕, 타미나! 위스키 한 잔 줘!"

비비는 보통 커피를 마신다. 예외적인 경우에만 포르토를 시켰다. 스카치를 주문한 걸 보면 그녀의 마음가짐이 평상시 같지 않다는 뜻이었다.

"책은 좀 진행돼?"

잔에 술을 따르며 타미나가 물었다.

"기분 전환을 해야겠어."

이렇게 말하며 비비는 단숨에 술잔을 비웠고 한 잔 더 주문했다.

카페로 다른 손님들이 막 들어왔다. 타미나는 한 사람씩 주문을 받고 나서 바 뒤로 가서 친구에게 두 번째 위스키를 따라 줬고 손님들에게 주문한 것을 가져갔다. 그녀가 돌아오자 비비가 말했다.

"더 이상 데데에게 아무런 감정을 느낄 수가 없어. 출장에서 돌아오면 그이는 이틀 꼬박 침대에서 꼼짝 않아. 이틀 동안 잠옷을 벗지 않는다니까! 타미나라면 참을 수 있겠어? 더 참기 힘든 건 그이가 정사를 하려고 할 때야. 나한테는 정사가 즐겁지 않다는 걸 그는 이해 못 해. 전혀 즐겁지 못한데 말이야. 그와 헤어져야겠어. 그 사람은 멍청하게 휴가 준비나 하는 데 시간을 다 보내. 잠옷 바람으로 침대에 누워서 지도 책을 들고 지내. 처음에는 프라하에 가고 싶어 했어. 그런데 이젠 프라하엔 아무 흥미가 없대. 아일랜드에 관한 책을 하나 발견하고는 무슨 수를 써서라도 그곳에 가고 싶어 해."

"그러면 휴가를 아일랜드로 떠날 거야?"

타미나가 잠긴 목소리로 물었다.

"우리? 우린 아무 데도 안 갈 거야. 난 여기 남아서 글을 쓸 거야. 그는 날 아무 데도 데려가지 못할 거야. 난 데데가 필요 없어. 그 사람은 나한테 조금도 관심이 없어. 내가 글을 쓰는데도 아직까지 뭘 쓰는지 물어보지조차 않았어. 우리에겐 서로 아무 할 얘기가 없다는 걸 난 깨달았어."

타미나는 "그러면 프라하에는 안 간다는 거야?"라고 묻고 싶었다. 하지만 목이 죄어 와 말을 할 수가 없었다.

바로 그때, 키 작은 일본 여자 주주가 카페로 들어오더니 비비 옆에 있는 바 의자 위로 펄쩍 뛰어올라 앉았다. 그녀는 말했다. "사람들이 보는 앞에서 정사를 나눌 수 있겠어요?"

"무슨 말이에요?"

비비가 물었다.

"이를테면 여기 이 카페 바닥에서, 모두가 보는 앞에서 말이에요. 아니면 영화관에서 막간을 이용해서 한다든가."

"조용히 해!"

비비가 자기 의자 밑 마룻바닥에서 시끄러운 소리를 내고 있는 딸을 향해 외쳤다. 그러더니 말했다. "왜 못 해요? 자연스러운 일인걸요. 자연스러운 일을 왜 부끄러워해야 하죠?"

다시 타미나는 비비에게 프라하로 갈 것인지 물어보려고 했다. 그러나 무의미한 질문이라는 걸 깨달았다. 너무도 명백했던 것이다. 비비는 프라하로 가지 않을 것이다.

카페 주인이 부엌에서 나와 비비에게 웃으며 말했다.

"어떻게 지내세요?"

"혁명이라도 일어나야겠어요."

비비가 말했다.

"뭔가 일어나야만 해요! 정말이지 뭔가 일어나야만 해요!"

그날 밤 타미나는 타조 꿈을 꾸었다. 타조들은 울타리에 몸을 붙이고 서서 모두들 동시에 그녀에게 뭐라고 말을 했다. 그녀는 질겁했다. 최면에 걸린 듯 꼼짝도 못 한 채 그녀는 무언의 부리만 쳐다보았다. 그녀는 경련이 일어날 정도로 입을 앙다물고 있었다. 입속에 금반지를 하나 물고 있어 걱정이었던 것이다.

17

나는 왜 그녀가 입속에 반지를 물고 있는 모습을 상상한 걸까?

나도 알 수가 없다. 그렇게 상상되었을 뿐이다. 그러자 문득 한 문장이 기억에 떠올랐다. "경쾌하고 맑은 금속성 소리. 금반지가 은그릇 속으로 떨어지는 듯한 소리."

젊은 시절 토마스 만은 죽음에 관해 순수하고 매혹적인 단편소설을 쓴 적이 있다. 그 단편 속 죽음은 아름답다. 아주 젊은 시절 죽음을 꿈꾸는 모든 사람들에게 그렇듯이 죽음은 아름답고 아직 비현실적이고 매혹적이며 멀리서 들려오는 푸르스름한 목소리 같다.

불치병에 걸린 한 청년이 기차에 올라타서 낯선 역에 내린다. 그는 이름도 모르는 도시로 들어선다. 그리고 아무 집이나 들어가 이마에 반점이 가득한 노파에게 방 하나를 빌린다. 아니다. 빌린 그 집에서 일어나는 일은 얘기하지 않겠다. 다만 하찮은 사건 하나만 얘기하겠다. 병든 청년은 방에서 서성이다가 "자신의 발소리 사이로 옆방에서 알 수 없는 어떤 소리가 들리는 것 같았다. 경쾌하고 맑은 금속성 소리였다. 하지만 어쩌면 환청이었는지도 모른다. 마치 금반지가 은그릇 속으로 떨어지는 소리 같다고 그는 생각했다……."

단편소설 속에서 소리와 관계된 이 사소한 세부 사실에는 결론도 없고 설명도 없다. 행위의 관점에서만 본다면 제거해도 전혀 지장 없을 부분이다. 그 소리는 그저 울렸을 뿐이다. 그저 느닷없이.

나는 토마스 만이 정적을 만들어 내려고 이 "경쾌하고 맑은 금속성" 소리를 울리게 했다고 생각한다. 아름다움(그가 말하는 죽음은 죽음이자 아름다움이었기 때문이다.)을 들으려면 정적이 필요했던 것이다. 아름다움이 지각되려면 최소한의 정적이 필요하다.(그 정적을 재는 것이 바로 금반지가 은그릇 속으로 떨어지면서 내는 소리인 것이다.)

(그렇다, 당신들이 내가 무슨 말을 하는지 모른다는 것을 나는 안다. 왜냐하면 아름다움이란 이미 오래전에 사라졌기 때문이다. 아름다움은 소음의 수면 아래로 사라졌다. 말의 소음, 자동차 소음, 음악이 내는 소음. 그 소음 속에서 우리는 늘 산다. 아름다움은 아틀란티스처럼 물에 잠겼다. 그로부터 오직 한 마디 말만 남았는데, 그 의미는 매년 점점 더 이해하기 힘들어진다.)

고국을 떠나 숲으로 둘러싸인 산속 호텔에서 잠이 깼을 때 타미나는 처음으로 그 정적(가라앉은 아틀란티스의 대리석 조각상

파편처럼 소중한)을 들었다. 약을 잔뜩 집어삼키고 바다에서 헤엄을 쳤을 때 두 번째로 들었다. 약은 그녀에게 죽음 대신 뜻밖의 평화를 가져다주었다. 그 정적을 그녀는 자신의 몸으로, 자신의 몸속에 보호하고 싶었다. 그래서 나는 그녀가 꿈속에서 철조망 울타리에 기대 서 있는 것을 본 것이다. 경련이 일 정도로 금반지를 입속에 꽉 문 채.

그녀 앞에는 긴 목이 여섯 개 있고, 그 위로 소리 없이 열렸다 닫히는 넓적한 부리가 달린 작은 머리들이 올라와 있다. 그녀는 그것들이 무슨 말을 하는지 이해하지 못한다. 타조들이 그녀를 협박하는지, 조심하라고 하는지, 격려를 하는지, 아니면 애원을 하는지 알지 못한다. 아무것도 알 수 없어 그녀는 엄청난 불안감을 느낀다. 그녀는 금반지 때문에 겁이 나서 경련이 일 정도로 반지를 입속에 꽉 물고 있다.

타미나는 그 커다란 새들이 그녀에게 무슨 말을 하러 온 건지 결코 알지 못할 것이다. 하지만 나는 안다. 녀석들은 그녀에게 경고를 하러 온 것도, 주의를 주러 온 것도, 협박을 하러 온 것도 아니다. 녀석들은 저마다 그녀에게 자신에 대해 말하려고 온 것이다. 제각기 어떻게 먹었고, 어떻게 잤으며, 울타리까지 어떻게 달려왔으며, 그 뒤에서 무엇을 보았는지 그녀에게 말하기 위해서다. 중요한 루루 마을에서 자신의 중요한 어린 시절을 보냈다는 것. 자신의 중요한 오르가슴이 여섯 시간이나 지속됐다는 것. 한 여자가 울타리 너머로 거니는 걸 봤는데 숄을 걸쳤더라는 것. 헤엄을 쳤으며, 병에 걸렸다가 나았다는 것. 젊어서 자전거를 탔고, 오늘 풀을 한 자루나 먹었다는 것을 말하기 위해서였다. 녀석들 모두가 타미나 앞에 서서 한꺼번에 말을 해 댔다. 격렬하고 집요하고 공격적으로. 그들이 그녀에게 말하려는 것보다 더 중요한 건 세상에 아무것도 없기 때문이다.

18

며칠 뒤 바나카가 카페에 나타났다. 완전히 취해서 그는 바의 등받이 없는 의자에 앉으면서 두 번이나 넘어졌다가 다시 올라앉더니 칼바도스를 한 잔 시키고는 고개를 바에 떨구었다. 타미나는 그가 운다는 걸 알았다.

"바나카 씨, 무슨 일이에요?"

바나카는 그녀를 향해 눈물 젖은 눈을 들고서 손가락으로 자기 가슴을 가리키며 말했다. "나는 없어요. 아시겠어요! 난 없다고요. 존재하지 않는다고요!"

그러더니 그는 화장실로 갔고, 화장실에서 거리로 돈도 내지 않고 곧장 갔다.

타미나는 이 사건을 위고에게 얘기했다. 위고는 설명 대신 그녀에게 신문 한쪽을 가리켰다. 거기엔 서평이 실려 있었는데 바나카의 작품에 대해서는 냉소적인 단 넉 줄뿐이었다.

자신이 존재하지 않는다며 울면서 검지로 자신의 가슴을 가리킨 바나카의 일화는 내게 괴테의 『서동 시집』이라는 시집의 시구절을 떠올리게 했다. "다른 사람들이 살고 있다면 우리는 살아 있는 걸까?" 괴테의 질문 속에는 작가의 조건에 대한 비밀이 고스란히 감춰져 있다. 인간은 책을 쓸 때 세계로 바뀐다.(발자크의 세계니 체호프의 세계니 카프카의 세계라고들 말하지 않는가?) 그리고 한 세계의 속성은 그것이 유일하다는 데 있다. 다른 세계의 존재는 본질적으로 한 세계를 위협한다.

두 구둣방 주인은 같은 거리에만 있지 않다면 완벽한 조화를 이루며 살 수 있다. 하지만 그들이 구둣방 주인의 운명에 관해 책을 쓰기 시작한다면 곧 서로에게 거북한 존재가 되며 이런 의문을 갖는다. "다른 구둣방 주인들이 살고 있다면 한 구둣방 주인은 살아 있는 걸까?"

타미나는 한 사람의 낯선 눈길만으로도 내밀한 자기 수첩의 모든 가치가 파괴될 수 있다는 느낌을 받았고, 괴테는 단 한 사람의 눈길이 자기 작품의 글귀에 쏠리지 않는 것만으로도 괴테의 존재 자체가 위태로워진다고 믿었다. 타미나와 괴테의 차이는 인간과 작가의 차이다.

책을 쓰는 사람은 전부(자기 자신과 다른 모든 사람에게 유일한 세계)이거나 아무것도 아니다. 그 누구에게도 전부가 되는 것이 허용되지 않기 때문에 책을 쓰는 우리 모두는 아무것도 아니다. 우리는 무시당하고 질투심에 사로잡히고 신랄해져서 타인의 죽음을 바란다. 이 점에 있어서 우리 모두는 평등하다. 바나카와 비비, 나와 괴테가 그렇다.

정치인, 택시 기사, 임산부, 연인, 암살자, 도둑, 창녀, 도지사, 의사, 환자 들 사이에서 글쓰기 광증이 거부할 수 없을 정도로 늘어난다는 것은 모든 인간은 예외 없이 자신 안에 작가의 잠재성을 품고 있으며, 그래서 누구라도 거리로 나가 "우리는 모두 작가다."라고 외칠 수 있으리라는 것을 증명해 준다.

왜냐하면 제 말이 들리지도 않고 눈에 띄지도 않은 채 무심한 세계 속으로 사라진다는 생각을 하면 누구라도 고통 받기 때문이다. 그렇기에 아직 시간이 있을 때 말로 이루어진 자신만의 세계로 변하고 싶은 것이다.

언젠가는(곧 닥칠 것이다.) 모든 인간이 작가로 깨어날 것이며 전 세계적인 난청과 몰이해의 시간이 도래할 것이다.

19

이제는 위고만이 그녀의 유일한 희망이었다. 그가 그녀를 저녁 식사에 초대하자 이번에는 그녀도 망설이지 않고 초대를 받아들였다.

위고는 그녀 맞은편에 앉은 채 오직 한 가지 생각뿐이었다. 타미나가 계속해서 그로부터 달아난다는 생각이었다. 그는 그녀와 함께 있으면 자신감이 없어져 감히 정면 승부를 하지 못했다. 게다가 그가 그토록 보잘것없고 그토록 분명한 표적에 도달하지 못해 괴로워하면 할수록 불명확한 이 거대한 세계, 세상을 정복하려는 그의 욕망은 더욱 커졌다. 그는 주머니에서 신문 하나를 꺼내서 펼치더니 타미나에게 내밀었다. 그가 펼친 페이지에는 그의 이름이 적힌 긴 기사가 있었다.

그는 긴 연설을 늘어놓았다. 그가 방금 그녀에게 준 잡지에 대해 말했다. 그래요, 아직까지는 지역에만 배포되지만 탄탄

한 이론 잡지죠. 그 잡지를 만드는 사람들은 용기 있는 사람들로 멀리까지 갈 겁니다. 위고는 말하고 또 말했다. 그의 말은 자신의 성적 공격성의 은유가, 그의 남성적 힘의 과시가 되고 싶어 했다. 그의 말에 담긴 가변적인 추상성은 재빨리 불굴의 구체성으로 바뀌었다.

타미나는 위고를 바라보며 그의 얼굴을 수정했다. 이 정신 수련은 별난 버릇이 되었다. 그녀는 더 이상 인간을 다른 식으로 바라볼 수 없게 되었다. 그녀가 상상력을 총동원하여 애쓰면 위고의 갈색 눈이 정말로 색깔을 바꾸어 단번에 파란색으로 변했다. 타미나는 파란색이 사라지지 않도록 뚫어져라 쳐다보았고, 그 파란색이 위고의 눈 속에 머물도록 자신의 눈길에 불끈 힘을 주었다.

그 시선이 위고를 불안하게 만들었다. 바로 그래서 그는 말하고 또 말했다. 그의 눈은 아름다운 파란색이었고, 그의 이마는 양쪽 옆으로 서서히 퍼져서 그의 앞머리는 뾰족한 끝이 아래로 향한 좁은 삼각형 모양으로밖에 남지 않게 되었다.

"나는 언제나 우리 서구 세계에 대해서, 오직 거기에 대해서만 비판을 해 왔어요. 하지만 우리나라에 만연한 부정 때문에 우리가 다른 나라들에 대해 그릇된 관대함을 보이는지도 몰라요. 당신 덕에, 네, 타미나 당신 덕에 나는 권력 문제가 당신 나라에서건 우리나라에서건, 서쪽에서나 동쪽에서나 어디서건 똑같다는 걸 알았어요. 어떤 형태의 권력을 다른 형태의 권력으로 대체하려고 해서는 안 되고, 권력 원칙 자체를 부정해야, 곳곳에서 그것을 부정해야만 해요."

위고는 탁자 너머로 타미나를 향해 몸을 기울였다. 그의 입에서 나는 시큼한 냄새가 그녀의 정신 수련을 방해해서 위고의 이마는 다시금 아래까지 숱 많은 머리카락으로 뒤덮였다. 그리고 위고는 그녀 덕에 이 모든 것을 알게 되었다고 거듭 말했다.

"네?"

타미나가 말을 잘랐다.

"그런 얘기는 한 번도 같이 나눈 적 없잖아요!"

위고의 얼굴에는 파란 눈이 하나밖에 남지 않았고, 게다가 그 눈마저 서서히 갈색으로 변해 갔다.

"말할 필요도 없었지요, 타미나. 내가 당신 생각을 많이 하는 걸로 충분하죠."

보이가 그들 앞에 전채요리 접시를 가져다 놓았다.

"이건 집에 가서 읽어 볼게요."

타미나는 이렇게 말하고 잡지를 가방 속에 집어넣었다. 그리고 다시 말했다. "비비가 프라하로 가지 않을 거래요."

"그럴 줄 알았어요."

위고는 이렇게 말하더니 덧붙였다.

"걱정 말아요, 타미나. 약속했잖아요. 당신을 위해 내가 가지요."

20

"너한테 전해 줄 좋은 소식이 있다. 네 오빠에게 말했어. 오빠가 토요일에 네 시어머니를 보러 가겠다는구나."

"정말요? 전부 설명했어요? 시어머니가 열쇠를 찾지 못하면 서랍을 억지로라도 열라고 했어요?"

타미나는 수화기를 내려놓으면서 취한 느낌이었다.

"좋은 소식이에요?"

위고가 물었다.

"네."

아버지의 밝고 힘찬 목소리가 귓가에 쟁쟁해서 그녀는 예전에 자신이 아버지에게 부당하게 행동했다고 생각했다.

위고는 일어서더니 바로 갔다. 그리고 술잔 두 개를 가져오더니 위스키를 따랐다.

"타미나, 필요하면 우리 집에서 전화를 거세요. 얼마든지

요. 이미 한 말을 거듭 말하지만 난 당신과 함께 있는 게 좋아
요. 당신이 나랑 절대로 자지 않을 거라는 걸 알지만요.”

그가 “당신이 나랑 절대로 자지 않을 거라는 걸 알지만”이
라는 말을 힘들여 한 것은 단지 다가갈 수 없는 이 여자 앞에
서 이런 말을 할 수 있다는 걸 입증하기 위해서였다.(물론 신중
하게 부정문 형태로 말하긴 했지만.) 그리고 그는 스스로 거의 대
담하다고까지 생각했다.

타미나는 일어나서 잔을 들기 위해 위고가 있는 쪽으로 갔
다. 그녀는 오빠를 생각했다. 그녀와 오빠는 서로 말을 하지
않지만 그럼에도 서로를 사랑하며 서로 도울 준비가 되어 있
었다.

“당신의 모든 갈망들이 이루어지길 바랄게요!”

이렇게 말하며 위고는 잔을 비웠다.

타미나도 위스키를 단숨에 마신 뒤 잔을 낮은 탁자 위에 내
려놓았다. 그녀는 다시 앉고 싶었지만 위고가 어느 새 그녀를
품에 안고 있었다.

그녀는 저항하지 않고 그저 고개만 돌렸다. 그녀 입술은 일
그러졌고 이마에는 주름이 잡혔다.

그는 어찌할지 모른 채 어느 새 그녀를 안고 있었다. 처음엔
자기 행동에 놀랐고, 타미나가 그를 밀쳤더라면 소심하게 그
녀로부터 떨어져서 아마도 거의 사과를 했을 것이다. 하지만
타미나는 그를 밀치지 않았고, 그녀의 찡그린 얼굴과 고개 돌
린 얼굴은 그를 엄청나게 자극했다. 그가 지금까지 알았던 몇
몇 여자들은 그의 포옹에 결코 이렇게 큰 반응을 보인 적이 없

었다. 그 여자들은 그와 함께 자기로 결심하고는 거의 무심하게 아무렇지도 않은 듯 옷을 벗었으며 그가 그들의 몸을 어떻게 할지 보려고 기다렸다. 타미나의 찡그린 얼굴은 두 사람의 포옹에 그가 한 번도 꿈꾼 적이 없었던 입체감을 부여했다. 그는 그녀를 광적으로 세게 끌어안고 그녀의 옷을 벗기려고 애썼다.

그런데 왜 타미나는 저항하지 않았을까?

벌써 삼 년 전부터 그녀는 이 순간을 두려워하며 생각해 왔다. 벌써 삼 년째 그녀는 이 순간에 대한 몽롱한 눈길 아래 살고 있었다. 그리고 이 순간은 정확히 그녀가 상상했던 대로 일어났다. 바로 그래서 그녀는 저항하지 못했다. 피할 수 없는 일을 받아들이듯 받아들인 것이다.

그저 고개만 돌릴 수 있었을 뿐이다. 그러나 그래도 아무 소용이 없었다. 그녀 남편의 얼굴이 거기 있었다. 그녀가 고개를 돌릴 때마다 그 얼굴은 방 곳곳으로 이동했다. 그것은 기괴할 정도로 거대한 남편의 초상화였다. 실제 크기보다 더 컸다. 그렇다. 삼 년 전부터 그녀가 상상한 그대로였다.

곧 그녀는 완전히 발가벗었고 그녀의 행동을 흥분이라 여기고 자극받았던 위고는 타미나의 성기가 메말라 있는 것을 확인하고 어안이 벙벙했다.

21

　예전에 그녀는 마취 없이 외과 수술을 받은 적이 있었는데, 수술 동안 억지로 영어의 불규칙 동사들을 외웠다. 지금 그녀는 그때처럼 하려고 애쓰면서 온 생각을 자기 수첩에 집중했다. 그녀는 곧 수첩이 자기 아버지 집에 안전하게 있게 될 것이고 이 선량한 위고가 그것을 그녀에게 찾아다 줄 거라고 생각했다.

　이미 조금 전부터 선량한 위고는 그녀의 몸 위에서 격렬하게 몸을 놀리고 있었다. 그녀는 그가 팔뚝으로 몸을 버틴 채 이상한 꼴을 하고 허리를 온갖 방향으로 놀리는 걸 깨달았다. 그가 그녀의 반응을 탐탁찮게 여기고 그녀가 충분히 흥분하지 않았다고 여겨 다른 각도로 그녀 몸속에 들어가 어딘가 깊숙한 곳에 감춰진 신비로운 민감한 지점을 찾으려고 한다는 걸 알았다.

그녀는 그의 힘겨운 노고를 보고 싶지 않아서 고개를 돌렸다. 그녀는 자신의 생각을 다스려 다시금 수첩 쪽으로 돌리려고 애썼다. 머릿속으로 그들 휴가 순서를 되새겨 보려고 애썼다. 아직 불완전하게나마 재구성할 수 있었던 그대로. 보헤미아의 작은 호숫가에서 보낸 첫 휴가, 그 후 유고슬라비아, 다시 보헤미아의 작은 호수와 물의 도시, 또다시 보헤미아. 그러나 이 휴가 순서는 불확실했다. 1964년에 그들은 타트라로 갔고 이듬해에는 불가리아로 갔지만 그 후의 자취는 잃어버렸다. 1968년 그들은 휴가 내내 프라하에 남아 있었고, 다음 해에는 어느 물의 도시로 갔고, 그 후론 망명을 떠났으며, 그들의 마지막 휴가는 이탈리아에서 보냈다.

위고는 그녀 몸에서 빠져나와 그녀의 몸을 돌리려고 했다. 그녀는 그가 자기를 네 발로 엎드리게 하려는 걸 알았다. 그 순간 그녀는 위고가 자기보다 젊다는 사실이 생각나서 부끄러웠다. 하지만 전적으로 무심한 태도로 그에게 복종하기 위해 자기 안에서 모든 감정을 억누르려고 애썼다. 그러곤 그녀 엉덩이 위로 그의 몸이 거칠게 부딪치는 게 느껴졌다. 그녀는 그가 힘과 지구력으로 그녀를 아찔하게 만들고 싶어 중대한 싸움을 벌이고 있고, 자신이 그녀를 정복할 수 있으며 그녀에게 어울리는 남자라는 증거를 보여 줘야만 하는 대학입시를 치르고 있다는 걸 알았다.

위고가 그녀를 보지 못하고 있다는 사실을 그녀는 알지 못했다. 타미나의 엉덩이를 힐끗 본 뒤 (성숙한 멋진 엉덩이의 열린 눈, 무자비하게 그를 노려보는 눈을 보고서) 그는 너무도 흥분해서 눈을 감았고 리듬을 늦추고서 깊이 숨을 들이마셨다. 그도 이제는 조금 더 정사를 지속하기 위해 끈질기게 다른 무언가를 생각하려고 애썼다.(이것이 두 사람의 유일한 공통점이었다.)

그러는 동안 타미나는 맞은편, 위고의 장롱 흰 벽 위로 남편의 거대한 얼굴을 보았다. 그녀는 얼른 눈을 감았고 마치 불규칙 동사 변화를 외우듯 다시 한 번 두 사람의 휴가 순서를 되새겨 보았다. 맨 처음 호숫가의 휴가, 그 후 유고슬라비아, 호수, 물의 도시, 아니면 물의 도시, 유고슬라비아, 호수. 그런 다음 타트라와 불가리아, 그다음은 흐릿했다. 훨씬 나중에 프라하와 물의 도시, 그리고 마지막으로 이탈리아.

위고의 거친 숨소리가 그녀를 회상에서 끄집어냈다. 그녀는 눈을 떴고 흰 장롱 위로 남편의 얼굴을 보았다.

위고도 갑자기 눈을 떴다. 그는 타미나 엉덩이의 눈을 보았다. 쾌감이 섬광처럼 그의 몸을 훑고 지나갔다.

22

　타미나의 오빠가 타미나의 수첩을 가지러 갔을 때 서랍을 억지로 열 필요는 없었다. 서랍은 잠겨 있지 않았고 수첩은 열한 개 모두 거기 있었다. 포장되어 있지 않았고 제멋대로 내던져져 있었다. 편지들도 뒤죽박죽이었으며 형체를 알 수 없는 종이뭉치였다. 타미나의 오빠는 작은 가방에 수첩과 편지 들을 집어넣어 아버지 집으로 가져갔다.

　전화로 타미나는 아버지에게 전부를 잘 싸서 접착테이프로 꾸러미를 봉하고 아버지도 오빠도 절대로 읽지 말라고 당부했다.

　아버지는 거의 화가 난 듯한 말투로 타미나의 시어머니처럼 자기와 관계없는 무언가를 읽을 생각은 결코 하지 않을 거라고 그녀를 안심시켰다. 하지만 나는 안다.(그리고 타미나도 안다.) 그 누구도 저항할 수 없는 유혹이 있다는 것을. 이를테면 교통사고나 다른 사람의 연애 편지 같은 것이 그렇다.

이렇게 내밀한 기록은 드디어 그녀 아버지 집으로 옮겨졌다. 그런데 타미나는 여전히 그것에 집착했을까? 그녀는 타인의 눈길이 글을 지워 버리는 비와 같다고 수도 없이 되뇌지 않았던가?

아니다, 그녀가 잘못 생각했던 것이다. 그녀의 갈망은 전보다 더 심해졌다. 그것들은 그녀에게 한층 더 소중해졌다. 그것들도 그녀처럼 약탈당하고 능욕당해서 그녀와 그녀의 추억은 같은 운명이 된 것이다. 그래서 그녀는 그것들을 더욱더 사랑하게 되었다.

그런데 그녀는 더럽혀진 느낌이었다.

아주 오래전, 그녀가 일곱 살 때 방에서 발가벗고 있는데 삼촌이 불쑥 들어왔다. 그녀는 너무 부끄러웠는데 수치심은 반항으로 바뀌었다. 그래서 삼촌을 평생 다시는 보지 않을 거라는 장엄하면서도 어린애 같은 맹세를 했다. 가족이 그녀를 꾸중하고 큰소리를 쳐 보고 놀려 보아도 소용없었다. 그들 집을 종종 찾는 삼촌을 향해 그녀는 결코 눈을 들지 않았다.

지금 그녀는 그와 비슷한 상황에 처해 있었다. 아버지와 오빠에게 감사하면서도 더 이상 두 사람을 보려고 하지 않았다. 그 어느 때보다 분명하게 자신이 그들 곁으로 돌아가지 않으리라는 걸 알았다.

23

　뜻밖의 정사의 성공은 위고에게 여전히 뜻밖인 실망을 안겨 주었다. 그는 원할 때마다 그녀와 정사를 나눌 수 있었다.(그녀는 한 번 허용한 것을 거절할 수가 없었다.) 하지만 그는 그녀를 사로잡는 데도, 그녀를 아찔하게 만드는 데도 성공하지 못했다고 느꼈다. 아! 어떻게 자기 몸 아래에서 알몸이 그토록 무심하고 다가갈 수 없이 멀고 낯설 수 있단 말인가! 그는 그녀가 자신의 내면 세계, 자신의 피와 생각으로 만들어진 웅대한 세계의 일부가 되길 바라지 않았던가?

　그는 레스토랑에서 그녀 맞은편에 앉아서 말했다. "타미나, 난 책을 쓰고 싶어요. 사랑에 관한 책. 그래요, 당신에 대해, 나에 대해, 우리 두 사람에 대한 책. 우리의 내밀한 일기, 우리 두 사람의 몸에 관한 일기 말이에요. 그래요, 거기에서는 모든 금기를 쓸어내 버리고 모든 걸, 나에 관한 모든 걸 말하고 싶어요. 내가 어떤 사람이며 무슨 생각을 하는지 말이에요……."

타미나는 위고를 바라보았다. 그러자 갑자기 그는 그 눈길을 견딜 수 없어서 말의 실마리를 잃고 말았다. 그는 그녀를 자신의 피와 생각으로 이루어진 세계 속에 붙잡아 두고 싶었지만 그녀는 자기만의 세계 속에 완전히 갇혀 있었다. 그가 쏟아내는 말들은 그녀와 공유되지 못한 채 그의 입속에서 점점 더 무거워졌고 말투도 점점 더 느려졌다.

"……정치에 관한 사랑의 책, 그래요, 왜냐하면 세상은 인간에 맞춰, 우리에 맞춰, 우리 몸에 맞춰, 타미나, 당신 몸에, 나의 몸에 맞춰 창조되었기 때문이죠. 네, 우리가 언젠가는 다르게 포옹하고 다르게 사랑할 수 있도록 말이지요……."

말은 점점 더 무거워졌다. 질겨서 씹기 힘든 커다란 고깃덩이 같았다. 위고는 입을 다물었다. 타미나는 아름다웠지만 그는 그녀가 미웠다. 그는 그녀가 자기 운명을 남용한다고 생각했다. 그녀는 망명자라는 자신의 과거 위에, 미망인으로서 거짓된 자존심의 마천루 위에 올라앉아 그 위에서 타인들을 내려다보았다. 질투에 사로잡혀 위고는 그 마천루 맞은편에 그가 세우려고 한, 그리고 그녀가 보기를 거부한 자기 자신의 탑을 생각했다. 출판된 기사와 계획 중인 책, 그들의 사랑에 관한 책으로 만들어진 탑을.

그러다 타미나가 그에게 말했다. "언제 프라하에 갈 거예요?"

그러자 위고는 그녀가 자신을 사랑한 적이 없다고 생각했다. 그녀가 그와 함께 있는 것은 오직 프라하로 가는 그가 필요하기 때문이었다. 그는 그녀에게 복수하고 싶다는 억제하기 힘든 욕망에 사로잡혔다.

"타미나, 난 당신은 이해하리라 생각했어요. 내 기사를 읽었잖아요!"

"네."

그는 그녀의 말을 믿지 않았다. 그녀가 설령 그걸 읽었다고 해도 거기서 아무런 흥미를 느끼지 못한 게 분명했다. 한 번도 암시조차 한 적이 없었으니까. 위고는 그가 보여 줄 수 있는 유일한 위대한 감정은 이해받지 못하고 버림받은 이 탑(게재된 기사와 타미나를 향한 그의 사랑에 관해 계획 중인 책으로 세운 탑)에 대한 충정이라고 느꼈다. 그 탑을 위해서라면 싸우러 갈 수도 있고, 타미나의 눈을 뜨게 만들어 탑의 높이에 감탄하게 만들고 말리라고 생각했다.

"내 기사가 권력 문제에 대해 말한다는 걸 당신도 알겠군요. 거기서 권력의 기능에 대해 분석했으니까. 그리고 당신 나라에서 어떤 일이 벌어지는지도 비판했어요. 단도직입적으로 말했지."

"이봐요! 당신은 정말 당신 기사가 프라하에서 알려졌다고 생각하는 거예요?"

위고는 그녀의 빈정거림에 상처를 입었다. "당신이 당신 나라를 떠나온 건 너무도 오래전이어서 당신네 경찰이 어떤 짓까지 할 수 있는지 잊었나 보군요. 그 기사는 큰 반응을 불러일으켰어요. 편지도 엄청나게 많이 받았지. 당신네 경찰은 내가 누구인지 알아요. 난 그걸 알아요."

타미나는 입을 다물었고 점점 더 아름다워 보였다. 맙소사, 그가 그녀를 붙들고 싶어 하는 세계를 향해, 그의 피와 생각으로 만들어진 세계를 향해 그녀가 단지 눈만 살짝 들어 준다면 그는 프라하 왕복 여행을 백 번이라도 할 작정이었다. 그가 갑자기 어조를 바꾸었다.

그가 슬프게 말했다.

"타미나, 내가 프라하에 갈 수 없어서 당신이 나를 원망한다는 것 알아요. 나도 처음엔 그 기사를 내는 걸 미룰 수 있을 거라고 생각했어요. 그런데 더 오랫동안 입을 다물 권리가 없다는 걸 깨달았어요. 날 이해하지요?"

"아뇨."

위고는 자신이 얼토당토 않는 소리만 내뱉어서 무엇을 준다고 해도 결코 가고 싶지 않은 곳으로 가고 있다는 걸 알았다. 하지만 그는 더 이상 물러설 수 없었고, 그래서 절망했다. 그의 얼굴에는 붉은 반점들이 돋았고 목소리는 떨렸다. "이해 못 한다고요? 우리나라도 당신 나라처럼 되는 걸 난 바라지 않아요! 모두가 입을 다물면 노예가 되고 말 거예요."

바로 그때 끔찍한 혐오감이 타미나를 사로잡았고, 그녀는 의자에서 일어나서 화장실로 달려갔다. 위가 목까지 올라와 그녀는 토하기 위해 변기 앞에 무릎을 꿇었다. 그녀의 몸은 마치 흐느낌으로 흔들리는 듯이 뒤틀렸고, 그녀 눈앞에는 이 사내의 불알과 음경과 털이 보였고, 시큼한 그의 입 냄새가 느껴졌으며, 그의 허벅지가 그녀의 엉덩이에 닿는 게 느껴졌고, 더 이상 남편의 성기와 털을 떠올릴 수 없게 되었다는 생각이 떠올랐으며, 다정함의 기억보다는 불쾌감의 기억이 더 커졌다 (그렇다, 맙소사, 다정함의 기억보다 불쾌감의 기억이 더 컸다!)는 생각이 머리를 스쳤다. 그리고 자신의 가련한 머릿속에는 이제 입 냄새 나는 이 사내밖에 남지 않을 거라는 생각에 그녀는 토하고 몸을 비틀며 또 토했다.

그녀는 화장실에서 나왔고, 그녀의 입(아직 시큼한 냄새가 가득한)은 굳게 닫혀 있었다.

그는 당황스러웠다. 그녀를 집에 바래다주고 싶었지만 그녀는 한 마디도 하지 않았고 여전히 입을 굳게 다물었다.(금반지를 입속에 물고 있었던 꿈속처럼.)

그는 말했고, 그 대답으로 그녀는 발걸음만 재촉했다. 곧 그는 더 할 말이 없어서 말없이 그녀 곁에서 몇 미터를 가다가 그 자리에 멈춰 서서 움직이지 않았다. 그녀는 곧장 앞으로 갔고 돌아보지도 않았다.

그녀는 여전히 커피를 따랐지만 다시는 프라하에 전화를 걸지 않았다.

크리스틴은 누구인가?

크리스틴은 삼십 대 여성에 아이가 하나 있으며, 정육점을 하는 남편과 사이가 좋다. 동네 정비공과도 이따금 보는 사이인데, 정비공이 일을 마친 뒤 그의 작업장에서 그다지 안락하지 않은 조건 속에 간간이 정사를 나눈다. 불륜에는 작은 도시가 그다지 적합하지 못하다. 혹은 달리 말하자면, 능수능란함과 대담성이 필요할 텐데 크리스틴 부인에겐 그런 자질이 그다지 넘치지 않는다.

대학생과의 만남은 그녀를 한층 더 어지럽게 만들었다. 그 대학생은 어머니 집에서 휴가를 보내기 위해 이 소도시로 왔다. 그는 가게 안 계산대 뒤에 서 있는 정육점 여주인을 두 번 오래도록 바라보았다. 물놀이하는 곳에서 세 번째 봤을 때 그는 그녀에게 말을 건넸다. 그의 태도에는 너무도 매력적인 수줍음이 깃들어 있어서 정육점 주인과 정비공에 길든 젊은 여인은 도저히 저항할 수가 없었다. 결혼 후(십 년이나 되었다.) 그녀는 남편 외에 다른 남자와 감히 접촉하지 못했다. 다만 문을 걸어 잠근 정비소 안, 분해된 자동차와 낡은 타이어 사이에 안전하게 있을 때만 빼고는. 그런데 갑자기 다른 사람들의 시선에 노출된 채 자유롭게 바람을 피우고 싶은 대담한 마음이 들었다. 아무리 두 사람이 성가신 사람들과 만날 가능성이 거의 없는 아주 외진 장소를 산책 장소로 택하더라도 크리스틴 부인은 심장이 고동쳤고 자극적인 두려움에 사로잡혔다. 하지만 위험에 맞서 용감해질수록 그녀는 대학생과 있을 때 조심했다. 그는 겨우 짧은 포옹과 부드러운 키스밖에 얻어 내지 못했다. 여러 차례 그녀는 그의 팔에서 빠져나갔고 그가 애무할 때마다 그녀는 다리를 꼭 붙이고 있었다.

그녀가 학생을 원치 않아서가 아니었다. 처음부터 그의 부드러운 수줍음에 반해서 그 수줍음을 지키고 싶었던 것이다. 남자가 그녀에게 인생에 관한 자기 생각을 늘어놓는 것을, 그녀에게 시인과 철학자 이름을 거론하는 것을 듣는 건 크리스틴 부인에게는 한 번도 일어나지 않았던 일이다. 이 가련한 학생은 다른 얘기라곤 전혀 할 줄 몰랐다. 유혹자로서 그가 발휘할 수 있는 능변의 폭에는 한계가 있어 상대의 사회적 조건에 맞춰 응용할 줄 몰랐던 것이다. 더구나 그는 자책할 이유가 전혀 없다는 느낌이 들었다. 왜냐하면 철학자들에게서 끄집어 낸 인용문들은 대학 친구들에게보다 이 순박한 정육점 여주인에게서 훨씬 더 큰 효과를 발휘했기 때문이다. 그런데 한 가지만큼은 도저히 이해할 수가 없었다. 어느 철학자에게서 빌

려온 효과적인 인용문이 정육점 여주인의 영혼을 매혹한 것
은 분명한데도 그녀는 자기 몸과 그의 몸 사이에 장애물처럼
꼿꼿이 서 있는 것이다. 크리스틴 부인은 자기 몸을 학생에게
내 주면 두 사람 관계를 정육점 주인이나 정비공 수준으로 떨
어뜨리는 것이라고 막연히 상상했고 두 번 다시 쇼펜하우어
에 대해 말하는 것을 들을 수 없으리라고 생각했다.

　학생 앞에서 그녀는 그때껏 알지 못했던 거북함을 느끼고
괴로워했다. 정육점 주인이나 정비공과 그녀는 모든 것에 관
해 항상 서로의 말을 재빨리, 그리고 유쾌하게 이해했다. 이를
테면 두 사람 모두 매우 조심해야 한다는 것은 합의된 사실이
었다. 왜냐하면 출산 후에 그녀가 두 번째 아이를 낳다가는 건
강을 잃든지 아니면 목숨을 잃을지도 모른다고 의사가 말했
기 때문이다. 이 이야기는 낙태가 엄격하게 금지되어서 여자
들에게 생식 능력을 제한할 아무런 방법이 없었던 아주 옛날
에 일어난 일이다. 정육점 주인과 정비공은 크리스틴의 두려
움을 아주 잘 이해했고, 크리스틴은 그들이 그녀 몸속으로 들
어오기 전에 그들 스스로 단단히 대비를 했는지 기분 좋게 확
인하곤 했다. 그런데 그녀를 만나기 위해 쇼펜하우어와 구름
위에서 얘기를 나누다가 내려온 그녀의 천사에게 그녀가 그
런 식으로 행동할 생각을 하니 해야 할 말을 찾을 수 없을 것
만 같았다. 따라서 나는 그녀가 성적으로 유보적인 태도를 보
이는 것에는 두 가지 이유가 있다고 결론지을 수 있다. 학생
의 달콤한 수줍음에 매료된 영역 속에 가능한 한 학생을 오래
도록 붙잡아 두는 것, 그리고 그녀 생각에 육체적 사랑이 피해

갈 수 없는 상스러운 지시며 주의 사항을 그에게 언급할 때 생겨날 혐오감을 가능한 한 오래도록 피하고 싶은 것이다.

그런데 학생은 굉장히 섬세하면서도 고집은 셌다. 크리스틴 부인이 있는 힘을 다해 허벅지를 조여도 소용없었다. 그는 대담하게도 그녀의 엉덩이를 붙잡았고, 이 접촉은 쇼펜하우어 인용하기를 좋아하는 사람이라고 해서 자기 마음에 드는 육체를 거부할 태세는 아님을 말해 주었다.

게다가 이제 휴가도 끝나서 두 연인은 일 년 동안 서로 보지 못한 채 지내기가 힘들 것이라는 사실을 알았다. 크리스틴 부인이 그를 만나러 가기 위한 구실을 찾으면 될 일이었다. 그 방문이 무엇을 의미할지 두 사람은 잘 알았다. 학생은 프라하에서 작은 다락방에 기거했기에 크리스틴 부인도 달리 어쩔 수 없을 것이다.

리토스트란 무엇인가?

리토스트는 다른 언어로 옮길 수 없는 체코 말이다. 길게 힘주어 발음되는 첫 음절은 버려진 개의 신음 소리를 떠올리게 한다. 이 말의 의미를 전달하기 위해 다른 언어들에서 대응하는 말을 찾아보았지만 허탕이었다. 리토스트 없이 인간의 영혼을 이해할 수 있으리라고 상상하기가 힘든데도 그렇다.

한 가지 예를 들어 보겠다. 대학생은 동료 여학생과 함께 강가에서 수영을 하고 있었다. 젊은 여자는 운동을 잘했지만 그는 수영을 굉장히 못했다. 물속에서 숨 쉬는 법을 몰랐기에 그는 잔뜩 긴장한 채 고개를 물 밖으로 꼿꼿이 들고 천천히 수영했다. 여학생은 이성을 잃을 정도로 그에게 반한 데다 매우 섬세해서 그에 맞춰 천천히 수영을 했다. 그런데 곧 물놀이가 끝날 시간이어서 그녀는 잠시 자신의 운동 본능을 마음껏 펼쳐 보고 싶어 빠르게 자유영으로 반대편 물가를 향해 나아갔다.

학생도 조금 더 빨리 헤엄을 쳐 보려고 애썼지만 물만 먹었다. 그는 육체적 열등감에 사로잡힌 채 위축된 느낌이 들었고 리토스트를 느꼈다. 그는 병약해서 운동도 못하고 그에겐 친구도 없어서 어머니가 지나친 애정의 눈길로 쳐다보던 어린 시절을 떠올렸다. 그리고 자기 자신과 자기 인생에 대해 절망했다. 둘이서 시골 길을 걸어 돌아오면서 두 사람은 말이 없었다. 상처 입고 모멸감을 느낀 그는 그녀를 때리고 싶다는 억누르기 힘든 욕망을 느꼈다. "왜 그래?" 그녀가 그에게 물었다. 그러자 그는 그녀를 힐난했다. 건너편 강가 근처에는 물살이 세서 익사할 위험이 있으니 그가 그녀에게 그쪽으로 헤엄치지 말라고 한 걸 알지 않느냐고 말했다. 그러곤 그녀의 얼굴을 때렸다. 여학생은 울기 시작했다. 그는 여자의 뺨에 흐르는 눈물을 보고서 그녀에 대한 연민을 느꼈고 그녀를 품에 안았다. 그러자 그의 리토스트가 사라졌다.

혹은 학생의 어린 시절에 일어난 또 다른 사건이 있다. 그의 부모는 그에게 바이올린 교습을 받게 했다. 그는 그다지 재능이 뛰어나지 못해서 교사는 견디기 힘들 만큼 차가운 목소리로 연주를 중단시키고 잘못을 지적하곤 했다. 그는 모욕감을 느꼈고 울고 싶었다. 그런데 그는 정확하게 연주하고 잘못을 저지르지 않으려고 애쓰기는커녕 일부러 틀리곤 했다. 그러면 교사의 목소리는 더욱 불쾌하고 딱딱해졌으며, 그러면 그는 점점 더 깊이 리토스트 속으로 빠져들었다.

그렇다면 대체 리토스트란 무엇인가?

리토스트란 불현듯 발견한 자기 자신의 비참함을 보는 데서 생겨나는 고통스러운 상태를 말한다.

우리 자신의 비참함에 대한 통상적인 치유책 중에는 사랑이 있다. 절대적 사랑을 받는 사람은 비참할 수가 없기 때문이다. 모든 결점은 사랑의 마법적인 눈길에 깨끗이 씻긴다. 그런 눈길 아래서는 서툰 수영도 물 위로 꼿꼿이 세운 머리도 매력적으로 보일 수 있다.

사랑의 절대성이란 절대적 동일성에 대한 갈망이다. 우리가 사랑하는 여자는 우리만큼 느리게 헤엄쳐야만 하고, 그녀에겐 혼자 행복해하며 기억할 수 있을 자신만의 과거가 없어야 한다. 하지만 절대적 동일성의 환상이 깨지는 순간(여자가 행복해하며 자신의 과거를 추억하거나 헤엄을 빨리 치면) 사랑은 우리가 리토스트라고 부르는 거대한 번민의 영원한 원천이 되고 만다.

인간의 공통된 불완전성을 깊이 경험한 사람은 상대적으로 리토스트의 충격으로부터 안전한 위치에 있다. 자기 자신의 비참함을 목격하는 일이 그에게는 흔하며 흥미롭지 않다. 따라서 리토스트는 무경험 연령층의 것이다. 청춘의 장신구 가운데 하나인 것이다.

리토스트는 이중 모터처럼 작동한다. 고통에 복수의 열망이 이어진다. 복수의 목표는 상대가 자신과 마찬가지로 비참해지는 걸 얻어 내는 데 있다. 남자는 수영을 할 줄 모른다. 하지만 뺨을 맞은 여자는 운다. 따라서 그들은 서로를 동등하게 느낄 수 있고 그들의 사랑을 지켜나갈 수 있다.

복수가 진짜 동기를 결코 드러낼 수 없기에(학생은 그가 때린 여학생에게 그녀가 자기보다 더 빨리 헤엄을 치기 때문이라고 털어놓을 수 없다.) 거짓 이유들을 내세워야 한다. 따라서 리토스트는 비장한 위선 없이는 있을 수 없다. 청년은 여자 친구가 익사할까 봐 겁이 나서 미칠 것 같았다고 주장하고, 아이는 어찌할 수 없을 정도로 재능이 없는 것처럼 굴며 끝없이 잘못된 음표를 연주한다.

처음에는 이 장에 '대학생은 누구인가?'라는 제목을 붙일 생각이었다. 리토스트에 대해 다루지만 리토스트의 화신이나 다름없는 대학생에 대해 얘기하기 때문이다. 그러니 그가 사랑하는 여학생이 결국 그와 헤어지기로 했다는 사실에 놀라지 말아야 한다. 수영할 줄 알기 때문에 얻어맞는 것은 전혀 유쾌한 일이 못되기 때문이다.

대학생이 고향에서 만난 정육점 여주인은 그의 상처를 감싸 줄 커다란 반창고처럼 그를 찾아왔다. 그녀는 그를 흠모했고 그를 신격화했으며, 그가 쇼펜하우어에 대해 말할 때 반박을 통해 그의 인격과 별개의 인격을 내세우려고 들지 않고 (여학생이 불길한 추억을 가지고 그랬듯이) 바라보기만 했으며, 그 눈에서 그는 그녀의 감동에 감격한 나머지 눈물을 보았다고 상상했다. 게다가 그가 여학생과 헤어진 뒤로 여자와 동침한 적이 없다는 사실을 잊지 말아야 한다.

볼테르는 누구인가?

볼테르는 문과대학의 조교다. 그는 재기발랄하고 공격적이며 상대방 얼굴에 날카로운 눈길을 던진다. 그에게 볼테르라는 별명이 붙을 만했다.

그는 대학생을 좋아했는데, 그건 얄팍한 차별이 아니었다. 왜냐하면 볼테르는 호감을 보일 때조차 깐깐했기 때문이다. 세미나 후에 그가 학생에게 다가와 이튿날 저녁에 시간이 있느냐고 물었다. 불행히도 다음 날 저녁은 크리스틴 부인이 그를 보러 오기로 했다. 학생이 볼테르에게 선약이 있다고 말하는 데는 용기가 필요했다. 그런데 볼테르는 손바닥이라도 뒤집듯이 쉽게 이 반대 의사를 일소해 버렸다. "그럼 약속을 뒤로 미루어야겠네. 후회하지 않을 거야." 그러곤 이 나라 최고 시인들이 다음 날 문인 클럽에 모일 텐데 볼테르 그도 그들과 함께 있을 것이라고 설명했다. 그는 학생이 시인들을 만나길 바랐다.

그렇다. 볼테르가 개별 연구 논문을 썼고 자주 집을 찾아간 위대한 시인도 올 것이다. 그는 병들어서 목발을 짚고 걸었다. 그래서 외출을 거의 하지 않기 때문에 그를 만날 기회는 그만큼 소중한 일이었다.

학생은 내일 올 모든 시인의 책들을 알았지만 특히 그 위대한 시인의 작품은 모든 페이지를 외울 정도로 잘 알았다. 그들과 친밀하게 저녁 시간을 보내는 것보다 그가 더 열렬하게 원했던 건 없었다. 그런데 그는 몇 달째 여자와 자지 않았다는 걸 떠올리고는 갈 수 없다고 거듭 말했다.

볼테르는 위대한 사람들을 만나는 일보다 더 중요한 일이 있을 수 있다는 걸 이해하지 못했다. 여자? 그런 건 나중으로 미룰 수 있는 것 아닌가? 갑자기 그의 안경에 조롱의 빛이 가득했다. 하지만 학생의 눈앞에는 한 달 간의 휴가 기간 동안 수줍어하며 요리조리 빠져나갔던 정육점 여주인의 모습이 떠올랐다. 너무도 힘든 일이었지만 그는 고개를 저었다. 그 순간에는 크리스틴이 조국의 모든 시와 맞먹었다.

타협

그녀는 아침에 도착했다. 낮에는 프라하에서 그녀에게 알리바이가 되어 줄 장을 보았다. 학생은 저녁에 그가 고른 카페에서 만나자고 약속을 정했다. 카페에 들어서면서 그는 거의 겁이 날 지경이었다. 카페는 술꾼들로 가득했는데 그가 휴가지에서 만난 시골 요정은 화장실 근처, 손님용이 아니라 더러워진 접시들을 놓아 두는 테이블에 앉아 있었다. 그녀는 오랜만에 대도시를 방문해서 모든 향락을 누리고 싶어 하는 시골 부인만이 입을 수 있는, 촌스럽게 격식을 차린 차림을 하고 있었다. 모자를 쓰고 목에는 요란한 진주 목걸이를 했으며 검은색 하이힐 무도화를 신었다.

학생은 뺨이 달아오르는 걸 느꼈다. 감격해서가 아니라 실망해서였다. 정육점 주인들, 정비공들, 은퇴자들이 있는 작은 도시를 배경으로 했을 때 크리스틴은 여대생들과 예쁜 미용사들의 도시인 프라하에서와는 전혀 다른 인상을 풍겼다. 우스꽝스러운 진주 목걸이를 걸치고 금니(윗니 안쪽)가 살짝 보이는 그녀는 몇 달 전부터 잔인하게 그를 밀어내는 젊은 청바지 차림 여성의 아름다움을 몸소 부정하는 것 같아 보였다. 그는 어정쩡한 걸음으로 크리스틴을 향해 다가갔고, 그의 리토스트도 그를 따라갔다.

대학생이 실망했다면 크리스틴이라고 덜 실망한 건 아니었다. 그가 그녀를 초대한 식당 이름은 멋졌고(바츨라프 왕에게) 프라하를 잘 알지 못하는 크리스틴은 그가 그녀와 함께 호화 식당에서 저녁을 먹고 프라하의 향락을 불꽃놀이처럼 맛보게 해 줄 거라 상상했다. 그런데 '바츨라프 왕'은 정비공들이 맥주를 마시는 그런 장소였고, 화장실 구석 자리에서 학생을 기다려야 한다는 걸 확인하고서 그녀는 내가 리토스트라는 말로 가리키는 감정이 아니라 전적으로 평범한 분노를 느꼈다. 이 말은 그녀가 스스로 비참하다고도 모멸감도 느끼지 않았지만 그녀의 대학생이 제대로 처신할 줄을 모른다고 평가했다는 뜻이다. 게다가 그녀는 주저 없이 그에게 그 얘기를 했다. 그녀는 화난 얼굴로 정육점 주인에게 하듯이 그에게 말했다.

그들은 마주 보고 서 있었고, 그녀는 큰 목소리로 수다스럽게 그에게 비난을 쏟아 냈다. 그는 무력하게 방어했다. 그녀가 그에게 불러일으키는 불쾌감은 더욱 커지기만 했다. 그는 그녀를 얼른 자기 집으로 데려가 사람들의 시선으로부터 숨겨서 그들 피신처의 아늑함이 사라진 그녀의 매력을 살려 주길 기다리고 싶었다. 하지만 그녀는 거부했다. 그녀는 오랜만에 수도에 왔기 때문에 무언가를 보고 싶었고 돌아다니며 즐기고 싶었다. 그녀의 검은 무도화와 요란한 진주 목걸이는 자신들의 권리를 떠들썩하게 주장했다.

“여긴 멋진 카페야. 최고인 사람들이 오는 곳이지.” 대학생은 이렇게 말하며 정육점 주인의 부인에게 수도에서 흥미로운 것이 무엇이며 흥미롭지 않은 것이 무엇인지 전혀 알지 못한다는 얘기를 했다. “불행히도 오늘은 꽉 찼으니 다른 곳으로 가야겠어.” 하지만 마치 일부러인 듯 다른 카페들도 모두 꽉 차서 이 카페에서 저 카페로 가려면 꽤 걸어야 했는데, 작은 모자와 진주 목걸이를 걸치고 금니를 씌운 크리스틴 부인은 그에게 견디기 힘들 정도로 우스꽝스러워 보였다. 젊은 아가씨들로 가득 찬 거리를 걸으며 학생은 조국의 거인들과 함께 보낼 기회를 크리스틴 때문에 포기한 자신을 절대 용서할 수 없을 거라는 사실을 깨달았다. 하지만 이미 말했듯이 그는 오래전부터 여자와 자지 못했기 때문에 그녀의 반감을 사고 싶지도 않았다. 멋들어지게 꾸며 낸 타협만이 이 딜레마를 해결할 수 있을 것이다.

그들은 마침내 아주 먼 카페에서 빈 테이블 하나를 찾아 냈다. 학생은 아페리티프 두 잔을 주문하고 크리스틴의 눈을 슬프게 바라보며 말했다. 이곳 프라하에서 삶은 예측하기 힘든 상황들로 가득하다. 어제만 해도 이 나라에서 가장 저명한 시인으로부터 전화 한 통을 받았다.

시인 이름을 말하자 크리스틴 부인은 깜짝 놀랐다. 학교에서 그의 시를 외웠던 것이다. 학교에서 이름을 배우는 위인들은 어딘지 비현실적이고 비물질적인 데가 있어서 그들은 생전에 죽은 자들의 장엄한 회랑에 들어선다. 크리스틴은 대학생이 개인적으로 그 시인을 안다는 것이 사실인지 믿을 수가 없었다.

물론 그를 안다고 대학생은 주장했다. 그가 석사 논문을 쓴 것도 그 시인에 관한 것이며, 그가 지금 쓰고 있고 곧 책으로 출간될 개별 연구 논문도 그 시인에 관한 것이라고 했다. 그가 이런 얘기를 크리스틴 부인에게 한 번도 말한 적이 없는 건 자신이 뻐긴다고 그녀가 생각할까 봐서였다. 하지만 이제는 말하지 않을 수 없다. 왜냐하면 위대한 시인이 그들의 길에 갑자기 나타났으니까. 사실 오늘 저녁 문인 클럽에서 이 나라 시인들과 사적인 토론이 있는데 몇몇 비평가들과 전문가들만이 초대받았다. 이것은 정말이지 중요한 만남이다. 불꽃 튀는 토론이 있을 것이다. 하지만 물론 그는 가지 않을 것이다. 크리스틴 부인과 함께 있는 것이 너무도 기쁘기 때문이다!

달콤하고 독특한 내 나라에서는 시인들의 매력이 아직은 여성들의 마음을 움직였다. 크리스틴은 대학생에게 감탄해서 그에게 조언을 하고 그의 이득을 대변하고 싶은 모성애 같은 욕망을 느꼈다. 그래서 뜻밖의 대단한 이타심을 발휘하여 위대한 시인이 참석할 파티에 학생이 참석하지 않는 건 안타까운 일이 될 거라고 주장했다.

학생은 크리스틴이 자기와 함께 갈 수 있도록 애써 보았다고 말했다. 왜냐하면 위대한 시인과 그의 친구들을 보면 그녀가 좋아하리라는 걸 알았기 때문이다. 그런데 불행히도 그럴 수가 없다. 위대한 시인조차도 아내와 함께 오지 않을 것이다. 토론은 절대적으로 전문가들만을 위한 것이다. 처음엔 정말로 그곳에 갈 생각조차 하지 않았지만 이제는 크리스틴 말이 옳다는 걸 깨달았다. 그렇다, 좋은 생각이다. 싫지만 한 시간 정도만 거기서 보낼 수 있을 것이다. 그러는 동안 크리스틴이 그의 집에서 기다려 주면 나중에 단둘이 있게 될 것이다.

극장과 다양한 볼거리에 대한 유혹은 잊고서 크리스틴은 학생의 다락방으로 들어갔다. 그녀는 처음엔 바츨라프 왕 카페에 들어서면서 느꼈던 것과 똑같은 실망을 느꼈다. 아파트라고 할 수도 없는, 딸린 공간도 없고 집기라곤 달랑 책상 하나와 소파침대 하나뿐인 아주 작은 방이었다. 하지만 그녀는 더 이상 자기 판단에 확신이 서지 않았다. 그녀가 들어선 곳은 자신이 이해하지 못하는 불가사의한 가치 체계가 존재하는 세계였던 것이다. 따라서 그녀는 그 불편하고 너저분한 방과 금세 화해했고, 그곳을 자기 집처럼 느끼기 위해 여성적 재능을 총동원했다. 학생은 그녀에게 모자를 벗으라고 하고 그녀에게 키스를 했으며, 그녀를 소파침대에 앉히고 자기가 없는 동안 심심하지 않도록 작은 책장을 가리켜 보였다.

그러자 크리스틴은 한 가지 생각이 떠올랐다. "그 사람의 책은 없나요?" 그녀는 그 위대한 시인을 생각했다.

있었다. 학생은 그의 책을 가지고 있었다.

그녀는 매우 수줍게 말을 이었다. "나한테 선물할 수 없어요? 나를 위해 그 시인에게 사인을 받아 줄 수 없나요?"

학생은 기뻐서 어쩔 줄 몰랐다. 위대한 시인의 사인은 크리

스틴에게 극장과 다양한 볼거리를 대신해 줄 것이다. 그녀가
그에게 양심의 가책을 느끼게 해서 그는 그녀를 위해 무엇이
건 할 태세였다. 그가 기대했듯 다락방의 내밀함은 크리스틴
의 매력을 되살려 주었다. 길거리를 오가던 젊은 아가씨들은
사라졌고 그녀의 수수함이 조용히 방 안을 가득 채웠다. 실망
은 천천히 걷혔고, 클럽을 향해 떠날 때쯤엔 막 시작되는 저녁
이 그에게 약속하는 멋진 이중 프로그램을 생각하고 그는 평
온해졌으며 희열에 찼다.

시인들

　그는 문인 클럽 앞에서 볼테르를 기다렸다가 그와 함께 이층으로 올라갔다. 그들은 옷 보관소에 들렀다가 홀로 들어섰는데 벌써 떠들썩한 흥거운 소리가 들려왔다. 볼테르가 살롱 문을 열자 학생은 이 나라의 시단이 큰 탁자를 둘러싸고 있는 걸 보았다.

　나는 2000킬로미터라는 먼 거리를 두고 그들을 바라본다. 이때는 1977년 가을이며 내 나라는 이미 구 년 전부터 러시아 제국의 부드러우면서도 억센 포옹 속에서 졸고 있었고, 볼테르는 대학에서 쫓겨났으며, 모든 공공 도서관에서 끌어모아진 내 책들은 국가의 지하 창고 어딘가에 처박혀 있었다. 그래서 나는 몇 년 더 기다렸다가 자동차에 올랐고 서쪽을 향해 가능한 한 멀리 달려서 렌이라는 브르타뉴 마을까지 왔고, 이곳에 도착한 첫날 가장 높은 건물 가장 높은 층에 아파트를 하나

구했다. 이튿날 아침, 햇살에 잠이 깼을 때 나는 그 커다란 창문들이 동쪽으로, 프라하 쪽으로 나 있다는 걸 알았다.

따라서 나는 지금 그들을 내 망루에서 내려다보고 있다. 하지만 너무 멀다. 다행히도 내 눈에 고인 눈물이 망원경 렌즈와 비슷해 나는 그들의 얼굴을 더 가깝게 볼 수 있다. 이제 나는 그들 가운데 편안하게 자리 잡고 앉은 위대한 시인을 선명하게 본다. 그는 일흔을 넘긴 게 분명한데 그래도 그의 얼굴은 여전히 멋지고 눈도 아직 살아 있으며 사려 깊어 보인다. 그의 목발은 옆 탁자에 기대어 있다.

나는 불 켜진 프라하를 배경으로 그들 모두를 본다. 그들의 책이 아직 국가 지하 창고에 처박히기 십오 년 전, 그들이 술병 가득한 큰 탁자를 둘러싸고 유쾌하고 떠들썩하게 얘기를 나누던 모습 그대로 본다. 나는 그들 모두를 정말 좋아한다. 그래서 전화번호부에서 우연히 뽑은 흔한 이름들을 그들에게 붙이기가 꺼려진다. 빌린 이름의 가면 뒤로 그들을 감춰야 한다면 그들에게 선물 같고 장신구 같은 그리고 경의의 표시 같은 이름을 부여하고 싶다.

학생들이 조교에게 볼테르라는 별명을 붙였다면 사랑받는 그 위대한 시인을 괴테라고 부르지 못할 게 뭐 있겠는가?

그의 맞은편에는 레르몬토프가 있다.

그리고 까만 눈이 몽환적인 저 사람은 페트라르카라 부르고 싶다.

그리고 베를렌과 에세닌이 있고, 말할 필요가 없는 다른 여럿이 있다. 그런데 분명히 실수로 그곳에 자리한 사람도 있다.

멀리서(2000킬로미터 거리에서) 봐도 시(詩)가 그에게 재능을
주지 않았고 그가 시를 좋아하지 않는 건 분명해 보인다. 그의
이름은 보카치오다.

볼테르는 벽에 붙여 놓은 의자 두 개를 집어서 술병이 가득
한 탁자 쪽으로 밀고는, 학생을 시인들에게 소개했다. 시인들
은 그에게 정중하게 고개를 끄덕였으나 페트라르카만이 그를
보지 못했다. 그는 보카치오와 논쟁 중이었다. 그는 이런 말로
논쟁을 끝냈다. "여자들은 항상 우리보다 우월해요. 이에 대해
서라면 몇 주 동안이라도 얘기할 수 있어요."

그러자 괴테가 그를 부추겼다. "몇 주면 너무 많아. 십 분 동
안이라도 얘기해 봐요."

페트라르카의 이야기

"어느 날 저녁, 지난 주 일이었지. 믿기 힘든 일이 나한테 닥쳤어. 아내가 막 목욕을 끝내고 금발을 풀어헤친 채 빨간색 가운을 걸쳤는데 예쁘더군. 그런데 9시 10분에 누군가 초인종을 누르는 거야. 현관문을 열었더니 웬 젊은 여자가 벽에 기대 서 있었어. 바로 알아보았지. 난 일주일에 한 번씩 여자 고등학교엘 가. 여학생들이 시 모임을 만들었는데 다들 은근히 나를 흠모했지.

내가 물었어. '여기서 뭐하는 거지?'

'선생님과 얘기를 해야겠어요!'

'할 얘기가 뭔데?'

'정말 중요한 얘기예요!'

'지금은 늦어서 우리 집에 들어올 수가 없으니 얼른 내려가서 지하실 문 앞에서 기다리렴.'

난 침실로 돌아와 아내에게 누가 집을 잘못 찾은 거라고 말했지. 그리고 아무 일도 없는 듯이 지하실에 가서 석탄을 가져오겠다고 말하고 빈 양동이를 두 개 들었어. 바보 같은 짓이었지. 담이 결려서 온종일 누워 있었거든. 갑자기 열성을 보이는 것이 아내는 수상쩍었던 모양이었어."

"자네 담에 문제가 있나?"

괴테가 관심을 보이며 물었다.

"몇 년 전부터 그래."

"수술을 받지 그래?"

"절대로 안 될 일이지!"

괴테는 이해한다는 듯이 고개를 끄덕였다.

"내가 어디까지 얘기했지?"

"담이 결렸고, 석탄 양동이 두 개를 집어 들었다고 했어."

베를렌이 일러 주었다.

"지하실 문 앞에 그 여자애가 서 있더군."

페트라르카가 말을 이었다.

"난 지하실로 내려가자고 했어. 삽을 들고 양동이에 석탄을 채웠고 그 여학생이 뭘 원하는지 알려고 했지. 그 애는 나를 만나야만 했다는 소리만 자꾸 반복했지. 다른 건 아무것도 듣지 못했어.

그런데 계단 위쪽에서 발소리가 들리는 거야. 나는 막 채운 양동이를 들고 달려서 지하실을 나왔지. 아내가 내려오고 있더군. 양동이를 건네며 말했지. '이것 좀 얼른 받아. 하나 더 채워 올 테니까.' 아내는 양동이를 가지고 다시 올라갔고, 나는

지하실로 내려와서 여자애에게 여기 있으면 안 된다고 말하고는 길에서 기다리라고 했지. 그러곤 두 번째 양동이를 서둘러 채운 뒤 달려서 올라갔어. 그리고 아내에게 입 맞추고는 자러 가라고 했고, 나는 자기 전에 목욕을 하고 싶다고 말했지. 아내는 자러 갔고 나는 욕실로 들어가 수돗물을 틀었어. 물이 욕조 바닥에 부딪치는 소리가 났지. 나는 실내화를 벗고 양말 바람으로 현관으로 나갔어. 내가 그날 신었던 신발은 현관문 앞에 놓여 있었지. 어디 간 게 아닌 것처럼 보이려고 그 신발은 그냥 뒀어. 그리고 신발장에서 다른 신발을 꺼내 신고 소리 없이 아파트 밖으로 나왔지."

여기서 보카치오가 끼어들었다. "페트라르카, 자네가 위대한 시인이라는 건 우리 모두가 알아. 하지만 자네가 매우 치밀한 사람이라는 건 방금 확인했어. 한순간도 열정에 눈멀지 않는 교활한 전략가라는 걸 말이야! 자네가 실내화와 다른 신발을 그렇게 처리한 건 걸작이야!"

그 자리에 있던 모든 시인이 보카치오의 말에 동조하며 페트라르카에게 칭찬을 쏟아 부었다. 그러자 그는 눈에 띄게 들떴다.

"그 아이는 길에서 날 기다리고 있었어. 나는 그 애를 진정하려고 했지. 집으로 돌아가야만 하니까 다음 날 오후 아내가 일하러 가서 단둘이 조용히 있을 수 있을 때 다시 오라고 했지. 내가 사는 건물 바로 앞에 전차역이 있었어. 난 그 애더러 가라고 거듭 말했지. 그런데 전차가 왔는데 그 애는 웃음을 터뜨리더니 내 아파트를 향해 달려가려는 게 아닌가."

“전차 아래로 밀어 버렸어야지.”

보카치오가 말했다.

“친구들, 우리가 원하건 원하지 않건 여자들에게 잔인하게 굴어야만 하는 순간이 있어. 난 말했지. ‘네가 집으로 돌아가지 않는다면 건물 문을 자물쇠로 잠그겠어. 여긴 내 집이고, 내 집을 창녀 소굴로 만들 순 없다는 걸 잊지 마!’ 게다가 친구들, 내가 건물 앞에서 그 아이와 입씨름을 하는 동안 저 위 욕실의 수도가 열려 있으니 욕조물이 당장이라도 넘칠지 모를 일이었지!

난 돌아서 문을 향해 달렸어. 그 애도 내 뒤를 쫓아 달리기 시작했지. 설상가상으로 그때 건물로 들어가던 다른 사람들이 있어서 그 애도 그 틈에 끼어 안으로 들어왔어. 난 단거리 경주 선수처럼 계단을 뛰어 올라갔지. 내 뒤로 발소리가 들렸어. 나는 사 층에 산다네. 갈수록 태산이지 뭔가! 하지만 내가 더 빨라서 그애 코앞에서 문을 닫았어. 게다가 벽에서 초인종 선을 잡아 뜯을 시간도 있었지. 벨소리가 안 들리도록 말이야. 그 애가 벨을 계속해서 눌러 댈 게 틀림없었으니까. 그러고 나서 난 까치발로 욕실을 향해 달려갔지.”

“욕조 물은 넘치지 않았던가?”

괴테가 걱정스레 물었다.

“넘치기 직전에 물을 껐지. 그런 다음 다시 현관문 쪽을 살펴보러 갔어. 그 애가 문을 뚫어져라 쳐다보며 거기 꼼짝 않고 있다는 걸 열쇠 구멍으로 확인했지. 이보게들, 난 무서웠어. 그 애가 다음 날 아침까지 있으면 어쩌나 싶었지.”

보카치오가 무례하게 굴다

"페트라르카, 자네는 구제불가능한 숭배자야. 시 모임을 만든 그 여자애들이 자네를 아폴론으로 내세우는 꼴이 상상이가. 세상 전부를 준다 해도 난 그런 애들을 만나고 싶지 않아. 여류 시인은 이중으로 여자야. 나 같은 여성 혐오자에겐 너무도 끔찍하지."

보카치오가 말했다.

"이봐, 보카치오, 자넨 왜 항상 여성 혐오자라 자처하지?"

"여성 혐오자야말로 최고의 남자들이니까."

이 말에 모든 시인이 야유를 보냈다. 보카치오는 목청을 높여야만 했다.

"날 이해해 줘. 여성 혐오자는 여자들을 경멸하는 게 아니야. 여성성을 좋아하지 않을 뿐이지. 남자들은 크게 두 범주로 분류되지. 여성을 숭배하는 자들, 다시 말해 시인들. 그리고 여성 혐오자들, 제대로 말하자면 여성 공포증 환자들이야. 숭배자들 혹은 시인들은 전통적인 여성적 가치들을 숭배하지. 감정, 가정, 모성, 다산, 히스테리 발작, 우리 내면의 본성이 내는 신의 목소리를 말이야. 반면에 여성 혐오자들 혹은 여성 공포증 환자들에게는 이런 가치들이 가벼운 두려움을 불러일으키지. 숭배자는 여성에게서 여성성을 숭배하고, 반면에 여성 혐오자는 여성성보다는 차라리 여자를 선호하지. 이걸 잊지 마. 여자는 여성 혐오자와 있을 때만 진정으로 행복할 수 있다는 사실 말이야. 자네들하고는 어떤 여자도 지금까지 행복할 수 없었던 거지!"

이 말은 다시금 적의에 찬 웅성거림을 불러일으켰다.

"숭배자 또는 시인은 여자에게 비극을, 열정을, 눈물을, 걱정을 안겨 줄 수는 있지만 결코 쾌락은 주지 못하지. 그런 사람을 난 한 사람 알아. 그는 자기 아내를 숭배했어. 그러다 나중에는 다른 여자를 숭배했지. 그런데 그는 아내를 속여서 모욕하고 싶지도 않고 다른 여자를 숨긴 애인으로 만들어 모욕하고 싶지도 않았지. 그래서 모든 걸 아내에게 털어놓고 도와 달라고 했지. 아내는 그 일로 병들었고, 그는 계속 울기만 했네. 애인이 더 이상 견디지 못해 헤어지자고 말할 정도였지. 그는 전차에 치어 죽으려고 철도 위에 누웠어. 불행히도 운전수가 멀리서 그를 보는 바람에 이 숭배자 친구는 교통방해죄로 50코루나를 지불해야만 했지."

"보카치오는 거짓말쟁이야!"

베를렌이 외쳤다.

“페트라르카가 우리에게 방금 들려준 얘기도 다를 게 없어.”
보카치오가 말했다.
“금발 머리 자네 아내가 어째서 자네가 그 미친 여자를 진지하게 생각하는 꼴을 당한단 말이지?”
“자네가 내 아내에 대해 뭘 안다고 그래!”
페트라르카가 소리 높여 응수했다.
“내 아내는 충직한 내 친구야. 우리는 서로에게 비밀이 없어.”
“그렇다면 왜 신발은 바꿔 신었지?”
레르몬토프가 물었다.
하지만 페트라르카는 당황하지 않았다. “이보게들, 그 여자애가 문 앞 계단에 서 있는 심각한 순간에는 정말이지 어떻게 해야 할지 몰랐다고. 나는 침실로 가서 아내에게 털어놓았지!”
“내 친구 숭배자처럼 말이지!”
보카치오가 웃으며 말했다.
“털어놓는 건 모든 숭배자들의 반응이야! 아내에게 자넬 도와 달라는 말을 했겠지?”
페트라르카의 목소리에는 애정이 듬뿍 실려 있었다.
“그래, 도와 달라고 했지. 아내는 한 번도 도움을 거절한 적이 없었지. 이번에도 마찬가지였어. 그녀가 문으로 갔지. 난 겁이 나서 침실에 남아 있었네.”
“나 같아도 겁났을 거야.”
괴테가 잘 이해한다는 듯이 말했다.

“돌아왔을 때 아내는 아주 침착했지. 아내는 열쇠 구멍으로 현관 앞 계단을 보고 문을 열었는데 아무도 없더라는 거야. 꼭 내가 모든 걸 지어낸 것 같았지. 그런데 갑자기 우리 뒤로 큰 소리가 들렸어. 유리창이 산산조각 난 거야. 자네들도 알다시피 우리는 낡은 아파트에 사는데 유리창이 복도 쪽으로 나 있지 않나. 그 여자애는 초인종이 작동하지 않으니까 어디서 구했는지 쇠 막대를 하나 찾아 들고 복도로 와서 유리창을 몽땅 깨기 시작한 거야. 우리는 아파트 안에서 아무 행동도 못 한 채 거의 겁에 질려서 그 애를 지켜보았지. 잠시 뒤 어둠 속에 잠긴 복도 건너편에 흰 그림자 세 개가 나타나는 게 보였네. 맞은편 아파트에 사는 노파들이었지. 유리창 깨지는 소리에 잠에서 깼던 거야. 노파들은 잠옷 바람으로 달려왔네. 그 뜻하지 않은 구경거리를 보고 싶어 참지 못하고 행복에 겨워서 말이야. 그 광경을 한번 상상해 봐! 손에 쇠 막대를 든 예쁜 소녀와 그 애를 둘러싼 세 마녀의 불길한 그림자를! 여자애는 마지막 유리를 깼고 창문을 넘어 안으로 들어왔어.

그 애에게 한마디하려고 다가가려는데 아내가 날 끌어안고는 애원하더군. ‘가지 마요, 그 애가 당신을 죽일 거야!’ 여자애는 쇠막대를 손에 든 채 창을 든 잔다르크처럼 멋지고 장엄하게 방 한가운데 서 있었지! 난 아내 품에서 빠져나와 여자애 쪽으로 다가갔어. 내가 다가가자 그 애 눈길은 위협적인 기운을 잃고 부드러워지더니 천상의 평화로 가득 차더군. 난 쇠 막대를 잡고 바닥에 던져 버렸지. 그리고 여자애의 손을 잡았네.”

모욕

"난 자네 이야기를 한마디도 안 믿어."

레르몬토프가 말했다.

"물론 페트라르카가 얘기한 것 그대로 일어난 건 아니지."

다시 보카치오가 끼어들었다.

"하지만 실제로 일어난 일이라고는 생각해. 그 여자애는 히스테리 환자야. 정상적인 남자라면 누구라도 벌써 따귀를 날렸을 거야. 숭배자들이나 시인들은 히스테리 환자들이 꿈꾸는 먹잇감이지. 그들이 발톱을 세우지 않는다는 걸 아는 거야. 숭배자들은 여자들 앞에서 무력하니까. 그들이 어머니의 그림자를 한 번도 넘어서 보질 못했기 때문이야. 그들은 모든 여자들을 어머니의 사자(使者)로 보고 복종하지. 어머니 치마폭이 마치 천상의 궁륭처럼 그들 머리 위로 펼쳐지는 거야."

이 마지막 문장이 마음에 쏙 들어 그는 여러 차례 반복했다.

"시인들이여, 그대들이 머리 위로 보는 것은 하늘이 아니라 그대들 어머니의 거대한 치마폭이라네! 그대들은 모두 어머니의 치마폭 아래 살고 있네!"

"무슨 소리를 하는 거야?"

에세닌이 엄청나게 큰 소리로 외치며 의자에서 벌떡 일어섰다. 그는 휘청거렸다. 파티 시작부터 술을 제일 많이 마신 사람이 그였다. "우리 어머니에 대해 자네 뭐라고 했어? 뭐라고 했느냐고?"

"자네 어머니에 대해 말한 게 아니야."

보카치오가 부드럽게 말했다. 그는 에세닌이 자기보다 서른 살이나 많은 유명한 무용수와 산다는 것을 알았기에 그에게 진심으로 연민을 느꼈다. 그러나 이미 에세닌의 입가에는 침이 잔뜩 고여 있었다. 그는 앞으로 몸을 숙이더니 침을 뱉었다. 그런데 그가 너무 취한 나머지 침이 괴테의 옷깃에 떨어지고 말았다. 보카치오가 손수건을 꺼내 위대한 시인을 닦아 줬다.

침을 뱉고 나더니 에세닌은 기진맥진해 의자에 털썩 주저앉았다.

페트라르카가 말을 이었다. "친구들, 그 여자애가 내게 한 말을 모두들 들었더라면 좋았을 텐데. 도저히 잊을 수 없는 말이었지. 이렇게 말했어. 마치 반복되는 기도 같았지. '난 소박한 여자예요. 완전히 평범한 여자죠. 내놓을 것 하나 없지만 사랑이 이곳으로 보내서 왔어요. 내가 왔단 말이에요.' 이때 내 손을 꽉 쥐더군. '진정한 사랑이 무엇인지 당신에게 알려 주려고, 당신에게 평생 한 번은 그런 사랑을 경험하게 해 주려고.'"

"자네 부인은 이 사랑의 사자(使者)에게 뭐라고 하던가?"

레르몬토프가 강하게 빈정거리며 물었다.

괴테가 폭소를 터뜨리며 말했다. "레르몬토프라면 여자가 와서 창문을 깨 주기만 한다면 뭔들 안 내놓겠는가! 돈으로 사기라도 할걸!"

레르몬토프가 괴테에게 증오심 어린 눈길을 던졌다. 페트라르카가 말을 이었다. "내 아내? 레르몬토프, 자네가 이 이야기를 보카치오의 해학적 콩트로 여긴다면 잘못 생각하는 거야. 여자애는 내 아내를 향해 돌아서더니 천상의 눈길로 이렇게 말했지. 이번에도 꼭 기도 같았지. '절 원망하지 마세요, 부인. 부인께서 좋으신 분이니까 부인도 사랑합니다. 두 분 모두 사랑해요.' 그러더니 아내 손도 덥석 잡더군."

"그게 보카치오 콩트의 한 장면이라면 난 전혀 반대하지 않을 거야. 하지만 자네가 우리한테 얘기하고 있는 건 훨씬 나빠. 이건 형편없는 시야."

레르몬토프가 말했다.

"자네 날 부러워하는군!"

페트라르카가 외쳤다.

"자네를 좋아하는 예쁜 두 여자와 침실에 오붓하게 있어 본 적이 한 번도 없었지! 금발을 풀어헤치고 빨간색 가운을 걸친 내 아내가 얼마나 예쁜지 아나?"

레르몬토프가 빈정거리는 웃음을 지었지만 이번에는 괴테가 날 선 해설로 그를 벌했다. "레르몬토프, 자네가 위대한 시인이라는 건 우리 모두가 알지. 그런데 왜 그런 콤플렉스를 갖고 있는가?"

몇 초 동안 레르몬토프는 아무 말도 못 하더니 힘겹게 자신을 다스리며 괴테에게 대답했다. "요한, 그 말은 하지 말았어야 했어. 자네가 내게 할 수 있을 최악의 말이었어. 상스러운 말이었네."

화합의 친구인 괴테라면 레르몬토프를 더 이상 짓궂게 괴롭히지 않았을 텐데 괴테의 전기작가인 볼테르가 웃으며 끼어들었다. "레르몬토프, 당신은 콤플렉스에 사로잡힌 게 분명하군요." 그러곤 그의 시 전체를 분석하기 시작했다. 그의 시에는 괴테처럼 자연스럽고 유쾌한 기품도 없고, 페트라르카처럼 열정적인 숨결도 없다는 것이다. 그는 심지어 레르몬토프의 열등감이 그 상상력의 직접적 원천이며, 그것이 시인의 어린 시절에, 가난과 권위적인 아버지의 억압적인 영향력에 상처 입은 어린 시절에 뿌리를 두었다는 것을 솜씨 좋게 증명해 내기 위해 그의 은유들의 껍질을 하나씩 벗기기 시작했다.

그때 괴테가 페트라르카에게 몸을 기울이더니 그에게 온 방이 울릴 정도로 크게 귓속말을 했다. 그래서 모두가 들었다. 레르몬토프까지도. "이게 다 무슨 객설인가! 레르몬토프가 여자와 잠을 못 자서 그런 건데!"

대학생이 레르몬토프 편에 서다

대학생은 침묵을 지키고서 포도주를 자기 잔에 따라 마시고 있었다.(사려 깊은 보이가 소리 없이 빈 병들을 가져갔고 새 병들을 가져왔다.) 그리고 귀 기울여 불꽃 튀는 대화를 듣고 있었다. 그들의 현기증 나는 소용돌이를 좇느라 고개를 돌릴 틈도 없었다.

그는 그 시인들 가운데 누구에게 가장 공감이 가는지 생각해 보았다. 그는 괴테를 존경했다. 크리스틴 부인이 존경하는 것만큼. 게다가 온 나라가 괴테를 존경했다. 페트라르카는 불타는 듯한 눈으로 그를 매료했다. 하지만 이상하게도 모욕을 당한 레르몬토프가 그에게 가장 강한 공감을 불러일으켰다. 특히 괴테의 마지막 말 이후로 그랬다. 위대한 시인도 자기처럼 보잘것없는 학생과 같은 어려움을 느낄 수 있구나 하는 생각을 한 것이다. 그는 시계를 보고 레르몬토프처럼 되지 않으려면 돌아가야 할 시간이 되었다는 걸 확인했다.

그런데 위대한 인물들을 두고 떠날 수가 없었다. 크리스틴 부인에게 가는 대신 그는 화장실로 갔다. 그곳에서 흰 타일을 마주하고 거창한 생각에 잠겼다. 그때 옆에서 레르몬토프의 목소리가 들렸다. "자네, 저 사람들 말 들었지. 저자들은 섬세하지 못해. 알아듣겠나? 섬세하지 못하다고."

레르몬토프는 "섬세"라는 말을 마치 고딕체로 쓰듯이 발음했다. 그렇다. 다른 말들과 같지 않은 말들이 있다. 오직 아는 사람만 아는 독특한 가치를 지닌 말들이 있다. 학생은 왜 레르몬토프가 "섬세"라는 말을 고딕체로 쓰듯이 발음했는지는 몰랐지만 아는 사람들에 속하는 나는 레르몬토프가 섬세함의 정신과 기하학의 정신에 관한 파스칼의 글을 예전에 읽은 뒤로 인간을 두 범주로, 즉 섬세한 인간과 나머지 인간으로 나눈다는 것을 안다.

"자넨 저자들이 섬세하다고 생각하나?"

학생이 입을 다물고 있는 걸 보고서 그가 공격적인 투로 말했다.

학생은 바지 단추를 채우면서 백오십 년 전에 롭친스키 백작 부인이 일기에 썼듯이 레르몬토프의 다리가 아주 짧다는 사실을 알아차렸다. 학생은 그에게 고마움을 느꼈다. 왜냐하면 그에게 진지한 질문을 던지고 진지한 대답을 기다린 첫 번째 위대한 시인이었기 때문이다.

"제 생각에 저 사람들은 조금도 섬세하지 못합니다."

레르몬토프는 짧은 다리로 그 자리에 멈춰 섰다. "전혀 섬

세하지 못하지." 그러곤 소리 높여 덧붙였다. "하지만 난 거만
하지! 알겠나, 난 거만해!"

"거만"이라는 말도 역시 그의 입속에서 고딕체로 씌어 있었
다. 레르몬토프가 거만하다는 것을 여자가 미모로 거만하다
거나 혹은 상인이 재산을 가지고 거만한 것처럼 생각할 사람
은 멍청이밖에 없을 것이다.

"난 거만해."

레르몬토프는 이렇게 외치더니 학생과 함께 행사장으로 돌
아갔다. 그곳에서는 볼테르가 괴테 찬사를 늘어놓고 있었다.
그러자 레르몬토프가 폭발했다. 그는 탁자 앞에 버티고 섰다.
그러자 앉아 있는 다른 사람들보다 머리 하나가 큰 꼴이 되었
다. 그는 말했다. "이제 내가 얼마나 거만한지 당신들에게 보여
주겠어! 이제 내가 뭔가를 말하겠어. 난 거만하니까! 이 나라
에는 시인이 단 둘밖에 없어. 괴테와 나지."

이번에는 볼테르가 목소리를 높였다. "당신이 위대한 시인
인지는 모르겠지만 인간으로서는 이 정도밖에 안 되는군요!
나는 당신이 위대한 시인이라고 말할 수 있지만 그런 말을 할
권리가 당신에게는 없어요."

레르몬토프는 잠시 아무 말이 없었다. 그러다 더듬으며 말
했다. "왜 그런 말을 할 권리가 내게 없다는 거지? 난 거만한
데!"

레르몬토프는 자신이 거만하다는 말을 몇 번이나 더 했다.
볼테르가 박장대소했고 다른 사람들도 따라 크게 웃었다.

대학생은 그가 기다리던 순간이 왔다는 걸 알았다. 그는 레

르몬토프를 따라 일어서서 그곳에 자리한 시인들을 빙 둘러 보았다. "여러분들은 레르몬토프를 전혀 이해하지 못하고 있습니다. 시인의 거만함은 평범한 거만과 다릅니다. 오직 시인만이 자신이 쓰는 것의 가치를 알지요. 다른 사람들은 그보다 훨씬 나중에 가서야 이해하죠. 아니, 어쩌면 결코 이해 못 할지도 모릅니다. 따라서 시인에게는 거만할 의무가 있습니다. 그렇지 않다면 자기 작품을 배반하는 꼴이 되지요."

조금 전만 해도 배꼽을 쥐고 웃던 사람들이 갑자기 모두 학생 말에 동의했다. 그들 역시 레르몬토프만큼이나 거만했기 때문이다. 다만 그들은 그 말을 하는 것을 부끄럽게 여겼을 뿐이다. 거만이라는 말이 제대로 쓰이기만 한다면 우스꽝스럽지 않고 오히려 영적이며 고귀한 말이 될 수 있다는 것을 알지 못했던 것이다. 따라서 그들은 그렇게 좋은 조언을 해 준 학생이 고마웠고 그들 가운데 누군가는 학생에게 박수갈채를 보낸 사람도 있었다. 틀림없이 베를렌이었을 것이다.

괴테로 인해 크리스틴이 여왕으로 변하다

학생은 앉았고, 괴테가 다정한 미소를 지으며 그를 돌아보고 말했다. "이봐, 자네는 시가 무엇인지 아는군."

다른 사람들은 다시 취중토론에 빠졌다. 그래서 학생은 위대한 시인을 혼자서 마주 대하게 되었다. 그는 이 소중한 기회를 잘 활용하고 싶었지만 갑자기 무슨 말을 해야 할지 몰랐다. 적당한 말을 찾느라 궁리하는데 — 괴테는 말없이 미소만 짓고 있었다. — 아무 말도 생각나지 않아서 그도 미소만 지었다. 그런데 크리스틴에 대한 기억이 그를 구하러 날아왔다.

"요즘 저는 어떤 여자와 만납니다. 아니 어떤 부인이지요. 정육점 주인과 결혼한 여자니까요."

이 말이 마음에 쏙 들었는지 괴테는 아주 우정 어린 웃음으로 응답했다.

"그녀는 선생님을 숭배합니다. 저한테 선생님 시집 하나를 주고는 사인을 받아 달라고 했어요."

"이리 주게."

괴테는 이렇게 말하고 학생 손에서 책을 받아들었다. 그는 겉장을 넘기더니 말을 이었다. "그녀에 대해 말해 보게. 어떤가? 예쁜가?"

괴테 앞에서 학생은 거짓말을 할 수가 없었다. 그는 정육점 주인 아내가 미녀는 아니라고 고백했다. 게다가 오늘은 옷차림도 우스꽝스러웠다. 목에 굵은 목걸이를 걸고 오래전부터 아무도 안 신는 검은 무도화를 신고서 프라하를 하루 종일 쏘다녔다.

괴테는 진지한 관심을 보이며 학생 말을 듣더니 거의 향수 어린 투로 말했다. "멋지군."

학생은 대담해져서 정육점 주인 부인에게 금니가 있으며, 그것이 입속에서 똥파리처럼 반짝이더라는 얘기까지 털어놓았다.

괴테가 감동해서 웃으며 말을 고쳤다. "반지처럼."

"등대처럼!"

학생이 응수했다.

"별처럼!"

괴테가 미소 지으며 말했다.

학생은 정육점 주인 부인이 사실은 평범한 시골 여자인데, 바로 그 점에 끌렸다고 설명했다.

"자네 말을 이해해. 잘못 고른 옷, 치아의 가벼운 결점, 평범한 영혼이 지닌 감미로움, 바로 이런 세부 사실들이야말로 살아 있는 진짜 여자를 만드는 거지. 오늘날 거의 모든 여자들이 흉내 내려고 애쓰는, 포스터나 패션 잡지 속 여자들에겐 매력이 없어. 왜냐하면 비현실적이니까. 그런 여자들은 추상적인 교육의 산물일 뿐이야. 그 여자들은 인공 두뇌를 장착한 기계에서 태어났지, 인간 몸에서 태어난 게 아니야! 이봐, 내가 보장하지. 자네의 시골 여자는 시인에게 꼭 필요한 여자야. 축하하네!"

그러더니 그는 제목이 적힌 페이지 위로 몸을 숙이더니 펜을 쥐고 쓰기 시작했다. 그는 한 페이지를 가득 채워 가며 열정적으로 썼다. 거의 신들린 상태에 빠져서 그의 얼굴은 사랑과 이해의 빛으로 환히 빛났다.

학생은 책을 다시 받아들었고 자부심에 얼굴이 붉어졌다. 괴테가 알지 못하는 여자에게 쓴 글은 아름답고 슬펐으며, 향수를 불러일으키면서도 관능적이었고, 지혜로우면서 유쾌했다. 학생은 이렇게 아름다운 글이 한 여자에게 바쳐진 경우는 한 번도 없었다고 확신했다. 그는 크리스틴을 생각했고 무한히 그녀를 욕망했다. 그녀의 우스꽝스러운 옷 위에다 시가 가장 숭고한 말로 짠 망토를 입혔다. 그것으로 그녀는 여왕이 되었다.

시인을 들다

보이가 홀로 들어왔지만 이번에는 새 술들을 가져오지 않았다. 그는 시인들에게 그만 떠날 생각을 해 달라고 말했다. 잠시 후 건물 문을 닫아야 한다는 것이다. 수위가 와서 문을 잠가 모두들 내일 아침까지 여기 있게 해 버리겠다고 협박했다.

그는 여러 차례 이 경고를 반복했다. 소리 높여, 부드럽게, 전체에게, 한 사람씩에게, 시인들이 마침내 수위와 장난할 일이 아니라는 걸 깨달을 때까지. 페트라르카는 갑자기 빨간 가운을 입은 아내를 생각해 내고는 마치 엉덩이를 한 대 걷어차이기라도 한 것처럼 식탁에서 벌떡 일어섰다.

그때 괴테가 무한히 슬픈 표정으로 말했다. "친구들, 나는 여기 남겨 두게. 난 여기 남고 싶어." 그의 목발은 탁자에 기대어져 옆에 놓여 있었다. 함께 떠나자고 그를 설득하려는 시인들에게 그는 그저 고개만 저었다.

모두가 그의 부인을 알았다. 고약하고 엄한 부인이었다. 그들은 그 부인을 무서워했다. 그들은 괴테가 제시간에 집으로 들어가지 않으면 아내가 그들 모두에게 끔찍하게 화를 내리라는 걸 알았다. 그들은 그에게 애원했다. "요한, 이성적으로 생각해 봐. 집으로 가야 해!" 그러고는 그의 겨드랑이에 조심스레 손을 넣고 의자에서 그를 들어 올리려고 애썼다. 하지만 올림푸스의 왕은 무거웠고 그들의 팔은 소심했다. 그는 그들보다 적어도 서른 살은 더 많아서 그들에게는 진짜 족장 같았다. 갑자기 그를 들어 올려서 목발을 받치려는 순간에 그들은 모두 당혹스러워졌고 왜소해진 느낌이 들었다. 그리고 그는 계속해서 이곳에 남겠다고 말했다.

아무도 동의하지 않았다. 다른 사람들보다 약삭빠르게 레르몬토프만이 그 기회를 잡았다. "이보게들, 여기 있게 하지. 내가 아침까지 같이 있을 테니. 도대체 그의 말을 이해 못 하겠는가? 젊었을 때 그는 몇 주 동안이나 집에 들어가지 않았지. 청춘을 되찾고 싶은 거야! 그걸 이해 못 하다니, 바보들 같으니! 그렇잖나, 요한. 우리 여기 양탄자에 누워서 이 포도주 병과 같이 아침까지 남자고. 저 사람들은 떠나라지! 페트라르카는 빨간 가운에 머리를 풀어헤친 부인에게 달려가겠지!"

그런데 볼테르는 괴테를 붙잡아 두는 것이 청춘에 대한 향수가 아니라는 걸 알았다. 괴테는 병들어서 술을 마시는 건 금지였다. 술을 마시면 그의 다리가 그를 실어 나르는 걸 거부했다. 볼테르는 목발 두 개를 쥐고 다른 사람들에게 불필요한 소심함은 버리라고 명령했다. 그러자 얼근히 취한 시인들의 나약한 팔들이 괴테의 겨드랑이를 잡고 의자에서 시인을 들어 올렸다. 그들은 그를 살롱에서 홀로 옮겼다. 아니, 끌다시피 했다.(괴테의 다리가 땅에 닿기도 하고, 부모들이 그네를 태우는 아이처럼 허공에서 흔들리기도 했다.) 그런데 괴테는 무거웠고 시인들은 취했다. 홀에 이르러 그들은 그를 놓아 버렸고, 괴테는 한탄하며 외쳤다. "친구들, 날 여기서 죽도록 내버려 두게!"

볼테르는 화가 나서 얼른 괴테를 들라고 시인들에게 외쳤다. 시인들은 부끄러웠다. 그들은 팔을 들기도 하고 다리를 들기도 해서 괴테를 들어 올렸고, 클럽 문을 통과하자 계단을 향했다. 모두가 그를 들었다. 볼테르도 그를 들고, 페트라르카도 그를 들고, 베를렌도 그를 들고, 보카치오도 그를 들고, 비틀거리는 에세닌조차 넘어질까 두려워 괴테 다리를 붙잡았다.

학생도 위대한 시인을 들어 보려고 애썼다. 평생 단 한 번밖에 만나지 못하는 기회라는 걸 잘 알았기 때문이다. 하지만 소용없었다. 레르몬토프가 그를 너무 좋아했다. 레르몬토프는 그의 팔을 붙잡고 그에게 뭔가를 계속 얘기하려 했다.

"저 사람들은 섬세하지 못할 뿐 아니라 서툴기까지 해. 모조리 버릇없이 자란 애들이야. 저것 좀 봐, 어떻게 들고 가는지! 저러다 놓쳐 버리겠군! 손으로 하는 일이라곤 해 본 적이 없으니. 자네는 내가 공장에서 일한 것을 아는가?"

(그 시절에 이 나라 주인공들은 모두 공장을 거쳐 갔다는 사실을 잊지 말자. 혁명적 열정에서 비롯한 자신의 의지에 의해서건, 아니면 처벌로 인한 강제로건. 두 경우 모두 그들은 그 사실을 자랑스러워했다. 그들은 공장에서 인생의 혹독함이라는 고귀한 여신이 직접 그들 이마에

키스를 해 준 걸로 보았기 때문이다.)

족장의 팔다리를 잡고 시인들은 계단을 내려왔다. 계단 폭이 너무 좁고 급하게 꺾어지는 모서리가 여러 개 있어서 그들의 민첩성과 힘을 혹독한 시험대에 올려놓았다.

레르몬토프가 계속 말했다. "친구, 침목 나르는 게 어떤 건지 아나? 자네는 한 번도 날라 보지 않았겠지. 학생이니까. 그런데 저 치들도 한 번도 날라 보지 않았어. 저것 좀 봐. 얼마나 바보처럼 나르는지! 저러다 떨어뜨리겠어!" 시인들을 향해 그는 소리쳤다. "잘 좀 들어, 바보들 같으니, 그러다 떨어뜨리고 말겠어! 당신들은 손으로 하는 일을 해 본 적이 없지!" 그러더니 그는 학생 팔을 붙들고 점점 더 무거워지는 괴테를 불안하게 들고 가는 시인들 뒤로 천천히 내려왔다. 마침내 그들은 짐과 함께 도로까지 내려왔고 괴테를 가로등에 기대 세웠다. 페트라르카와 보카치오는 그가 넘어지지 않도록 부축했다. 그리고 볼테르는 도로로 내려가서 차를 붙잡으려고 했지만 한 대도 멈춰 서지 않았다.

그러자 레르몬토프가 학생에게 말했다. "저거 보이나? 자네는 학생이니까 인생에 대해 아무것도 모르지. 대단한 장면이야! 시인을 들다. 시가 될 거라고 생각지 않나?"

그동안 괴테는 인도에 털썩 주저앉았다. 페트라르카와 보카치오가 다시 그를 일으키려고 애썼다.

"저것 좀 봐. 일으키지도 못할 거야. 팔에 힘이라곤 없어. 저 자들은 인생이 뭔지 전혀 모르지. 시인을 들고 가다. 멋진 제목이야. 지금 난 시집 두 권을 쓰고 있어. 전혀 다른 두 편이지.

하나는 운율과 리듬을 정확하게 따르는 엄격하게 전통적인 형식의 시지. 그리고 다른 하나는 자유시야. 제목은 '시평'이 될 거야. 이 시집의 마지막 시 제목은 '시인을 들다'가 될 테고. 혹독한 시가 될 거야. 하지만 정직한 시일 걸세. 정직한 시."

레르몬토프가 고딕체로 발음한 세 번째 단어였다. 이 단어는 장식과 정신의 유희에 지나지 않는 모든 것의 반대를 뜻했다. 그것은 페트라르카의 꿈과 보카치오의 장난의 반대를 뜻했다. 또한 노동자 노동의 비장함과 위에서 말한 인생의 혹독함이라는 여신에 대한 열정적 믿음을 표현했다.

밤 공기에 취한 베를렌은 인도 한가운데 버티고 서서 별을 쳐다보며 노래를 불렀다. 에세닌은 건물 벽에 기댄 채 바닥에 앉아 잠이 들었다. 볼테르는 계속해서 도로 한가운데서 손짓을 했고, 마침내 택시 한 대를 세웠다. 그러곤 보카치오의 도움을 받아 괴테를 뒷좌석에 앉혔다. 그는 페트라르카에게 운전수 옆자리에 앉으라고 외쳤다. 그만이 괴테 부인을 그럭저럭 구슬릴 수 있었기 때문이다. 하지만 페트라르카는 광적으로 저항했다.

"왜 나야! 왜 나냐고! 난 무서워!"

레르몬토프가 학생에게 말했다.

"저것 좀 봐. 친구를 도와야 하는데 발뺌하고 있잖나. 괴테 부인과 말할 수 있는 사람은 아무도 없어."

그는 괴테와 보카치오와 볼테르가 뒷좌석에 꽉 끼어 앉은 차로 몸을 들이밀더니 말했다. "친구들, 내가 같이 가지. 노파는 내가 맡겠네." 그러곤 남아 있는 운전수 옆자리에 앉았다.

페트라르카가 보카치오의 웃음을 비난하다

시인들을 태운 택시가 사라지자 학생은 크리스틴 부인에게 갈 시간이라는 걸 기억해 냈다.

"가야겠어요."

그가 페트라르카에게 말했다.

페트라르카는 그러라고 하더니 학생 팔을 잡고 학생이 사는 방향과 반대 방향으로 걷기 시작했다.

"자네가 예민한 젊은이라는 것 아나? 다른 사람들이 하는 말을 들을 수 있는 유일한 사람이지."

학생이 이어서 말했다. "그 여자애는 창을 든 잔다르크처럼 방 한가운데 서 있었다. 저는 선생님께서 한 말 그대로를 반복할 수 있을 겁니다."

"더구나 저 술꾼들은 끝까지 듣지도 않았어! 저 사람들이 자신이 아닌 다른 것에 관심이 있을까?"

“사모님께서 그 여자애가 선생님을 죽일까 봐 겁냈다고 말씀하셨는데 선생님은 그 여자에게 다가갔고, 그 여자의 눈은 천상의 평화로 가득 찼다고 하셨지요. 마치 기적처럼 말이지요.”

“아, 친구. 시인은 당신이야! 자네야말로 시인이네, 저 사람들이 아니라!”

페트라르카는 학생 팔을 붙들고 자신이 사는 먼 외곽 지역으로 이끌었다.

“그 이야기는 어떻게 끝이 났습니까?”

“내 아내는 그 애를 가련하게 여겨 우리 집에서 같이 밤을 보내도록 했지. 그런데 상상해 보게! 장모가 부엌 뒤 골방에서 자는데 새벽 일찍 일어난단 말이지. 창문들이 몽땅 깨진 걸 보고서 장모가 얼른 유리 가게에 달려갔어. 가게는 우연히도 바로 근처에 있었지. 우리가 일어났을 때는 창문이 모두 갈아 끼워져 있었어. 전날 사건의 흔적이라곤 남지 않았네. 꼭 꿈을 꾼 것 같은 느낌이 들었지.”

“그럼 여자애는요?”

“그 애도 새벽 일찍 소리 없이 아파트를 나갔지.”

그때 페트라르카는 길 한가운데 멈춰 서더니 거의 엄격한 표정으로 학생을 쳐다보았다. “이보게, 자네가 내 이야기를 항상 침실에서 끝나는 보카치오의 얘기 가운데 하나로 해석한다면 난 무척이나 가슴이 아플 걸세. 보카치오는 아무도 이해 못 할 거야. 왜냐하면 이해한다는 건 타자와 자신을 뒤섞고 동일시하는 것이니까. 바로 그것이 시의 신비지. 우리는 사랑하는 여인 속에서 소진되고 우리가 믿는 생각 속에서 소진되고 우리를 감동시키는 풍경 속에서 불타지."

학생은 페트라르카의 말에 열성적으로 귀 기울였는데 눈앞에는 크리스틴의 모습이 떠올랐다. 몇 시간 전만 해도 그녀의 매력에 의심을 품지 않았던가. 이제 그는 그 의심이 부끄러웠다. 그 의심들이 자기 존재의 좋지 못한 (보카치오스러운) 부분에 속했기 때문이다. 그 의심은 그의 힘에서 나온 것이 아니라 약점에서 나온 것이었다. 그것은 그가 사랑 속에 온 존재를 쏟아부으며 온전히 빠져들 용기가 없었다는 증거였고, 사랑하는 여인 속에서 자신을 태워 버리는 걸 겁냈다는 증거였다.

"사랑이 시고, 시가 사랑이지."

페트라르카가 말했다. 그러자 학생은 크리스틴을 뜨겁고 웅대한 사랑으로 사랑하겠다고 다짐했다. 조금 전에는 괴테가 크리스틴에게 여왕의 망토를 입혔고, 이제는 페트라르카가 학생의 마음에 불을 지폈다. 그를 기다리는 밤은 두 시인의 축복을 받게 되었다.

페트라르카가 말을 이었다.

"반면에 웃음은 우리를 세상에서 뿌리 뽑아 차가운 고독으로 집어던지는 폭발이지. 농담은 인간과 세상 사이에 놓인 방책이네. 농담은 사랑과 시의 적이지. 그래서 자네한테 거듭 말하는 것이고 자네가 꼭 기억하길 바라네. 보카치오는 사랑을 이해하지 못해. 사랑은 우스꽝스러울 수가 없네. 사랑은 웃음과는 아무런 공통점이 없어."

"네."

학생이 열정적으로 동의했다. 세상이 둘로 나뉘어 보였다. 하나는 사랑의 세계, 다른 하나는 농담의 세계. 그리고 그는 자신이 페트라르카의 진영에 속했고 앞으로도 그러리라는 것을 알았다.

천사들이 학생의 침실 위를 날다

그녀는 다락방을 신경질적으로 오가지도 않았고, 화가 나지도 않았으며, 입이 나오지도 않았고, 열린 창문 앞에서 애태우지도 않았다. 잠옷 차림으로 이불 아래 몸을 말고서 누워 있었다. 그는 입술에 키스를 해서 그녀를 깨웠고, 잔소리를 미리 막으려고 일부러 수다스레 놀라운 모임에 대해 얘기했다. 보카치오와 페트라르카 사이의 극적인 맞대결을 지켜본 것과 레르몬토프가 다른 모든 시인을 모욕한 것을 얘기했다. 그녀는 그의 설명에는 관심이 없었고 못 믿겠다는 듯이 그의 말을 끊었다.

"책은 아마도 잊었겠네."

괴테가 긴 헌사를 적은 시집을 내밀자 그녀는 자기 눈을 믿지 못했다. 그녀는 믿기 힘든 문장들을 연이어 여러 차례 읽었다. 그 문장들은 대학생과의 믿기 힘든 모험을, 그녀의 지난 여름을, 낯선 숲길에서의 은밀한 산책, 자기 삶에서는 있을 수 없으리라고 생각했던 그 모든 부드러움과 섬세함을 그대로 얘기하는 것 같았다.

그러는 동안 학생은 옷을 벗고 누웠다. 그녀는 그를 세차게 끌어안았다. 그가 지금껏 한 번도 경험하지 못한 포옹이었다. 진지하고, 격렬하고, 뜨겁고, 모성적이고, 우애 넘치고, 우정 어린 열정적인 포옹이었다. 파티 동안 레르몬토프는 여러 차례나 정직이라는 말을 썼는데 학생은 크리스틴의 포옹이야말로 온갖 형용사를 내포한 그 종합적인 말에 꼭 들어맞다고 생각했다.

학생은 자신의 몸이 사랑을 위해 최고조로 준비된 상태임을 느꼈다. 이처럼 확실하고 굳건하고 지속적인 준비 상태에서 그는 서두르지 않고 그 움직임 없는 포옹의 길고 달콤한 시간을 만끽했다.

그녀는 관능적인 혀를 그의 입속에 밀어 넣었고, 이어서 세상에서 가장 우애 어린 키스로 그의 얼굴을 뒤덮었다. 혀끝으로 그는 왼편 위쪽 금니를 더듬었다. 괴테가 한 말을 생각하면서 말이다. 크리스틴은 인공두뇌를 장착한 기계에서 태어난 것이 아니라 인간 몸에서 태어난 것이다! 시인에게 꼭 필요한 여자다! 그는 기뻐서 소리를 지르고 싶었다. 그의 머릿속에서는 페트라르카가 그에게 들려준 사랑이 시요, 시가 사랑이라는 말, 이해한다는 것은 타인과 뒤섞이는 것이고 타인 안에서 자신을 불태우는 것이라는 말이 울렸다.(그렇다, 세 시인이 모두 그와 함께 그 자리에 있었다. 그들은 천사처럼 기뻐하며 노래하고 그를 축복하며 그의 침실 위를 날았다!) 어마어마한 열정이 넘쳐서 학생은 이제 움직임 없는 포옹의 레르몬토프 식 정직함을 진짜 사랑 작업으로 바꾸어야 할 때가 되었다고 마음먹었다. 그는 크리스틴 몸 위로 쓰러졌고, 무릎으로 그녀 다리를 벌리려고 했다.

그런데 이게 웬일인가? 크리스틴이 버티지 않는가! 그녀는 지난 여름 숲 속에서 산책할 때와 마찬가지로 고집스레 다리를 오므리고 있었다!

그는 그녀가 왜 저항하는지 물어보고 싶었다. 하지만 말을 할 수가 없었다. 크리스틴 부인은 그 앞에서 너무도 수줍어하고 너무도 세심해서 사랑의 행위들이 그 이름을 잃은 것이다. 그는 숨결과 접촉의 언어로밖에 말을 하지 못했다. 그들이 말의 무게를 어떻게 해야 했을까? 그녀 안에서는 그가 불타지 않는 걸까? 그들은 둘 다 똑같은 불꽃으로 타고 있었다! 따라서 그는 고집스레 침묵을 지키며 무릎에 힘을 줘 다시금 크리스틴의 굳게 닫힌 가랑이를 억지로 벌리려고 했다.

그녀도 말이 없었다. 그녀 역시 말하는 것이 두려워서 키스와 애무로 모든 걸 표현하고 싶었다. 하지만 가랑이를 벌리기 위한 스물다섯 번째 시도에 그녀가 말했다. "안 돼, 제발. 그러면 난 죽어."

"뭐라고?"

"내가 죽는다고. 정말이야. 그러면 난 죽어."

크리스틴 부인이 거듭 말했다. 그러고는 다시 그의 입 깊숙이 혀를 밀어 넣었다. 여전히 가랑이를 꽉 조인 채.

학생은 희열에 찬 절망을 느꼈다. 그는 광적으로 그녀와 정사를 나누고 싶으면서 동시에 기뻐서 울고 싶었다. 지금껏 그누구도 크리스틴처럼 그를 사랑한 적이 없었다. 그녀는 죽도록 그를 사랑했고, 그와 정사를 나누는 걸 두려워 할 정도로사랑했다. 그와 정사를 나누면 다시는 그 없이 살 수 없을 것이고, 그래서 슬픔과 욕망에 사로잡혀 죽을 것이기 때문이었다. 그는 행복했다. 이런 걸 받을 만한 어떤 행동도 한 적 없는데 갑자기, 느닷없이, 늘 갈구해 오던 무한한 사랑, 온 대양과온 대륙을 합친 지구 전체도 그에 비하면 아무것도 아닌 이 무한한 사랑에 도달했기에 미칠 듯이 행복했다.

“당신을 이해해! 나도 당신과 같이 죽을 거야!”

그가 속삭이며 말했다. 그러면서 애무하고 키스했다. 그는금세라도 사랑에 복받쳐 울음을 터뜨릴 것 같았다. 그런데 이크디큰 감동도 점점 고통스러워져서 거의 참기 힘들 지경이된 육체의 욕망을 가라앉히지는 못했다. 그는 크리스틴의 가랑이 사이로 무릎을 지렛대처럼 집어넣어 그의 성기가 가는길을 열기 위해 몇 번 더 시도했다. 갑자기 그의 성기가 그에게는 성배보다 더 신비스럽게 느껴졌다.

“아니야. 당신한테는 아무 일도 일어나지 않을 거야. 죽는건 나야!”

크리스틴이 말했다.

그는 무한한 쾌락을 상상했다. 죽을 정도의 쾌락을. 그리고다시 한 번 말했다. “같이 죽어! 같이 죽을 거야!” 그는 무릎을그녀 가랑이 사이로 밀어 넣기를 계속했지만 소용없었다.

그들에겐 더 이상 할 말이 없었다. 그들은 서로에게 몸을 밀착하고 있었다. 크리스틴은 고개를 저었고, 그는 가랑이 요새를 향해 다시 몇 차례 공격을 시도하고는 마침내 포기했다. 그는 체념하고 그녀 옆에 나란히 누웠다. 그녀는 그녀를 위해 우뚝 선 사랑의 검을 거머쥐었다. 그리고 눈부신 정직성을 발휘하여 그것을 조였다. 진지하고, 격렬하고, 뜨겁고, 우애 넘치고, 모성적이며, 우정 어리고 열정적으로.

학생은 무한히 사랑받는 남자의 희열과 거부당한 육체의 절망을 동시에 느꼈다. 정육점 주인 부인은 그의 사랑의 무기를 여전히 쥐고 있었다. 간단한 몸짓으로 그가 욕망하는 육체 행위를 대체해 줄 생각은 하지 않고서. 하지만 그녀는 손에 무언가 귀한 것, 무언가 소중한 것, 그녀가 다치고 싶어 하지 않는 무언가를, 오랫동안 그렇게 간직하고 싶어 하는 무언가를, 단단하게 곧추선 무언가를 쥐고 있는 것 같았다.

특기할 만한 변화 없이 거의 새벽까지 이어질 이 밤에 대해서는 이만하면 충분히 얘기한 것 같다.

지저분한 아침 햇살

아주 늦게 잠이 든 그들은 거의 12시가 다 되어서야 잠에서 깼고 두 사람 다 머리가 아팠다. 그들에게는 시간이 많이 남지 않았다. 크리스틴이 곧 기차를 타야 하기 때문이었다. 두 사람은 말이 없었다. 크리스틴은 여행 가방 속에 잠옷과 괴테의 책을 집어넣고는 다시 목에다 괴상한 목걸이를 걸고 우스꽝스럽게 새까만 무도화 위에 올랐다.

지저분한 아침 햇살이 침묵의 봉인을 깨뜨리기라도 한 듯이, 시의 밤이 지나고 산문의 밤이 오기라도 한 듯이, 크리스틴 부인은 학생에게 더없이 간단하게 말했다. "있잖아, 날 원망하지 마. 내가 죽을 수도 있다는 건 사실이야. 의사가 첫 출산 이후로 다시는 임신해서는 안 된다고 했거든."

학생은 절망한 얼굴로 그녀를 바라보았다. "나랑 그런다고 임신할까 봐! 날 뭘로 알아?"

"남자들은 다 그렇게 말하지. 항상 자신해. 내 친구들에게 무슨 일이 닥쳤는지 난 알아. 당신처럼 젊은 사람들은 굉장히 위험해. 일단 닥치고 나면 어쩔 도리가 없는 일이지."

절망한 목소리로 그는 그녀에게 자신이 경험 없는 애송이가 아니며 그녀가 임신하게 되는 일은 없었을 거라고 설명했다. "아무리 그래도 당신 친구들의 남자 친구들과 날 비교하진 말아요!"

"알았어."

그녀가 거의 사과라도 하듯 믿음을 품고 말했다. 학생은 그녀를 더 설득할 필요가 없었다. 그녀는 그를 믿었다. 그는 시골 사람이 아니니까 틀림없이 세상 모든 정비공보다 사랑에 대해 더 잘 알 것이다. 지난밤에 그에게 버틴 건 그녀가 잘못한 것이리라. 하지만 그녀는 후회하지 않았다. 짧은 포옹을 동반한 사랑의 밤(크리스틴의 머릿속에서 육체적 사랑은 짧고 성급할 뿐이었다.)은 그녀에게 언제나 아름답지만 위험하고 불충하다는 인상을 남겼다. 그녀가 대학생과 경험한 것은 그보다 무한히 나았다.

그는 그녀를 역까지 배웅했고, 그녀는 자기 자리에 앉아 추억할 생각에 벌써 기뻤다. 그녀는 머릿속으로 그 누구도 그녀에게서 앗아 갈 수 없을 무언가를 경험했다는 말을 순박한 여자들의 실용적인 의미로 거듭 되뇌었다. 그녀는 비현실적이고 붙잡을 수 없이 멀어만 보였던 청년과 함께 하룻밤을 보냈으며 발기한 그의 성기를 밤새도록 쥐고 있었다. 그렇다, 밤새도록! 어쩌면 다시는 그를 보지 못할 지도 모르지만 그녀는 한 번도 그를 늘 볼 수 있을 거라고 생각한 적이 없었다. 그녀는 그로 부터 오래 지속될 무언가를 간직하게 되었다는 생각에 행복했다. 괴테의 책과 그녀의 모험이 꿈이 아니었다는 걸 매순간 확인시켜 줄, 믿기 힘든 헌사.

학생은 절망했다. 상식적인 단 한 문장만 말했더라면 되었을걸! 사물들을 진짜 이름으로 부르기만 하면 그녀를 가졌을 텐데! 그녀는 그가 아이를 갖게 할까 봐 겁냈는데 그는 그녀가 그를 향한 무한한 사랑을 두려워하는 걸로 생각했다! 그는 자신이 한 어리석은 행동의 헤아릴 수 없는 깊이를 보고서 미친 듯이 웃고 싶었다. 눈물을 찔끔거릴 발작적인 웃음을.

그는 역에서 사랑의 밤이 빠진 그의 사막을 향해 돌아갔다. 리토스트가 그를 따랐다.

학생의 삶에서 *끄집어낸* 두 실례를 통해 나는 자신의 리토스트를 마주하는 인간의 초보적인 반응 두 가지를 설명했다. 우리를 마주한 상대가 우리보다 약하다면 우리는 그에게 고통을 줄 핑계를 찾아낸다. 대학생이 너무 빨리 수영을 한 여학생에게 고통을 줬듯이.

우리 상대가 강하다면 우리는 간접적인 따귀나 자살을 통한 살해 같은 우회적인 복수를 선택할 수밖에 없다. 아이는 선생이 미칠 지경이 되어 아이를 창문 밖으로 집어던질 때까지 바이올린을 틀리게 연주한다. 아이는 떨어지지만 떨어지는 동안 고약한 선생이 살인죄를 쓰리라는 생각에 기뻐한다.

이것은 고전적인 두 방식이다. 첫 번째 방법이 연인과 부부의 삶에서 흔히 보이는 것이라면 인류의 대역사가 두 번째 방식의 수많은 실례를 보여 준다고 해야 할 것이다. 우리의 스승들이 영웅주의라는 이름을 붙인 모든 것들은 한낱 내가 아이와 바이올린 선생 일화를 통해 예시한 이 리토스트의 형태에 불과했는지도 모른다. 페르시아인들은 펠로폰네소스를 정복했고, 스파르타인들은 군사적 실수를 거듭했다. 정확하게 연주하기를 거부하는 아이처럼 그들은 분노의 눈물에 눈이 멀어 모든 이성적인 행동을 거부했다. 그들은 더 잘 싸울 수도 없었고 달아나서 목숨을 구할 수도 없었다. 그들 스스로 마지막 한 사람까지 죽게 만든 건 리토스트 때문이었다.

그러고 보면 리토스트라는 개념이 보헤미아에서 생겨난 것은 전혀 우연이 아니라는 생각이 든다. 체코인들의 역사, 강한 자들에 맞서는 항구적인 반항의 역사, 역사의 흐름을 흔들어 놓고 그것을 시작한 민족까지도 패배로 몰고 간 영광스러운 패배의 연속은 리토스트의 역사다. 1968년 러시아 탱크 수천 대가 이 작고 경이로운 나라를 점령했을 때 나는 도시 벽에 이런 격언이 적힌 걸 보았다. 우리는 타협을 원치 않는다. 승리를 원할 뿐이다! 그 순간에는 여러 패배의 변주들 사이에서 선택하는 수밖에 없었는데도 이 도시는 타협을 거부했고 승리를 원했다! 그렇게 말하는 건 리토스트였다! 리토스트에 사로잡힌 인간은 자신의 파멸로 복수한다. 아이는 길바닥에 떨어져 으깨졌지만 죽지 않는 그의 영혼은 영원히 기뻐할 것이다. 왜냐하면 선생이 문고리에 목을 매달았기 때문이다.

하지만 학생은 어떻게 크리스틴에게 고통을 줄 수 있을까? 그가 미처 뭔가를 상상하기도 전에 그녀는 기차에 올라탔다. 이론가들은 이런 유형의 상황을 잘 알며 우리가 리토스트의 장

애를 목도하고 있는 것이라고 말한다.

그것은 일어날 수 있는 최악의 경우다. 학생의 리토스트는 매순간 커지는 종양 같아서 그는 그것을 어떻게 처리해야 할지 몰랐다. 복수를 할 사람이 없었기에 그는 적어도 위로를 갈망했다. 그래서 레르몬토프를 떠올렸다. 그는 괴테 때문에 기분 상하고 볼테르 때문에 모멸당하고서 마치 탁자에 모였던 모든 시인들이 바이올린 선생들이라도 되는 것처럼 그들이 그를 창문 밖으로 던지도록 그들을 자극하려는 듯이 그들 모두에게 자신의 거만을 외치며 고개를 쳐들었던 레르몬토프를 떠올렸다.

학생은 형제를 욕망하듯이 레르몬토프를 욕망했다. 그리고 주머니에 손을 넣었다. 그의 손가락에 접힌 종이 한 장이 만져졌다. 노트에서 뜯어 낸 종이였고, 거기엔 이렇게 적혀 있었다. "당신을 기다려. 사랑해. 크리스틴. 자정."

그는 깨달았다. 그가 입은 상의는 전날 다락방 옷걸이에 걸려 있던 것이었다. 늦게 발견된 이 메시지는 그가 이미 아는 것을 확인시켜 줄 뿐이었다. 그는 자신의 어리석음 때문에 크리스틴의 몸을 놓쳤다. 리토스트가 머리끝까지 치밀었고 빠져나갈 구멍을 찾지 못했다.

절망 끝에서

늦은 오후였는데 그는 시인들이 밤늦도록 술을 마셨으니 이제 겨우 일어났으리라고 생각했다. 그들이 어쩌면 문인 클럽에 와 있을지도 몰랐다. 그는 네 계단씩 올라 이 층으로 갔고, 소지품 보관소를 지나 오른쪽으로 돌아 식당으로 갔다. 그곳을 자주 드나드는 사람이 아니어서 그는 문턱에 멈춰 서서 쳐다보았다. 페트라르카와 레르몬토프가 그에겐 낯선 사람 둘과 안쪽에 앉아 있었다. 근처에 빈 테이블이 하나 있었다. 그는 그곳에 앉았다. 아무도 그를 알아차리지 못했다. 페트라르카와 레르몬토프가 잠시 멍한 눈으로 그를 보고도 알아보지 못하는 것 같았다. 그는 보이에게 코냑을 주문했다. 그의 머릿속에서는 무한히 슬프고 무한히 아름다운 크리스틴의 글이 고통스럽게 울렸다. "당신을 기다려. 사랑해. 크리스틴. 자정."

그는 그렇게 코냑을 조금씩 홀짝이며 이십여 분을 앉아 있

었다. 페트라르카와 레르몬토프를 보는 것이 그에게 힘을 북
돋아 주기는커녕 오히려 새로운 슬픔을 안겼다. 그는 모두로
부터 버림받았다. 크리스틴과 시인들로부터. 그리고 여기 혼
자 있었다. 그의 곁을 지키는 건 "당신을 기다려. 사랑해. 크리스
틴. 자정."이라고 적힌 커다란 종이 한 장뿐이었다. 그는 일어
나서 그 종이를 머리 위로 흔들어 모두에게 그것을 보여 자신
이 무한히 사랑받는다는 것을 모두가 알게 하고 싶었다.

　　그는 계산을 하기 위해 보이를 불렀다. 그런 다음 담배에 불
을 붙였다. 클럽에 남고 싶은 생각은 추호도 없었지만 그 어떤
여자도 자신을 기다리지 않는 다락방으로 돌아갈 생각을 하
니 끔찍이도 불쾌했다. 마침내 그가 담배를 재떨이에 눌러 껐
다. 그때 페트라르카가 그를 보고 자기 테이블에서 손짓을 하
는 게 보였다. 하지만 너무 늦었다. 리토스트가 그를 클럽에서
내쫓아 슬픈 고독으로 내몰았기 때문이다. 그는 일어서서 마
지막 순간에 자기 호주머니에서 크리스틴의 사랑의 메시지가
적힌 종이를 꺼냈다. 그 종이는 더 이상 그에게 어떤 기쁨도
주지 못했다. 하지만 그가 그것을 이 테이블 위에 남겨 둔다면
어쩌면 누군가 그것을 보고 학생이 무한히 사랑받았다는 것
을 알게 될지도 모른다.

　　그는 떠나려고 출구를 향해 갔다.

느닷없는 영광

"친구!" 학생은 웬 목소리를 듣고 뒤를 돌아보았다. 페트라르카가 그에게 손짓을 하며 다가오고 있었다. "벌써 가나?" 그는 금방 그를 알아보지 못한 것에 대해 사과했다. "내가 술을 마시면 그다음 날 완전히 멍청해지거든."

학생은 함께 있는 사람들을 알지 못하기에 방해하지 않으려고 했다고 설명했다.

"멍청이들이지."

이렇게 말하고 페트라르카는 학생이 방금 떠난 테이블로 가서 그와 함께 앉았다. 학생은 불안한 눈길로 테이블 위에 슬쩍 흘려 놓은 종이를 쳐다보았다. 눈에 띄지 않는 작은 쪽지였다면 몰라도 그 커다란 종이는 그것을 잊어버린 사람의 서툰 의도를 큰소리로 드러내는 것 같았다.

페트라르카가 호기심을 보이며 검은 눈알을 굴리더니 곧

종이를 발견하고서 살폈다. "이게 뭐지? 아! 친구, 자네 거로
군!"

학생은 비밀 전언을 실수로 떨어뜨린 사람처럼 당혹해하는
연기를 서툴게 하며 페트라르카의 손에서 종이를 낚아챘다.

하지만 페트라르카는 이미 큰 소리로 읽고 있었다. "당신을
기다려. 사랑해. 크리스틴. 자정."

그는 학생 눈을 쳐다보며 물었다. "자정이라니 언제지? 어
제가 아니었길 바라네!"

학생이 눈을 내리깔며 말했다. "맞아요." 그는 더 이상 페트
라르카의 손에서 종이를 빼앗으려고 하지 않았다.

이러는 동안 레르몬토프가 짧은 다리로 그들 테이블로 다
가왔다. 그는 학생에게 손을 내밀며 말했다. "자네를 다시 만
나 반갑네." 그는 방금 떠나온 테이블을 가리키며 "저 사람들
은 엄청난 바보들이야." 하고 말하곤 앉았다.

페트라르카는 레르몬토프에게 크리스틴의 메시지를 즉각
읽었고, 이어서 여러 번 읽었다. 마치 시라도 되는 것처럼 선
율과 울림이 있는 목소리로.

이로써 나는 너무 빨리 수영을 하는 여자에게 따귀를 날릴
수도 없고, 페르시아인들에게 죽임을 당할 수도 없을 때, 더
이상 리토스트에서 벗어날 방법이 없을 때는 시의 축복이 우리
를 구원하러 날아온다고 생각했다.

멋들어지게 망친 이 이야기에서 남은 건 무엇일까? 시뿐이
다. 괴테의 책에 적힌, 크리스틴이 가지고 간 글, 그리고 줄 친
종이 위에 적힌, 학생을 뜻하지 않은 영광으로 치장해 준 글.

페트라르카가 학생의 팔을 잡으며 말했다.

"친구, 자네, 털어 놓게나. 시를 쓰지? 시인이라는 걸 고백
하게!"

학생은 눈을 내리깔고 페트라르카가 틀리지 않았다고 고백
했다.

그리고 레르몬토프 혼자 남다

학생이 문인 클럽을 찾은 건 레르몬토프를 만나기 위해서였다. 하지만 이 순간부터 그는 레르몬토프와는 끝장났고, 레르몬토프도 그와는 끝장났다. 레르몬토프는 행복한 연인들을 증오했다. 그는 눈썹을 찌푸리더니 달짝지근한 감정과 거창한 말들로 쓰인 시에 대해 경멸조로 얘기했다. 그는 시란 노동자가 손으로 만든 물건처럼 정직해야 한다고 말했다. 그는 인상을 찡그리며 페트라르카와 학생에게 불쾌하게 굴었다. 우리는 무슨 뜻인지 잘 안다. 괴테도 알았다. 그것은 그가 정사를 하지 못해서였다. 정사를 하지 못하는 데 대한 끔찍한 리토스트인 것이다.

학생만큼 그를 잘 이해할 사람이 또 있겠는가? 하지만 구제 불능인 이 바보는 레르몬토프의 어두운 얼굴밖에 보지 못하고, 그의 고약한 말밖에 듣지 못하고서 감정이 상했다.

나는 멀리 이곳 프랑스에서 그들을 본다. 내가 사는 고층 건물 꼭대기에서 말이다. 페트라르카와 학생이 일어선다. 그들은 쌀쌀맞게 레르몬토프를 남기고 떠난다. 그러자 레르몬토프 혼자 남는다.

나의 슬픈 보헤미아에서는 리토스트라고 부르는 이 고통의 천재, 레르몬토프만 홀로.

1

　1948년 2월, 공산당 당수 클레멘트 고트발트는 프라하의 옛 도심 광장에 모여든 수십 만 군중에게 연설을 하기 위해 바로크 양식 궁전 발코니에 섰다. 보헤미아 역사의 거대한 전환점이었다. 눈이 내리고 추웠는데 고트발트는 모자도 쓰지 않았다. 클레멘티스가 잔뜩 걱정하는 얼굴로 털모자를 벗어 고트발트의 머리 위에 얹어 주었다.

　고트발트도 클레멘티스도 그들이 역사적 발코니에 오르기 위해 방금 밟은 계단을 프란츠 카프카가 팔 년 동안 매일같이 이용했다는 사실을 몰랐다. 오스트리아-헝가리 제국 시절에는 그 궁에 독일 고등학교가 있었다. 그들은 같은 건물 일 층에 프란츠의 아버지인 헤르만 카프카가 가게를 냈다는 사실도 알지 못했다. 그 가게 간판 이름 옆에는 갈까마귀 한 마리가 그려져 있었다. 체코 말로 카프카는 갈까마귀를 뜻하기 때문이다.

고트발트와 클레멘티스와 다른 사람들은 카프카에 대해서 아무것도 알지 못했지만 카프카는 그들의 무지를 알았다. 그의 소설 속에서 프라하는 기억 없는 도시다. 이 도시는 자기 이름조차 잊었다. 그곳의 그 누구도 기억하지 못하고 회상하지 못한다. 조셉 K조차도 이전 삶에 대해 아무것도 알지 못하는 것 같다. 그곳의 어떤 노래도 들리지 않아 우리가 그 탄생의 순간을 떠올릴 수 없고 현재를 과거에 묶을 수가 없다.

카프카 소설의 시간은 인류와의 연속성을 잃어버린 인류의 시간이다. 더 이상 아무것도 알지 못하고 아무것도 기억하지 못하며 이름도 없는 도시들에서 사는 인류의 시간이다. 그 도시들의 거리는 이름이 없거나 다른 이름을 달고 있다. 왜냐하면 이름이란 과거와의 연속성이며 과거 없는 사람들은 이름 없는 사람들이기 때문이다.

막스 브로트가 말했듯이 프라하는 악의 도시다. 1621년 체코의 종교 개혁이 실패한 후로 예수회 교도들이 참된 가톨릭 신앙을 주입하여 민중을 재교육하려 했을 때 그들은 프라하를 바로크 성당들의 광채 아래 잠기게 만들었다. 돌 성자 수천이 사방에서 당신들을 쳐다보고 당신들을 위협하고 감시하며 당신들에게 최면을 건다. 그 성자들은 삼백오십 년 전 민중의 영혼에서 신앙과 언어를 앗아 가기 위해 보헤미아를 점령한 점령군의 광적인 군대다.

타미나가 태어난 곳은 슈베리노바 거리였다. 당시는 전쟁 때였고, 프라하는 독일군에 점령당해 있었다. 그녀 아버지는 체르노코스텔레카 거리에서 태어났다. 검은 교회의 거리다. 그때는 오스트리아-헝가리 제국 시절이었다. 그녀 어머니는 마레샬포슈 거리에 있는 아버지 집에서 살았다. 1차 세계 대전이 끝난 뒤였다. 타미나는 어린 시절을 스탈린 거리에서 보냈고, 그녀 남편이 그녀를 새로운 가정으로 데려가기 위해 찾아온 것은 비노라디 거리였다. 그런데 늘 똑같은 거리였다. 다만 이름만 계속 바뀌었을 뿐이다. 그 거리는 끊임없이 세뇌당해 바보가 되었다.

스스로 이름이 무엇인지 알지 못하는 거리들에는 전복된 기념물들의 망령이 떠돈다. 체코 개혁으로 전복되고, 오스트리아의 반개혁으로 전복되었으며, 체코슬로바키아 공화국에 의해 전복되고, 공산주의자들에 의해 전복되었던 것이다. 스탈린의 동상들도 전복되었다. 보헤미아 곳곳의 파괴된 기념물들 자리에서는 오늘날 레닌 동상이 수천 개씩 자라난다. 그 동상들은 폐허 위로 풀처럼, 슬픈 망각의 꽃처럼 자라난다.

2

프란츠 카프카가 기억 없는 세상의 예언자라면 구스타프 후사크는 그런 세상의 건설자다. 해방자 대통령이라고 불린 T. G. 마사리크 대통령 이후에(그의 기념물들은 예외 없이 깡그리 파괴되었다.) 베네스, 고트발트, 자포토츠키, 노보트니와 스보보다를 거쳐 그가 우리나라의 일곱 번째 대통령이 되었는데 사람들은 그를 망각의 대통령이라 부른다.

러시아가 그를 1969년에 권력에 앉혔다. 1621년 이후로 체코 민족의 역사는 이런 문화 말살과 지식인 말살을 겪은 적이 없었다. 사람들은 후사크가 자신의 정적들을 박해할 뿐이라고 생각했다. 그러나 정치적 반대 세력과의 싸움은 오히려 러시아에게는 그들의 대리인을 매개로 훨씬 더 근본적인 무언가를 시도하기 위한 이상적인 기회였을 뿐이다.

이런 관점에서 볼 때 후사크가 대학들과 학술 연구소들에서 체코 역사학자 백마흔다섯 명을 쫓아낸 건 매우 의미심장한 일이라고 나는 생각한다.(역사학자가 한 사람씩 사라질 때마다 마치 동화에서처럼 신기하게도 레닌의 새로운 동상이 보헤미아 곳곳에서 돋아났다.) 1971년, 그 역사학자들 가운데 한 사람인 밀란 후블, 렌즈가 엄청나게 두꺼운 안경을 쓴 그는 바르톨로메이스카 거리의 내 스튜디오에 있었다. 창문을 통해 우뚝 솟은 흐라친의 탑들을 보며 우리는 슬펐다. 후블이 말했다.

"민족을 말살하려면 먼저 그들에게서 기억을 제거하는 일부터 시작하지. 누군가가 그들 책과 문화와 역사를 파괴하지. 그리고 다른 누군가가 다른 책들을 쓰고, 그들에게 다른 문화를 제공하고, 다른 역사를 만들어 내고. 그러고 나면 민족은 서서히 자신의 현재 모습과 과거 모습을 잊기 시작하지. 주변 세상은 그 민족을 더더욱 빨리 잊어 가고 말이야."

"그렇다면 언어는?"

"뭣하러 우리에게서 그 언어를 빼앗겠나? 언젠가는 자연사할 민속어에 지나지 않는데."

슬픔이 너무 커서 그가 과장했던 걸까?

아니면 이 민족이 조직된 망각의 사막을 살아서 건너지 못하리라는 것이 사실일까?

앞으로 일어날 일은 누구도 알지 못한다. 하지만 한 가지는 확실하다. 명철한 순간에 체코 민족은 자기 앞에 놓인 제 죽음의 모습을 가까이서 볼 수 있다. 현실로서도, 피할 길 없는 미래로서도 아니요, 아주 구체적인 가능성으로서 말이다. 체코 민족은 제 죽음과 함께 산다.

3

여섯 달 뒤, 후블은 체포되어 긴 징역 형을 선고받았다. 그때 나의 아버지는 죽어 가고 있었다.

생애 마지막 십 년 동안 아버지는 점점 말하는 습관을 잃어 갔다. 처음에는 몇 가지 단어가 생각나지 않아서 그 단어 대신 비슷한 다른 단어들을 사용했다. 그러다 곧 웃기 시작했다. 하지만 결국에는 아버지가 발음할 수 있는 단어가 아주 적어졌고, 생각을 명확하게 표현하려고 애쓸 때마다 말은 똑같은 문장으로 끝이 났다. 아버지에게 남은 최후의 문장들 가운데 하나는 "이상하구나."였다.

아버지는 종종 "이상하구나."라고 말했고, 아버지 눈에는 모든 것을 알지만 아무것도 말할 수 없는 데 대한 커다란 놀라움이 담겨 있었다. 사물들은 제 이름을 잃어 버렸고 분화되지 않은 유일한 존재 속에 뒤섞였다. 그나마 아버지에게 말을 걸어 그 말 없는 무한으로부터 이름을 가진 실체들의 잃어버린 세계를 잠깐이나마 떠오르게 할 수 있는 건 나뿐이었다.

아버지의 고운 얼굴에서 크고 파란 눈은 예전과 똑같은 지혜를 표현했다. 나는 아버지를 모시고 종종 산책을 했다. 우리는 늘 똑같은 주택가를 돌았다. 아버지에겐 더 멀리 갈 힘이 없었다. 아버지는 잘 걷지 못해서 아주 잔걸음을 걸었고, 조금만 피곤해지면 몸이 앞으로 기울기 시작해 균형을 잃곤 했다. 그래서 아버지가 이마를 벽에 대고 쉴 수 있도록 자주 멈춰 서야 했다.

이렇게 산책하는 동안 우리는 음악 얘기를 했다. 아버지가 정상적으로 말할 때 나는 질문을 거의 던지지 않았다. 뒤늦게나마 나는 잃어버린 시간을 만회하고 싶었다. 그래서 우리는 음악에 대해 얘기했는데, 하지만 그것은 아무것도 알지 못하지만 단어를 많이 아는 사람과 모든 걸 알지만 단어 한 마디도 알지 못하는 사람 사이의 기이한 대화였다.

투병하던 십 년 내내 아버지는 베토벤 소나타에 관한 대작을 한 권 썼다. 아버지는 말하는 것보다는 분명히 글을 더 잘 썼지만 글쓸 때조차도 점점 더 단어를 찾기 힘들어 했다. 아버지 글은 이해 불가능한 것이 되고 말았다. 존재하지 않는 말들로 이루어졌던 것이다.

어느 날 아버지가 나를 방으로 불렀다. 아버지는 피아노에 소나타 「op.111」을 펼쳐 놓았다. 그리고 악보를 가리키면서 내게 "봐."라고 말하더니(아버지는 이제 피아노를 치지 못했다.) 다시 "봐."라고 거듭 말했고, 한참을 애쓴 끝에 이렇게 말했다. "이제 난 알아!" 그러곤 여전히 내게 무언가 중요한 것을 설명하려고 애썼지만 아버지의 메시지는 전혀 이해할 수 없는 단어들로 이루어져 있었다. 내가 이해하지 못하는 걸 보고서 아버지는 놀란 눈으로 나를 보며 말했다. "이상하구나."

물론 나는 아버지가 무엇에 대해 말하려 했는지 안다. 아버지가 오래전부터 그 의문을 품어 왔기 때문이다. 변주는 베토벤이 생애 말기에 좋아한 형태였다. 언뜻 생각하면 변주를 가장 피상적인 형태라고, 단지 음악적 기교를 펼쳐 놓은 것일 뿐이라고, 베토벤보다는 레이스 제조공에 더 적합한 작업이라고 여길 수도 있을 것이다. 그런데 베토벤은 (음악사상 처음으로) 변주를 최고 형태로 만들고 거기에 그의 가장 아름다운 생각을 집어넣었다.

그렇다. 잘 알려진 얘기다. 하지만 아버지는 그것을 어떻게 이해해야 할지 알고 싶어 했다. 왜 하필이면 변주지? 그 뒤에 무슨 의미가 감춰져 있는 걸까?

그래서 나를 방으로 불러 악보를 가리키며 말했던 것이다. "이제 난 알아!"

4

눈앞에서 모든 말이 사라져 가는 아버지의 침묵, 기억하는 것이 금지된 역사학자 백마흔다섯 명의 침묵, 보헤미아에 울려 퍼진 이 수많은 침묵이 내가 타미나를 그리는 그림의 배경을 이룬다.

그녀는 서유럽 어느 소도시의 한 카페에서 커피를 따르고 있다. 하지만 예전에 손님들을 매료했던 그 섬세한 배려의 광채는 잃어버렸다. 사람들에게 귀를 내주려는 마음은 그녀에게서 사라져 버렸다.

어느 날 비비가 바 의자에 와서 앉았을 때 그녀의 아이가 바닥에서 악을 쓰며 울자 타미나는 아이 엄마가 질서를 바로잡기를 잠시 기다렸다가 참지 못하고 말했다. "네 아이 좀 조용히 시킬 수 없겠어?"

비비는 화를 내며 응수했다. "넌 왜 아이를 싫어하는 거야?"

타미나가 아이들을 싫어한다고 말할 수는 없다. 그렇지만 비비의 목소리는 전혀 예기치 않은 적대감을 드러냈고, 그것을 타미나도 알아차렸다. 어떻게 된 건지 알지 못한 채 두 사람의 우정은 끝났다.

어느 날 타미나는 일터에 오지 않았다. 한 번도 없었던 일이다. 여주인은 무슨 일이 있는지 보려고 그녀 집으로 올라갔다. 벨을 눌러 보았지만 문을 여는 사람은 없었다. 다음 날 다시 가서 또다시 벨을 눌렀지만 아무 반응이 없었다. 그녀는 경찰을 불렀다. 문을 강제로 열었는데 말끔히 치워져 있을 뿐이었다. 아무것도 없어지지 않았고 아무런 수상한 점도 없었다.

타미나는 며칠이 지나도 돌아오지 않았다. 경찰은 사건을 계속 수사했지만 새로운 건 아무것도 발견하지 못했다. 타미나의 실종은 미해결 사건으로 분류되었다.

5

　운명의 날, 한 청년이 청바지 차림으로 계산대에 와서 앉았다. 그 시간이면 카페에는 타미나 혼자뿐이었다. 청년은 콜라를 한 잔 주문하고는 천천히 음료를 홀짝였다. 그는 타미나를 바라보았고, 타미나는 허공을 응시하고 있었다.

　얼마 후 그가 "타미나." 하고 불렀다.

　그가 그녀를 놀라게 하려고 했던 거라면 실패였다. 그녀 이름을 알아내기란 그다지 어려운 일이 아니었다. 그 동네 모든 손님이 알았으니까.

　"당신이 슬퍼한다는 걸 난 알아요."

　청년이 말을 이었다.

　타미나는 그 말에도 그다지 끌리지 않았다. 그녀는 여자를 공략하는 수많은 방법이 있다는 걸 알았고, 그녀 육체를 향해 가는 가장 확실한 방법 가운데 하나가 슬픔을 통하는 길이라

는 것도 알았다. 그런데도 그녀는 조금 전보다는 훨씬 관심을
갖고 청년을 바라보았다.

그들은 대화를 나눴다. 타미나의 호기심을 끈 건 그의 질문
들이었다. 질문 내용 때문이 아니라 그가 그녀에게 질문을 던
진다는 단순한 사실 때문이었다. 그러고 보니 너무도 오랫동안
사람들은 그녀에게 아무것도 물어보지 않았다! 너무도 까마득
한 일만 같은 느낌이 들었다! 그녀 남편만이 그녀에게 끊임없
이 질문을 던졌다. 사랑이란 끊임없는 물음이기 때문이다. 그
렇다. 나는 사랑에 대한 이보다 나은 정의를 알지 못한다.

(내 친구 후블은, 그렇다면 경찰보다 우리를 더 사랑할 사람은 없겠
네라고 말할 것이다. 모든 위에는 그와 대칭을 이루는 아래가 있듯이 사
랑의 관심에 대한 부정으로 경찰의 호기심이 있다. 우리는 때때로 아래
와 위를 혼동할 수 있다. 그래서 나는 혼자라고 느끼는 사람들이 질문을
받고 자기 얘기를 하도록 이따금 경찰서에 가고 싶어 하는 걸 얼마든지
상상할 수 있다.)

6

청년은 그녀 눈을 바라보았고, 그녀 말에 귀를 기울이더니 그녀가 기억한다고 말하는 것이 사실은 전혀 다른 것이라고 말했다. 그 말에 매료되어 그녀는 망각하는 자신을 본다.

타미나는 고갯짓으로 그 말에 동의했다.

그러자 청년이 말을 이었다. 그녀가 과거로 던지는 슬픈 눈길은 더 이상은 죽은 사람에게 보내는 충절의 표현이 아니다. 죽은 사람은 그녀 시야에서 사라졌고 그녀는 허공만을 볼 뿐이다.

허공이라고? 그렇다면 그녀 눈길을 그토록 무겁게 만드는 건 무엇이란 말인가?

추억 때문에 무거운 것이 아니라 회환으로 무거운 것이라고 청년은 설명했다. 타미나는 잊어버렸다는 사실 때문에 자신을 절대 용서하지 않을 것이다.

“내가 어떻게 해야 하죠?”

“당신의 망각을 잊으세요.”

타미나는 쓸쓸하게 웃었다.

“어떻게 해야 하는 건지 설명해 주세요.”

“떠나고 싶었던 적 없나요?”

“있었죠. 너무도 떠나고 싶어요. 그렇지만 어디로 가죠?”

타미나가 털어놓았다.

“사물들이 산들바람처럼 가벼운 어딘가로 가죠. 사물들이 무게를 잃어버린 곳으로. 회환이 없는 곳 말이에요.”

“네. 사물들이 전혀 무겁지 않은 어딘가로 가야죠.”

타미나가 꿈꾸듯 말했다.

그러곤 동화 속처럼, 꿈속처럼(그렇다. 이것은 한 편의 동화다! 그렇다, 이건 한 편의 꿈이다!) 타미나는 뒤에 서서 인생의 몇 년을 보낸 계산대를 버리고 청년과 함께 카페를 나갔다. 빨간색 스포츠카 한 대가 인도에 세워져 있었다. 청년이 운전대를 잡고서 타미나에게 옆에 타라고 했다.

7

　나는 타미나가 자신에게 쏟은 질책을 이해한다. 나도 아버지가 죽었을 때 그랬다. 그에게 너무도 질문을 적게 던지고, 그에 대해 아는 게 거의 없고, 그가 떠나도록 허용한 나를 용서할 수가 없었다. 그가 「op.111」 소나타 악보를 펼쳐 두고 내게 말하려고 했던 것이 무엇인지 갑자기 깨달은 것도 바로 회한 때문이었다.

　비교를 통해 나 자신을 설명해 보겠다. 교향곡은 음악의 서사시다. 교향곡은 외부 세계의 무한을 가로질러 하나에서 다른 하나로 인도하며 점점 더 멀어지는 여행을 닮았다고 말할 수 있을 것이다. 변주 또한 여행이다. 그런데 이 여행은 외부 세계의 무한을 가로지르지 않는다. 인간은 거대한 무한의 심연과 작은 무한의 심연 사이에서 산다고 말한 파스칼의 생각을 당신들은 알 것이다. 변주의 여행은 이 다른 무한 속으로,

다시 말해 모든 것 속에 감춰진 내면 세계의 무한한 다양성 속으로 나아간다.

변주에서 베토벤은 탐험할 다른 공간을 발견했던 것이다. 변주는 새로운 여행에의 초대였다.

변주라는 형식은 집중이 극대로 발휘된 형식이다. 이 형식은 작곡가에게 본질적인 것에 대해서만 말하게 하고 사물의 핵심에 곧장 다가가게 한다. 변주의 소재는 대개 16박자를 넘지 않는 하나의 테마다. 베토벤은 지구 내부의 우물 속으로 내려가듯 이 16박자 속으로 들어갔다.

다른 무한 속으로의 여행이 서사시의 여행보다 덜 모험적인 것은 아니다. 원자의 경이로운 내장 속으로 들어가는 물리학자도 마찬가지다. 변주가 거듭될 때마다 베토벤은 점점 더 원래 테마로부터 멀어져서 원래 테마는 마지막 변주곡과 전혀 닮지 않게 된다. 꽃이 현미경으로 본 꽃의 모습과 닮지 않은 것과 마찬가지다.

인간은 자신이 태양과 온갖 별들을 포함해서 우주를 끌어안을 수 없다는 걸 안다. 인간에게 더욱 견디기 힘든 일은 다른 무한도 알 수 없도록 정해졌다는 사실이다. 손 닿을 만큼 아주 가까이 있는 무한조차도 말이다. 타미나는 자기 사랑의 무한을 놓쳤고, 나는 아버지를 놓쳤으며, 저마다 자신의 작품을 놓친다. 완벽을 좇아 사물 내부로 들어가지만 우리는 결코 끝까지 가지 못하기 때문이다.

외부 세계의 무한이 우리를 벗어났을 경우 우리는 그것을 자연스러운 조건으로 받아들인다. 하지만 다른 무한을 놓쳤을 경우에는 죽도록 자책한다. 과거에 우리는 별들의 무한만 생각했지 아버지가 자신 안에 품은 무한에는 신경을 쓰지 않았다.

우리가 사랑한 존재를 놓치는 것보다 더 견디기 힘든 일은 없다는 것을 너무도 잘 알았던 베토벤이 원숙기에 이르러 가장 좋아한 형식이 변주였다는 것, 그 16박자와 무한한 가능성을 가진 내면 세계였다는 것은 놀라운 일이 아니다.

8

이 책 전체는 변주 형식의 소설이다. 서로 다른 부분들이 나로서는 이해하려면 막막함에 빠져들게 되는 한 테마의 내부로, 한 생각의 내부로, 하나뿐인 독특한 상황의 내부로 인도하는 여행의 서로 다른 단계처럼 이어진다.

이것은 타미나에 관한 소설이다. 타미나가 무대를 떠나는 순간에는 타미나를 위한 소설이 된다. 타미나는 주인공이자 주된 청중이다. 다른 이야기들은 그녀 이야기에 대한 변주들이며 거울 속처럼 그녀 삶 속에서 서로 만난다.

이것은 웃음과 망각에 관한, 망각과 프라하에 관한, 프라하와 천사들에 관한 책이다. 그러니 운전대를 잡은 청년의 이름이 라파엘인 것은 결코 우연이 아니다.

풍경은 점점 더 삭막해졌고, 녹음은 점점 적어졌으며, 황토는 늘어 갔다. 풀과 나무는 점점 적어졌고 모래와 진흙은 늘어

갔다. 그러다 자동차는 큰길을 벗어나 좁은 길로 접어들었는
데 가파른 낭떠러지 위에서 돌연 길이 끝났다. 청년은 차를 세
웠다. 그들은 내렸다. 그들은 낭떠러지 끄트머리에 있었다. 십
여 미터 아래에 물가의 진흙이 가늘게 이어져 있었고 더 멀리
로는 갈색 도는 탁한 물이 끝없이 펼쳐져 있었다.

"여기가 어디죠?"

타미나가 목멘 소리로 물었다. 그녀는 라파엘에게 돌아가
고 싶다고 말하고 싶었지만 감히 그러지 못했다. 그가 거절할
까 봐 겁났고, 그 거절이 그녀의 불안을 더욱 가중하리라는 것
을 알았던 것이다.

그들은 낭떠러지 가장자리에 있었다. 그들 앞에는 물이 있
었고 주위로는 진흙밖에, 풀 없는 젖은 진흙밖에 없었다. 진흙
을 채취하는 곳 같았다. 그러고 보니 조금 더 멀리에 버려진
준설기가 우뚝 서 있었다.

이 풍경은 타미나에게 남편이 일터에서 쫓겨난 뒤로 프라
하에서 100킬로미터 떨어진 곳에서 불도저 운전수라는 마지
막 일자리를 얻었던 보헤미아의 한 지역을 생각나게 했다. 남
편은 주중에는 그곳에서 트레일러 생활을 했고 일요일이 되
면 타미나를 보러 프라하로 왔다. 한번은 그녀가 그를 만나러
가서 둘이서 오늘과 매우 흡사한 풍경 가운데 산책을 한 적이
있었다. 풀 없는 축축한 진흙땅에, 아래에서는 황토와 노란색
이 압박하고, 위에서는 무거운 잿빛 구름이 짓누르는 풍경이
었다. 그들은 나란히 걸었다. 고무장화가 진흙 속으로 푹푹 빠
졌고 미끄러웠다. 그들은 불안과 사랑과 서로를 향한 절망적

인 걱정에 사로잡힌 채 세상에 단 둘뿐이었다.

그때와 똑같은 절망감이 그녀 마음에 스며들었고, 그녀는 문득 그곳에서 잃어버린 과거의 한 조각을 찾은 것이 기뻤다. 그것은 깡그리 잃었던 기억이었는데 그 오랜 세월 동안 그녀에게 이 기억이 떠오른 건 처음이었다. 노트에 적어야만 했다. 정확한 해도 알 것 같았다!

그래서 그녀는 돌아가고 싶다고 청년에게 말하고 싶었다. 아니다, 그녀의 슬픔이 내용 없는 형태일 뿐이라고 말한 청년의 말은 옳지 않았다! 아니다, 아니다, 그녀의 남편은 이 슬픔 속에 여전히 살아 있었다. 다만 잃어버렸을 뿐이어서 그녀가 찾으러 가야만 했다! 세상 속으로 그를 찾아서! 그렇다, 그렇다! 그녀는 마침내 알았다! 기억하고 싶어 하는 사람은 한 장소에 머무르며 기억들이 그가 있는 곳으로 찾아오기를 기다려서는 안 된다는 것을! 기억들은 넓은 세상에 흩어져 있기에 그것을 찾으려면 여행을 떠나 그 기억들을 피신처에서 끄집어내야 한다.

이 얘기를 그녀는 청년에게 하고 싶었고 자기를 다시 데려다 달라고 말하고 싶었다. 그런데 그 순간 저 아래 물 쪽에서 휘파람 소리가 들려왔다.

9

라파엘이 타미나의 팔을 잡았다. 도저히 빠져나갈 수 없는 억센 손길이었다. 좁은 오솔길이 비탈을 따라 꼬불꼬불 이어졌다. 그는 타미나를 그곳으로 데려갔다.

열두 살쯤 된 남자아이가 조금 전만 해도 생명의 흔적이라곤 없던 물가에서 기다리고 있었다. 그 아이가 쥔 끈 끝에는 배가 한 척 매달려 물가에서 가볍게 흔들리고 있었다. 그 애는 타미나에게 웃었다.

그녀는 라파엘을 돌아보았다. 그도 웃었다. 그녀는 두 사람을 번갈아 보았다. 그러자 라파엘이 웃음을 터뜨렸다. 아이도 그랬다. 느닷없는 웃음이었다. 전혀 우스운 일이라고는 없었기 때문이다. 그렇지만 전염성을 띤 기분 좋은 웃음이었다. 그 웃음은 그녀에게 불안을 잊으라 했고, 막연한 무언가를 약속했다. 어쩌면 그것이 기쁨인지도, 어쩌면 평화인지도 모른다.

불안에서 벗어나고 싶었던 타미나는 그들을 따라 웃기 시작
했다.

"봐요, 두려워할 게 전혀 없어요."

라파엘이 그녀에게 말했다.

타미나가 배에 오르자 그녀의 무게에 배가 출렁였다. 그녀
는 뒷자리에 앉았다. 자리는 젖어 있었다. 얇은 여름 원피스를
입은 그녀는 엉덩이가 축축해지는 걸 느꼈다. 피부에 닿는 끈
끈한 접촉이 그녀의 불안을 깨웠다.

아이는 물가에서 배를 밀고 노를 쥐었다. 타미나는 고개를
돌렸다. 라파엘은 물가에 서서 눈으로 그들을 좇았다. 그는 웃
었고, 타미나는 그 미소에서 야릇한 뭔가를 발견했다. 그렇다!
그는 눈에 띄지 않을 정도로 살짝 고개를 저으며 웃고 있었다!
그는 웃으며 고개를 오른쪽에서 왼쪽으로, 거의 눈에 띄지 않
을 정도로 살짝 젓고 있었다.

10

왜 타미나는 어디로 가는지 묻지 않을까?

목적지를 걱정하지 않는 사람은 어디로 가는지 묻지 않는
다!

그녀는 그녀 맞은편에 앉아 노를 젓는 아이를 쳐다보았다.
아이는 허약한데 노가 너무 무거워 보인다는 생각이 들었다.

"내가 대신할까?"

그녀가 물었다. 아이는 기꺼이 받아들이고 노를 내주었다.

그들은 자리를 바꾸었다. 아이는 뒤쪽에 앉아 타미나가 노
젓는 것을 바라보다가 자기 의자 아래에서 작은 녹음기를 꺼
냈다. 록 음악과 전기기타와 노래 가사가 들렸다. 아이는 박자
에 맞춰 몸을 흔들기 시작했다. 타미나는 불쾌감을 느끼며 아
이를 바라보았다. 아이가 어른처럼 교태스러운 동작으로 엉
덩이를 흔들어서 외설스러워 보였다.

그녀는 보지 않으려고 눈을 내리깔았다. 그러자 아이는 소리를 더 높여 노래하기 시작했다. 얼마 후 타미나가 다시 눈을 들자 아이가 물었다.

"왜 노래 안 하세요?"

"난 그 노래 몰라."

"이걸 모른다고요? 모두가 아는 노래예요."

아이는 계속해서 자리에서 몸을 흔들었고, 타미나는 피로를 느꼈다.

"대신 좀 저어 줄래?"

"저으세요!"

아이가 웃으며 대답했다.

그렇지만 타미나는 정말로 피곤했다. 그녀는 쉬기 위해 배에다 노를 내려놓았다. "다 와 가니?"

아이는 앞쪽을 향해 어떤 몸짓을 했다. 타미나는 돌아보았다. 물가는 이제 그다지 멀지 않았다. 그들이 떠나온 풍경과 전혀 다른 풍경이 눈앞에 펼쳐졌다. 풍경은 푸르고 풀과 나무로 덮여 있었다.

얼마 후 배가 바닥에 닿았다. 아이들 십여 명이 물가에서 공놀이를 하다가 신기한 듯 그들을 쳐다보았다. 타미나와 아이가 내렸다. 아이는 말뚝에 배를 묶었다. 모래사장에서부터 플라타너스 길이 길게 이어져 있었다. 그들은 그 길로 접어들었고, 십 분쯤 갔을까, 나지막한 큰 건물에 이르렀다. 앞에는 그녀가 용도를 알지 못하는 색색 물건들이 있었고, 배구 네트도 여러 개 있었다. 그 네트들의 이상한 점이 타미나를 사로잡았다. 그렇다, 그 네트들은 아주 낮게 걸려 있었다.

아이는 손가락 두 개를 입에 대더니 휘파람을 불었다.

기껏해야 아홉 살쯤 되는 여자아이가 다가왔다. 아이의 얼굴은 예쁘장했고, 고딕 그림 속 처녀들처럼 배가 요염하게 봉긋했다. 그 애는 별다른 관심 없이 자기 아름다움을 의식하고 자신이 아닌 모든 것에 대해 노골적인 무관심을 드러냄으로써 자신의 아름다움을 강조하고 싶어 하는 여자의 눈길로 타미나를 쳐다보았다.

아이는 벽이 흰 건물의 문을 열었다. 그들은 곧장 침대가 가득 찬 커다란 홀로 들어섰다.(복도도 현관도 없었다.) 아이의 눈길이 마치 침대라도 세듯 방을 둘러보더니 침대 하나를 가리키며 말했다. "여기서 자."

타미나가 항의했다. "뭐라고! 나더러 공동 침실에서 자라고?

"아이에겐 자기 방이 필요 없어."

"뭐라고? 아이? 난 아이가 아니야!"

"여기선 모두가 아이야!"

"아무리 그래도 어른들이 있겠지!"

"아니, 여기엔 어른이 없어."

"그러면 난 여기서 뭐 하는 거지?"

타미나가 외쳤다.

아이는 그녀가 흥분한 것을 알아차리지 못했다. 아이는 문 쪽으로 몸을 돌리더니 문턱에 멈춰 서서 말했다.

"널 다람쥐 반에 넣었어."

타미나는 이해하지 못했다.

"널 다람쥐 반에 넣었다니까."

아이가 불만 가득한 선생 같은 말투로 거듭 말했다.

"여기서는 모두 동물 이름이 붙은 반으로 나뉘어 있어."

타미나는 다람쥐들과 얘기하기를 거부했다. 그녀는 돌아가고 싶었다. 그녀는 자기를 이곳으로 데려온 아이가 어디 있는지 물었다.

아이는 타미나가 하는 말을 무시한 채 설명을 계속했다.

"그런 건 관심 없어! 난 돌아가고 싶어! 그 아이는 어디 있는 거야?"

타미나가 소리쳤다.

"소리 지르지 마!"

어떤 성인도 이 예쁜 아이만큼 권위적이지 못할 것 같았다.

"대체 널 이해할 수가 없어."

놀라움을 표현하려는 듯 고개를 저으며 아이가 말했다.

“다시 떠나고 싶다면 여길 왜 온 거야?”

“여기 오겠다고 한 적 없어!”

“타미나, 거짓말 마. 어디로 가는지 알지 못한 채 먼 여행을 떠나는 사람은 없어. 거짓말하는 습관을 버려.”

타미나는 아이에게서 등을 돌리고 플라타너스 길을 향해 달려갔다. 물가에 이르자 그녀는 사내아이가 겨우 한 시간 전에 말뚝에 묶어 둔 배를 찾았다. 그런데 거기에는 배도 말뚝도 없었다.

그녀는 물가를 탐색하기 위해 달렸다. 모래 해변은 곧 늪지대로 이어져서 멀리 돌아가야만 했다. 그녀는 한참이 걸려서 물가를 되찾았다. 물가는 계속 같은 방향으로 꺾어졌고 (배도 말뚝도 찾지 못한 채) 그녀는 한 시간 만에 플라타너스 길이 해변으로 이어지는 장소로 돌아왔다. 그녀는 자신이 섬에 있다는 것을 깨달았다.

그녀는 천천히 길을 거슬러 올라 공동 침실까지 갔다. 그곳에는 아이들 십여 명이, 여섯 살에서 열두 살의 남녀 아이가 동그랗게 원을 그리고 있었다. 아이들이 그녀를 보고서 외쳤다. “타미나, 이리 와서 우리랑 놀자!”

아이들은 그녀에게 자리를 내주려고 원을 열었다.

그때 그녀는 고개를 저으면서 웃던 라파엘이 생각났다.

공포가 그녀의 심장을 죄어 왔다. 그녀는 아이들 앞을 쌀쌀맞게 지나쳐서 공동 침실로 들어가 침대 위에 웅크렸다.

12

그녀의 남편은 병원에서 죽었다. 그녀는 할 수 있는 한 자주 그를 보러 갔지만 그는 밤에 혼자서 죽었다. 이튿날 그녀가 병원에 왔을 때 그녀는 텅 빈 침대를 발견했고, 같은 방에 있던 노인이 그녀에게 말했다. "부인, 고발하세요! 이 사람들이 죽은 사람을 어떻게 다루는지 끔찍해요!" 노인의 눈에는 두려움이 어려 있었는데 곧 자신이 죽을 차례라는 걸 알았던 것이다. "그 사람들이 당신 남편의 다리를 쥐고 질질 끌고 갔어요. 내가 자는 줄 알았던 거죠. 난 당신 남편의 머리가 문턱에 부딪히는 걸 봤어요."

죽음은 이중 양상을 띤다. 죽음은 비존재다. 하지만 존재이기도 하다. 시체라는 끔찍하게 물질적인 존재.

타미나가 아주 어렸을 때 죽음은 그녀에게 첫 번째 형태로만 보여서 죽음에 대한 두려움(더구나 아주 모호한)은 더 이상 존재하지 않는 데 대한 두려움이었다. 그 두려움은 세월과 더불어 작아져서 거의 사라졌다.(언젠가 더 이상 하늘과 나무들을 보지 못하리라는 생각이 그녀를 공포에 질리게 하지는 않았다.) 하지만 반면에 그녀는 점점 더 다른 측면을, 죽음의 물질적 측면을 생각하게 되었다. 그녀는 시체가 된다는 생각에 질겁했다.

시체가 된다는 것은 견디기 힘든 능욕이었다. 조금 전까지만 해도 수줍음과 알몸과 사생활의 성스러움으로 보호받던 인간 존재였는데, 죽음의 순간이 오면 우리 몸은 갑자기 아무나 처분하도록, 옷을 벗기고, 배를 가르고, 내장을 살피고, 악취 앞에서 코를 막고, 냉동고나 불 속에 집어넣을 수 있게 되는 것이다. 그녀가 남편을 화장해서 재를 뿌리기를 원했던 것은 사랑하는 그 몸이 감내해야 할 치욕에 대한 생각으로 평생 동안 고통 받지 않기 위해서기도 했다.

몇 달 뒤, 그녀가 자살을 생각했을 때 그녀는 자기 죽은 몸의 치욕을 말 없는 물고기들만 알게 하려고 먼 바다로 가서 물에 빠져 죽기로 결심했다.

토마스 만의 단편소설에 대해 앞에서 이미 말한 적이 있다. 불치병에 걸린 한 청년이 기차를 타고 낯선 도시에 내린다. 그의 방에는 장롱이 하나 있는데, 매일 밤 그는 그 장롱에서 고통스러울 정도로 아름다운 알몸 여자를 꺼낸다. 그러면 그 여자는 달콤하게 슬픈 무언가를 오래도록 그에게 얘기해 준다. 그 여자와 그 이야기는 죽음이다.

비존재처럼 감미롭게 푸르스름한 죽음이다. 왜냐하면 비존재는 무한한 공허며 빈 공간은 푸르다. 그리고 푸른색보다 더 아름답고 마음을 평온하게 하는 것은 없다. 죽음의 시인 노발리스가 푸른색을 좋아했으며 여행을 하며 오직 푸른색만을 찾았던 건 결코 우연이 아니다. 죽음의 감미로움은 푸른 색채를 띤다.

다만 토마스 만의 청년의 비존재가 그토록 아름다웠다면 그의 몸은 어떻게 되었을까? 문턱을 넘기 위해 사람들이 그의 다리를 잡고 끌었을까? 배를 갈랐을까? 구덩이나 불 속에 던져 넣었을까?

그 당시 토마스 만은 스물여섯이었고, 노발리스는 서른 살이 끝내 되지 못했다. 불행히도 나는 나이가 더 많다. 그리고 그들과는 달리 나는 몸을 생각하지 않을 수가 없다. 왜냐하면 죽음은 푸르지 않기 때문이다. 내가 알듯이 타미나도 그 사실을 알았다. 나의 아버지는 열이 가라앉지 않은 채 며칠 동안 임종의 고통을 겪었다. 나는 그가 노동을 하고 있다는 느낌을 받았다. 아버지는 헤엄을 쳤고, 죽음이 힘에 부친 듯 전력을 임종에 쏟았다. 아버지는 내가 머리맡에 있다는 사실조차 알지 못했고 내 존재를 보지 못했다. 죽음의 노동이 그를 완전히 소진하고 있었다. 그는 먼 목표에 도달하고 싶은데 마지막 힘밖에 남지 않은 기사가 말 위에 앉은 것처럼 몰입했다.

그렇다, 아버지는 말을 타고 질주했다.

어디로 가고 있었던 걸까?

자기 몸을 감추러 멀리 어딘가로.

그렇다. 죽음에 관한 모든 시가 죽음을 여행처럼 표현하는 것은 우연이 아니다. 토마스 만의 청년은 기차를 탔고, 타미나

는 빨간 스포츠카를 탔다. 우리는 자기 몸을 감추러 떠나고 싶
은 무한한 욕망을 느끼는 것이다. 하지만 그 여행은 부질없다.
말 위에서 질주하지만 침대에서 발견되며, 사람들이 당신의
머리를 문턱에 부딪고 말 것이다.

13

왜 타미나는 아이들의 섬에 있었을까? 왜 나는 그녀가 그런 곳에 있다고 상상할까?

모르겠다.

나의 아버지가 죽어 가던 날, 어린아이들의 목소리가 부르는 즐거운 노래가 대기에 가득 차 있었기 때문일까?

엘베 강 동쪽 지역에서 아이들은 소위 말하는 선구자 단체에 속한다. 그들은 목에 빨간 스카프를 두르고 성인들처럼 회의에 참석하며 때로는 공산주의 혁명가인 '인터내셔널 가'를 부르기도 한다. 그 아이들은 이따금 뛰어난 어른의 목에 빨간 스카프를 매 줌으로써 영광의 선구자 칭호를 부여하는 훌륭한 습관을 지녔다. 어른들은 그것을 좋아한다. 나이가 들면 들수록 관에 가져가기 위해 아이들이 주는 빨간 스카프를 받는 걸 기뻐한다.

그들은 모두 하나씩 받았다. 레닌도, 스탈린도, 마스투르보프도, 숄로호프도, 울브리히트도 브레즈네프도, 그리고 후사크도 프라하 성에서 큰 축제가 벌어진 날에 받았다.

아버지의 열은 약간 내렸다. 5월이어서 우리는 정원 쪽으로 난 창문을 열어 두었다. 맞은편 집에서 꽃 핀 사과나무 가지 너머로 그 행사를 재방송하는 텔레비전 소리가 들려왔다. 아이들 목소리의 고음 노랫소리가 들려왔다.

의사는 방 안에 있었다. 그는 더 이상 한마디도 내뱉지 못하는 아버지 위로 몸을 숙이고 있었다. 그러더니 나를 돌아보며 큰소리로 말했다. "이제 의식이 없어요. 뇌가 부패하고 있어요." 나는 아버지의 커다란 눈이 더 크게 떠지는 걸 보았다.

의사가 나갔을 때 나는 끔찍이도 당황스러워 그 말을 쫓기 위해 무언가를 얼른 말하고 싶었다. 나는 창문을 가리켰다. "들리세요? 웃기죠! 오늘 후사크가 선구자 칭호를 받아요!"

그러자 아버지가 웃기 시작했다. 그는 자신의 뇌가 살아 있으며 내가 그에게 여전히 말할 수 있고 그와 함께 농담할 수 있다는 걸 내게 보여 주려고 웃었다.

후사크의 목소리가 사과나무 너머로 들려왔다. "어린이 여러분! 여러분이 미래입니다!"

그리고 얼마 후 "어린이 여러분, 절대 뒤를 돌아보지 마세요!" 하고 말하는 소리도 들렸다.

"안 들리게 창문을 닫을게요!" 나는 아버지에게 윙크를 했고 아버지는 고개를 끄덕이며 무한히 아름다운 미소로 나를 쳐다보았다.

몇 시간 뒤, 갑자기 열이 다시 올랐다. 아버지는 말에 앉아
며칠 동안 질주했다. 그리고 다시는 나를 보지 못했다.

14

그런데 지금 그녀가 아이들 사이에서 무엇을 할 수 있단 말인가. 뱃사공은 배를 가지고 사라졌고 주변에는 무한히 펼쳐진 물밖에 없는데.

그녀는 싸우려고 시도할 것이다.

얼마나 슬픈 일인가. 그녀에겐 야심이 없기에 서유럽 소도시에서 그녀는 한 번도 성공하기 위해 싸우지 않았다. 그런데 이곳 아이들 사이에서 (무게 없는 사물들의 세계에서) 싸운단 말인가?

그녀가 도착한 날, 아이들과 놀기를 거부하고 난공불락 요새에 숨듯 자기 침대로 피신했을 때 그녀는 아이들에게서 생겨나는 적의를 느끼고 겁이 났다. 그녀는 선수를 치고 싶었다. 아이들의 호감을 얻기로 결심했다. 그러기 위해서는 그들과 같아져야 했고 그들 언어를 받아들여야 했다. 따라서 그녀는 기꺼이 모든 놀이에 참여하고 그들 계획에 자기 생각과 육체의 힘을 쏟아 부었다. 곧 아이들은 그녀의 매력에 넘어갔다.

그녀가 아이들과 하나가 되길 바란다면 자신의 사생활은 포기해야 했다. 첫날에는 아이들이 보는 앞에서 씻는 게 끔찍해서 아이들과 함께하는 걸 거부했지만 이제는 그들과 함께 욕실로 간다.

타일이 깔린 커다란 욕실은 아이들의 삶과 비밀스러운 생각의 중심에 있었다. 한편에는 변기 열 개가 있고 다른 편에는 세면대 열 개가 있다. 항상 잠옷을 걷어올린 채 변기에 앉은 무리가 있고, 발가벗은 또 다른 무리가 세면대 앞에 있다. 앉아 있는 아이들은 세면대 앞의 발가벗은 아이들을 쳐다보고, 세면대 앞에 있는 아이들은 변기에 앉은 아이들을 보려고 고개를 돌린다. 욕실 전체가 은밀한 관능으로 가득 차 오래전부터 잊고 있었던 것에 대한 타미나의 희미한 기억을 일깨웠다.

타미나는 잠옷 차림으로 변기에 앉아 있고 세면대 앞의 발가벗은 호랑이들은 그녀만 바라본다. 그러다 변기 물 내리는 소리가 나고 다람쥐들이 변기에서 일어서서 긴 잠옷을 벗으면 호랑이들은 세면대를 떠나 침실로 향하고 침실에서 고양이들이 온다. 그들은 자리가 난 변기에 앉아서 배 아래가 까맣고 젖가슴이 커다란 키 큰 타미나가 다람쥐들 틈에서 세면대 앞에 선 채 씻는 것을 쳐다본다.

그녀는 부끄럽지 않았다. 성인인 그녀의 성징(性徵)이 그녀를 배 아래에 털이 없는 자들을 지배하는 여왕으로 만들어 준다고 느꼈다.

15

따라서 섬으로의 여행은 그녀가 처음으로 공동 침실을 보았을 때 생각했던 것처럼 그녀를 해하려는 음모가 아니었던 것 같다. 오히려 드디어 그녀는 있고 싶었던 곳에 있게 되었다. 그녀는 먼 과거로 돌아간 것이다. 그곳에는 남편이 존재하지 않았다. 남편은 기억 속에도 없었고 욕망 속에도 없었으며, 따라서 무게도 회한도 없는 그런 시간이었다.

그녀는 늘 부끄러움이 너무 지나쳤는데(부끄러움은 사랑의 충직한 그림자였다.) 이제 그녀는 수십 명의 낯선 눈앞에서 발가벗고 있었다. 처음에는 놀랍고 불쾌한 일이었지만 곧 익숙해졌다. 그녀의 알몸은 외설적이지 않았으며 다만 의미를 잃고서 무기력하고 말없고 죽은 알몸이 되었기 때문이다. 곳곳에 그들 사랑 이야기의 흔적이 남은 그 몸은 무의미 속에 빠져들었고, 그 무의미는 안도와 휴식이 되었다.

성인의 관능이 사라지는 중이었다면 다른 흥분들로 이루어진 세상이 먼 과거로부터 서서히 솟아오르기 시작했다. 감춰졌던 많은 기억들이 떠올랐다. 이를테면 이런 기억이 있다.(그녀가 오래전에 이 기억을 잊은 건 놀랍지 않다. 성인 타미나는 그것을 견딜 수 없을 만큼 엉뚱하고 우스꽝스럽다고 생각했을 테니까.) 공립학교 11학년에 다닐 때 그녀는 젊고 예쁜 여선생님을 좋아해서 그녀와 함께 화장실에 있는 걸 몇 달 동안이나 꿈꾼 적이 있다.

지금 그녀는 변기에 앉아서 웃으며 반쯤 눈을 감는다. 그녀는 자신을 여교사라고 상상하고 옆 변기에 앉아 그녀에게 슬쩍 호기심 어린 눈길을 던지는 주근깨투성이 여자아이는 어린 시절 타미나라고 상상한다. 그녀는 뺨에 주근깨가 가득한 아이의 관능적인 눈에 자신을 너무도 완벽하게 동일시해서 자기 기억 깊은 곳 어딘가에서 반쯤 깨어난 옛 흥분이 전율하는 것을 느낀다.

16

타미나 덕에 거의 모든 게임에서 이긴 다람쥐들이 그녀에게 장중하게 보상을 하기로 결정했다. 아이들은 욕실에서 모든 벌칙을 실행하고 보상을 수여했다. 타미나의 보상은 그날 저녁 모든 사람을 마음대로 부릴 수 있는 권한이었다. 그날 저녁 그녀에겐 자기 손으로 자기 자신을 건드릴 권리가 없었고 다람쥐들이 완전히 헌신적인 시종이 되어 그녀를 대신해서 모든 것을 재빨리 수행할 것이다.

따라서 그들은 그녀를 시중들었다. 그들은 먼저 변기에서 그녀를 세심히 닦아 주는 것부터 시작했고, 그런 다음 그녀를 일으켰고 물을 내렸으며 잠옷을 벗기고 세면대 앞으로 밀었다. 거기서 그들은 모두가 그녀의 가슴과 배를 씻어 주고 싶어 했고 그녀 가랑이 사이가 어떻게 생겼는지 보고 싶어 했으며 그곳을 만지면 어떤 느낌이 드는지 알고 싶어 했다. 그녀는 이따금은 아이들을 밀쳐내고 싶었지만 그러기가 매우 힘들었다. 아이들을 적대적으로 대할 수는 없는 데다가 아이들은 감탄스러울 만큼 진지하게 게임을 했고 그녀에게 보상을 하기 위해 봉사를 할 뿐이었다.

마지막으로 그들은 그녀를 침대로 데리고 가 눕혔다. 거기서도 아이들은 온갖 애교스러운 핑계를 찾아 그녀에게 몸을 밀착하고 온몸을 어루만졌다. 아이들이 너무 많아서 누구 손과 입인지 분간할 수가 없었다. 그녀는 온몸에 압박을 느꼈는데, 특히 그녀가 아이들과 같지 않은 부분이 더욱 그랬다. 그녀는 눈을 감고 마치 요람에 있는 것처럼 자기 몸이 천천히 흔들린다고 생각했다. 그러자 평화롭고 특별한 쾌감이 느껴졌다.

그녀는 그 쾌감에 입꼬리가 떨리는 걸 느꼈다. 그녀는 다시 눈을 떴고 그녀의 입을 살피던 한 아이가 다른 아이에게 "이것 좀 봐! 이것 좀 봐!"라고 말하는 것을 보았다. 이제 두 아이의 얼굴이 그녀를 내려다보며 떨리는 그녀의 입꼬리를 탐욕스레 지켜보았다. 그들은 마치 분해한 시계 내부나 날개를 떼어 낸 파리를 보는 듯했다.

그러나 그녀는 자신의 몸이 느끼는 것과는 전혀 다른 것을 눈이 보는 것 같았다. 마치 그녀 위에서 내려다보는 아이들과 조용하게 흔들어 주며 그녀를 사로잡는 이 쾌감 사이에 아무런 연관이 없는 것 같은 느낌이 들었다. 그녀는 몸을 느끼기 위해 다시 눈을 감았다. 난생 처음으로 그녀 몸이 영혼 없이 기쁨을 느꼈기 때문이다. 영혼은 아무것도 상상하지 않았고 아무것도 기억하지 않았으며 소리 없이 방을 나갔다.

17

내가 다섯 살 때 아버지가 내게 들려준 얘기가 있다. 음악의 모든 조성(調性)은 작은 궁정이다. 그곳에서는 왕이 권력을 행사하고(으뜸음), 시종 두 명을 거느린다.(다섯 번째 음과 네 번째 음) 그들은 그들의 지휘 아래 다시 다른 고관을 네 명 뒀는데 그 각각은 왕과 시종들과 각별한 관계를 유지한다. 게다가 그 궁정에는 우리가 반음계라고 부르는 다른 다섯 음도 묵고 있다. 그것들은 분명히 다른 조성(調性)에서는 맨 앞자리를 차지하겠지만 그곳에는 손님으로 왔을 뿐이다.

열두 음 각각에는 고유한 자리와 직책과 기능이 있기 때문에 우리가 듣는 작품은 음들의 모임 그 이상이다. 작품은 우리 앞에 하나의 행위를 펼친다. 때로 사건들은 끔찍이도 뒤죽박죽이고(예를 들어 말러나 바르토크나 스트라빈스키의 경우처럼.) 여러 궁정 왕자들이 개입하여 돌연 우리는 어느 음이 어느 왕실을 위해 봉사하는지 혹은 여러 왕을 위해 봉사하는 건 아닌지 알지 못하게 된다. 하지만 그때조차도 가장 순진한 청중은 무슨 일인지 대충 짐작할 수 있다. 음악은 아무리 복잡해도 언제나 같은 언어를 말하는 것이다.

이것은 아버지가 내게 말했던 얘기고 다음은 나의 이야기다. 어느 날 한 위대한 사람이 천 년이면 음악의 언어가 고갈되어 버려 앞으로는 계속해서 같은 것만 반복할 수밖에 없을 것이라는 사실을 확인했다. 혁신적인 법령을 통해 그는 음의 수직 체계를 무너뜨려서 모두 똑같이 만들었다. 그는 음들에 엄격한 규율을 적용해서 어떤 음도 다른 것보다 악보에 자주 등장하지 않게 하고, 그렇게 해서 옛 봉건적 특권을 갖지 못하게 했다. 왕실은 완전히 무너졌고 12음 음악이라고 불리는, 평등 위에 토대를 둔 유일한 제국으로 대체되었다.

음악의 울림은 어쩌면 예전보다 훨씬 흥미로워졌는지도 모르지만 인간은 천 년 동안 궁정에서 전개되는 스토리 속 조(調)를 따라가는 데 길들어 음 하나만을 듣고는 그것을 이해하지 못했다. 그러다 보니 12음 음악의 제국은 금세 사라졌다. 쇤베르크 이후에 바레즈가 나왔고, 그는 조성(調性)뿐만 아니라 음까지도 파괴해 소리의 정묘한 구성으로 대체해 버렸는데, 그것은 매혹적이긴 하지만 이미 다른 원칙들과 다른 언어에 토대를 둔 다른 무언가의 역사를 여는 일이었다.

밀란 후블이 프라하의 내 스튜디오에서 체코 민족이 어쩌면 러시아 제국 속에서 멸종할지 모른다는 생각을 펼치고 있을 때 우리 두 사람 모두 어쩌면 근거 있는지도 모르는 이 생

각이 우리 능력을 뛰어넘으며 우리가 생각할 수 없는 것을 말한
다는 사실을 알았다. 인간은 죽기 마련인 존재로 공간의 끝도,
시간의 끝도, 역사의 끝도, 한 민족의 끝도 상상할 수 없으며
항상 무한이라는 착각 속에서 산다.

진보라는 생각에 현혹되는 자들은 모든 전진이 동시에 종
말을 앞당긴다는 것을, 더 멀리와 앞으로라는 기분 좋은 명령어
가 우리에게 서두르라고 재촉하는 죽음의 선정적인 목소리를
들려준다는 것을 생각하지 못한다.

(만약 앞으로라는 말의 유혹이 보편적인 것이 되었다면 무엇보다
죽음이 이미 아주 가까이에서 우리에게 말을 걸고 있기 때문 아니겠는
가?)

아르놀트 쇤베르크가 12음 음악의 제국을 세웠던 시절에 음
악은 그 어느 때보다 풍요로웠고 자유에 도취했다. 종말이 가
까울지 모른다는 생각은 그 누구도 하지 않았다. 피로도 전혀
없었다! 황혼도 없었다! 쇤베르크는 대담함으로 더할 나위 없
이 젊은 정신에 고무되어 있었다. 앞으로 나아가는 유일한 길
을 선택했다는 정당한 자만심에 차 있었다. 음악의 역사는 대
담함과 욕망의 개화 속에 완성되었다.

18

음악의 역사가 끝난 것이 사실이라면 음악에 남은 것은 무엇인가? 침묵?

그럴 리가! 음악은 점점 더 늘어났다. 가장 영광스러운 시절에 있었던 것보다 수십, 수백 배가 늘어났다. 주택들 벽에 걸린 스피커에서, 아파트와 식당에 장착된 끔찍한 음향 기계에서, 사람들이 거리에서 들고 다니는 작은 트랜지스터에서도 음악은 쏟아져 나온다.

쇤베르크도 죽었고 엘링턴도 죽었지만 기타는 영원하다. 틀에 박힌 하모니, 흔한 멜로디, 가슴을 에는 만큼 단조로운 리듬, 이것이 음악으로부터 남은 것이다. 이것이 음악의 영원성이다. 음들의 이 단순한 조합 위에서 온 세계는 형제가 될 수 있다. 그 조합 안에서 '나 여기 있어요.'라고 환희에 찬 외침을 내지르는 건 바로 존재 자체이기 때문이다. 존재와의 단순한 동감보다 더 떠들썩하고 만장일치의 동의는 없다. 그 지점에서는 아랍인이 유대인과 만나고 체코인이 러시아인과 만난다. 존재한다는 의식에 도취한 몸들이 음들의 리듬에 들썩인다. 바로 이런 이유에서 베토벤의 어떤 작품도 기타 위에서 획일하게 반복되는 연주만큼 큰 집단적 열정으로 경험되지 못했던 것이다.

아버지가 죽기 일 년 전쯤에 나는 주택가 주변을 아버지와 함께 늘 산책하곤 했는데 사방에서 음악이 들려왔다. 사람들이 슬플수록 스피커들은 점점 더 그들을 위해 연주를 해 댔다. 스피커들은 온 나라가 역사의 쓰라린 경험을 잊고 사는 기쁨에 빠져들도록 인도했다. 아버지는 멈춰 서더니 소리가 나오는 기계를 향해 눈을 들었다. 나는 그가 대단히 중요한 무언가를 내게 털어놓고 싶어 한다는 것을 느꼈다. 아버지는 집중해서 자신의 생각을 표현하려고 무진 애를 썼다. 그러다 천천히 힘겹게 말했다. "음악의 어리석음."

무슨 얘기를 하고 싶었던 걸까? 필생의 열정이었던 음악을 모욕하고 싶었던 걸까? 아니다. 내 생각에 아버지는 음악의 태초 상태가 존재한다고 말하고 싶었던 것 같다. 역사 이전 상태, 첫 번째 의문 이전 상태, 첫 번째 성찰 이전 상태, 하나의 모티프와 테마로 첫 번째 유희를 시작하기 이전 상태 말이다. 음악의 이 최초 상태(생각 없는 음악)에는 인간 존재와 동질의 어리석음이 비친다. 음악이 이 원초적 어리석음을 넘어서기 위해서는 정신과 마음의 거대한 노력이 필요했다. 그 노력은 수 세기 유럽 역사 위로 두드러지고 폭죽이 터지듯 꼭대기에 이르러 꺼지는 눈부신 곡선을 그렸다.

음악의 역사는 죽기 마련이지만 기타의 어리석음은 영원하다. 오늘날 음악은 태초 상태로 돌아갔다. 이는 마지막 의문 이후 상태, 마지막 성찰 이후 상태, 역사 이후 상태다.

1972년, 체코의 팝가수 카렐 클로스가 외국으로 떠날 때 후사크는 겁이 났다. 그는 곧 프랑크푸르트로 그에게 사적인 편지를 썼다. 그 가운데 전혀 지어내지 않고 문자 그대로인 한 대목을 인용한다. "친애하는 카렐, 우리는 당신을 원망하지 않습니다. 제발 부탁드리니 돌아오십시오. 우리는 당신이 바라는 것이라면 무엇이건 할 것입니다. 우리도 당신을 도울 것이니 당신도 우리를 도와주십시오⋯⋯."

잠깐 생각해 보자. 후사크는 눈 하나 까딱하지 않고 의사들과 학자들, 천문학자들, 운동선수들, 연출가들, 카메라맨들, 노동자들, 기술자들, 건축가들, 역사학자들, 신문기자들, 작가들, 화가들이 망명가도록 내버려두었는데 카렐 클로스가 나라를 떠난다는 생각은 견디지 못했다. 베토벤과 엘링턴의 뼈가 묻히고 팔레스트리나와 쇤베르크의 유해가 영원히 묻힌 기억 없는 음악을 카렐 클로스가 대표하기 때문이었다.

망각의 대통령과 음악의 바보는 짝을 이루었다. 그들은 같은 작업을 했다. "우리도 당신을 도울 것이니 당신도 우리를 도와주십시오." 그들은 서로 없이는 지낼 수가 없었다.

19

하지만 음악의 지혜가 지배하는 탑에서는 모든 인간이 형제인 바깥세상에서 들려오는 영혼 없는 비명의 단조로운 리듬이 때때로 우리에게 향수를 안겨 주었다. 자기 시간을 몽땅 베토벤과 보내는 것은 위험한 일이다. 모든 특권적 위치가 위험하듯이.

타미나는 자신이 남편과 행복했다는 사실을 털어놓는 것이 언제나 약간 부끄러웠다. 그렇게 해서 타인들에게 그녀를 싫어하게 만드는 이유를 제공하게 될까 겁이 났던 것이다.

오늘날 그녀는 이중 감정 사이에 놓여 있다. 사랑은 특권이고 모든 특권은 분에 넘치는 것이니 대가를 치러야 한다. 따라서 그녀가 아이들의 섬에 있는 건 벌을 받기 위해서다.

하지만 이 감정은 곧 다른 감정으로 변했다. 사랑의 특권이 꼭 천국인 것만은 아니었다. 지옥이기도 했다. 사랑 속에서 삶은 항구적인 긴장 속에, 휴식 없는 두려움 속에 전개되었다. 그녀는 보상으로 평온과 평안을 찾기 위해 이곳 아이들 틈에 있다.

지금까지 그녀의 성(性)은 사랑이 차지했다.(내가 '차지'라는 말을 쓰는 것은 섹스는 사랑이 아니기 때문이다. 섹스는 사랑이 차지하는 영토일 뿐이다.) 따라서 그것은 극적이고 책임감 있으며 무거운 무언가에 속했다. 이곳 아이들 틈에서, 무의미의 왕국에서 성행위는 마침내 태초 상태가 되었다. 육체적 쾌락을 만들어 내는 작은 장난감 말이다.

달리 표현하자면 사랑과의 악마적인 관계로부터 해방된 성(性)은 천사적인 순박함을 띤 기쁨이 되었다.

20

아이들이 타미나에게 범한 첫 강간에는 이런 놀라운 의미가 담겨 있었지만 똑같은 상황을 반복하면서 그 행위는 메시지의 특징을 금세 잃어버리고 점점 더 텅 비고 점점 더 불결한 관례가 되어 갔다.

곧 아이들 간에 다툼이 일어났다. 사랑의 유희를 좋아하는 아이들은 그에 무심한 아이들을 싫어하기 시작했다. 타미나의 연인이 되었던 아이들 가운데 보호받는다고 느끼는 아이들과 거부당한다고 느끼는 아이들 사이에 적대감이 커졌다. 이 모든 원한은 타미나를 향하고 압박하기 시작했다.

어느 날 아이들이 벌거벗은 그녀의 몸을 내려다보고 있을 때(그들은 침대 위에 무릎을 꿇거나 옆에 서 있거나 그녀 몸 위에 올라타거나 그녀의 머리 옆이나 다리 사이에 웅크리고 있었다.) 그녀는 갑자기 심한 통증을 느꼈다. 한 아이가 그녀의 젖꼭지를 꼬집었던 것이다. 그녀는 비명을 질렀는데 자기도 모르게 나온 것이었다. 그녀는 아이들을 모두 침대에서 내쫓고 팔을 휘둘렀다.

그녀는 그 통증이 우연의 결과도 관능의 결과도 아니라는 것을 알았다. 한 아이가 그녀를 증오해서 고통을 주고 싶었던 것이다. 그녀는 아이들과 사랑의 만남을 끝냈다.

21

사물들이 산들바람처럼 가벼운 그 왕국에서 갑자기 평화가 사라졌다.

아이들은 돌차기 놀이를 하면서 한 칸 한 칸 뛰었다. 처음에는 오른쪽 다리로, 그리고 왼쪽 다리로, 나중에는 양쪽 다리로. 타미나도 뛰었다.(나는 아이들의 작은 실루엣 사이로 그녀의 커다란 몸을 본다. 그녀가 뛰자 그녀의 머리카락이 얼굴 주위로 날아오르는데 그녀의 마음속에는 권태가 가득하다.) 그때 카나리아들이 그녀가 선을 밟았다고 외쳤다.

물론 다람쥐들은 항의했다. 선을 안 밟았다는 것이다. 두 팀은 선 위로 몸을 숙이고 타미나의 발이 남긴 흔적을 찾았다. 하지만 모래 위에 그어진 선은 윤곽이 흐릿했고 타미나의 신발 자국도 마찬가지였다. 따져 볼 여지가 있는 사건이었다. 아이들은 화를 냈고 분쟁이 십오 분째 계속되면서 점점 더 싸움에 몰입했다.

그때 타미나가 치명적인 몸짓을 했다. 팔을 들고 이렇게 말한 것이다. "그래, 좋아. 내가 밟았어."

다람쥐들은 타미나에게 사실이 아니라며 그녀가 미쳤고 거짓말을 한다고, 그녀는 선을 밟지 않았다고 소리치기 시작했다. 하지만 그들은 판정에서 졌다. 타미나가 부정해 버린 그들의 주장에는 무게가 없었다. 카나리아들은 승리의 환호를 내질렀다.

다람쥐들은 화가 나서 타미나에게 배신자라고 외쳤고 한 남자아이가 세차게 밀치는 바람에 그녀는 거의 넘어질 뻔했다. 그녀는 아이들을 때리려고 했고, 그것은 아이들에게 신호가 되었다. 아이들이 일제히 그녀에게 덤벼들었다. 타미나는 혼자서 방어했다. 그녀는 성인이고 힘이 셌으며 증오심이 가득했다. 그렇다. 그녀는 살면서 그녀가 늘 증오했던 모든 것을 치듯이 아이들을 쳤다. 그러자 아이들은 코피를 흘렸다. 하지만 돌멩이 하나가 날아와서 그녀의 이마를 치는 바람에 타미나는 비틀거렸다. 그녀가 머리에 손을 댔는데 피가 흘렀다. 아이들이 물러섰다. 갑자기 침묵이 흘렀고 타미나는 천천히 침실로 갔다. 그녀는 다시는 놀이에 참여하지 않겠다고 마음 먹고 침대에 누웠다.

22

나는 타미나가 누운 아이들로 가득한 침실 한가운데 서 있는 것을 본다. 그녀는 주목 대상이다. 한쪽 구석에서 누군가 외쳤다. "젖퉁이, 젖퉁이!" 모든 목소리가 이를 합창으로 받고, 타미나는 이 소리가 또박또박 발음되는 걸 듣는다. "젖퉁이, 젖퉁이, 젖퉁이……."

최근까지 그녀의 자부심이자 무기였던 배 아래의 검은 털과 멋진 젖가슴이 모욕의 표적이 되었다. 아이들의 눈에 성인인 그녀의 존재는 흉측한 것으로 변해 버렸다. 젖가슴은 종양처럼 기괴했고 털 때문에 인간 같지 않은 배 아래는 그들에게 짐승을 떠올리게 했다.

이제 그녀는 쫓겼다. 아이들은 섬을 가로질러 그녀를 추격했고 그녀에게 나뭇조각이나 돌멩이 들을 던졌다. 그녀는 숨고 달아났으며 사방에서 자기 이름을 들었다. "젖퉁이, 젖퉁이……."

약자 앞에서 달아나는 강자보다 추한 것은 없다. 하지만 그들은 수가 아주 많았다. 그녀는 달아났고, 달아나는 것이 부끄러웠다.

어느 날 그녀는 숨어서 그들을 기다렸다. 붙잡힌 아이는 셋이었다. 그녀는 한 아이를 쓰러질 때까지 때렸고 나머지 둘은 달아났다. 하지만 그녀가 더 빨라서 두 아이의 머리카락을 붙잡았다.

그러자 그물 하나가 그녀 위를 덮쳤고, 다른 그물들도 덮쳤다. 그렇다, 침실 앞에 아주 낮게 쳐져 있던 배구 그물들이 모두 던져졌다. 그들은 그곳에서 기다리고 있었던 것이다. 그녀가 두들겨 팬 세 아이는 미끼였다. 이제 그녀는 뒤엉킨 그물 속에 갇혀서 몸을 비틀고 발버둥친다. 아이들은 환호성을 내지르며 그녀를 끌고 간다.

23

왜 아이들은 그토록 악하게 굴까?

저런! 아이들은 전혀 악하지 않다. 오히려 그들의 마음은 선하며 여전히 서로에게 우정의 증거를 보여 준다. 어떤 아이도 타미나를 혼자 차지하려 하지 않는다. 매순간 그들이 "저것 봐, 저것 봐."라고 말하는 소리가 들린다. 타미나는 뒤엉킨 그물 속에 포로가 되었고 그물이 그녀의 살갗을 찢는다. 아이들은 그녀의 피를, 그녀의 눈물을, 고통의 찡그림을 서로에게 보라고 한다. 그것을 관대하게 서로와 나눈다. 그녀는 그들의 우정을 이어 주는 시멘트가 되었다.

그녀가 불행한 것은 아이들이 악하기 때문이 아니라 그녀가 그들 세계의 경계 너머에 있었기 때문이다. 인간은 도살장에서 송아지를 죽인다고 항거하지 않는다. 인간에게 송아지는 법 밖에 있다. 그와 마찬가지로 아이들에게 타미나는 법 밖에 있다.

쓰라린 증오를 가득 품은 사람이 있다면 그건 타미나이지 아이들이 아니다. 고통을 주고 싶은 그들의 욕망은 긍정적이고 유쾌한 욕망이어서 우리는 그것을 기쁨이라고 부를 수 있다. 그들이 그들 세상 밖에 있는 사람에게 고통을 주고 싶어 한다면 그것은 단지 그들만의 세상과 그 세상의 법을 드높이기 위해서다.

24

시간의 효력으로 모든 기쁨과 모든 오락은 반복되면서 고갈된다. 타미나 사냥도 마찬가지였다. 게다가 사실 아이들은 악하지 않다. 그녀가 배구 그물에 사로잡힌 채 바닥에서 뒹굴 때 그녀 몸 위에 오줌을 눴던 어린 남자아이가 어느 날엔 순진무구한 아름다운 미소를 그녀에게 지어 보였다.

다시 타미나는 놀이에 참여했지만 말은 하지 않았다. 다시 그녀는 이 칸에서 저 칸으로 뛰었다. 처음에는 한 발로, 곧 다른 한 발로, 그리고 양발을 붙이고서. 이제 결코 그녀는 그들 세계에 들어가지 않을 것이다. 하지만 바깥에 있지 않도록 조심해야만 했다. 그녀는 정확히 경계선 위에 있도록 애썼다.

하지만 이 소강 상태, 이 정상 상태, 타협에 토대를 둔 이 모두스 비벤디 modus vivendi, 즉 삶의 방식에는 영속성에 대한 공포가 내포되어 있었다. 얼마 전까지 쫓기던 짐승의 삶이 타미나에게 시간의 존재와 그 광막함을 잊게 했다면 이제는 공격의 폭력이 사라지고 영원처럼 잔혹하고 짓누르는 시간의 사막이 희미한 어둠 속에 모습을 드러냈다.

다시 한 번 이 이미지를 기억 속에 새겨 두길 바란다. 타미나는 이 칸 저 칸으로 뛰어야 한다. 한 발로, 잠시 후 다른 한 발로, 그리고 양발을 붙여서. 그리고 선을 밟았는지 안 밟았는지를 중요한 일처럼 여겨야 한다. 그녀는 그렇게 매일같이 뛰어야 하고 뛰면서 시간의 무게를 날이 갈수록 점점 더 무거워지는 십자가처럼 짊어져야 한다.

그녀가 아직도 뒤를 돌아볼까? 프라하의 남편을 생각할까?

아니다. 이제는 아니다.

25

전복된 기념물들의 망령이 연단 주위를 떠돌았고 망각의 대통령은 목에 빨간 스카프를 두른 채 연단에 서 있었다. 아이들은 박수를 치며 그의 이름을 외쳤다.

그 후 팔 년이 흘렀지만 아직도 꽃핀 사과나무 가지 너머로 들려오던 말이 내 머릿속에 생생하다.

그는 말했다. "어린이 여러분, 여러분이 미래입니다." 그리고 오늘날 나는 이 말에 처음에 보였던 것과는 다른 의미가 있다는 것을 안다. 아이들이 미래인 이유는 그들이 언젠가 어른이 될 것이기 때문이 아니라 인류가 점점 더 아이에 가까워질 것이기 때문이고 유년기가 미래의 모습이기 때문이다.

그는 외쳤다. "어린이 여러분, 절대 뒤를 돌아보지 마세요." 이것은 미래가 기억의 무게 아래 펼쳐지는 걸 결코 감내해서는 안 된다는 것을 뜻했다. 왜냐하면 아이들 역시 과거가 없기 때문이다. 그것이 아이들의 미소가 지닌 마법적인 천진함의 비밀이다.

역사는 일시적인 변화의 연속이지만 영원한 가치들은 역사 밖에서 영속되며 변함없고 기억을 필요로 하지 않는다. 후사크는 영원의 대통령이지 일시적인 것의 대통령이 아니다. 그는 아이들 편에 서 있고, 아이들은 삶이다. 그리고 산다는 건 "보는 것, 듣는 것, 만지는 것, 마시는 것, 먹는 것, 배뇨하는 것, 배변하는 것, 물속에 뛰어드는 것, 하늘을 보는 것, 웃고 우는 것"이다.

후사크가 아이들을 향한 연설을 마쳤을 때(나는 이미 창문을 닫았고 아버지는 말 위에 다시 오를 채비를 했다.) 카렐 클로스가 연단 위로 나아가서 노래하기 시작했다. 후사크의 뺨에 감동의 눈물이 흘렀고 사방에서 빛나는 환한 미소가 그 눈물 속에서 굴절했다. 그때 거대한 기적처럼 무지개가 프라하의 하늘 위로 곡선을 그렸다.

아이들은 고개를 들었고 무지개를 보았다. 그리고 웃으며 박수를 치기 시작했다.

음악의 바보가 노래를 끝마치자 망각의 대통령이 팔을 벌리고 외쳤다. "어린이 여러분, 산다는 건 행복한 일입니다!"

26

　노래와 전기기타의 소음으로 섬이 쩌렁쩌렁 울렸다. 침실 앞 놀이터 바닥에는 녹음기 하나가 놓여 있었다. 그 옆에 한 남자아이가 있었는데 타미나는 그 아이가 옛날에 그녀를 이 섬으로 데려온 뱃사공이라는 걸 알아보았다. 그녀는 긴장했다. 뱃사공이라면 배가 어딘가에 있을 것이다. 그녀는 이 기회를 놓치지 말아야 한다는 걸 알았다. 그녀의 심장이 가슴속에서 세차게 방망이질했다. 이때부터 그녀에겐 달아날 생각밖에 없었다.

　아이는 녹음기에 눈을 고정한 채 엉덩이를 흔들었다. 아이들이 놀이터로 달려와 그 아이와 합류했다. 그들은 팔을 앞으로 던졌다. 때로는 이쪽 팔을, 때로는 저쪽 팔을. 그리고 머리를 뒤로 젖혔고 누군가를 위협하듯 검지를 세운 채 손을 흔들기도 했다. 아이들의 고함 소리가 녹음기에서 나오는 노래와 뒤섞였다.

타미나는 플라타너스 나무 뒤로 숨었다. 아이들이 보지 못하기를 바랐다. 하지만 아이들에게서 눈을 뗄 수가 없었다. 아이들은 마치 성교를 흉내 내듯 엉덩이를 앞뒤로 흔들며 성인처럼 도발적인 교태를 부렸다. 아이들 몸에 덧붙은 동작의 외설스러움이 외설과 순진함 사이의, 순수와 추잡함 사이의 모순을 무너뜨렸다. 관능성도 기괴스럽고 천진함도 기괴스러웠다. 말이 해체되었고 타미나는 거북스러웠다. 마치 위 속에 빈 주머니를 찬 것 같았다.

그리고 멍청한 기타 소리가 울렸고 아이들은 춤을 췄다. 아이들은 교태스럽게 배를 앞으로 퉁겼고, 그녀는 무게 없는 사물들이 뿜어내는 거북스러움을 느꼈다. 위 속 빈 주머니는 다름 아니라 감당하기 힘든, 무게의 부재였다. 극단은 언제라도 정반대의 극단으로 바뀔 수 있듯이 극단까지 몰고 간 가벼움은 무시무시한 가벼움의 무거움이 되었고, 타미나는 일 초도 더 그것을 견디지 못하리라는 것을 알았다. 그녀는 돌아서서 달리기 시작했다.

그녀는 물 쪽을 향해 오솔길로 접어들었다.

그리고 어느새 물가에 이르렀다. 주변을 돌아보았다. 하지만 배는 없었다.

첫날처럼 그녀는 배를 찾기 위해 물가를 달려 섬을 한 바퀴 돌았다. 하지만 배는 어느 곳에도 보이지 않았다. 결국 플라타너스 길이 해변으로 이르는 장소로 다시 돌아왔다. 흥분해서 이쪽으로 달려오는 아이들이 보였다.

그녀는 멈춰 섰다.

아이들은 그녀를 보고서 소리를 지르며 달려왔다.

27

그녀는 물속으로 뛰어들었다.

겁이 나서가 아니었다. 이미 오래전부터 생각해 온 일이었다. 어쨌건 배를 타고 섬까지 온 거리도 그다지 멀지 않았다. 반대편 해변이 보이지 않지만 거기까지 헤엄치는 데 초인적인 힘이 필요하지는 않을 것이다!

아이들이 소리 지르며 타미나가 방금 물가를 떠난 장소로 달려왔고 그녀 주위로 돌 몇 개가 떨어졌다. 하지만 그녀는 헤엄을 빨리 쳐서 곧 아이들의 연약한 팔의 사정거리를 벗어났다.

헤엄을 치는 것이 아주 오랜만이어서 그녀는 기분이 좋았다. 자기 몸이 느껴졌고 옛날의 기운이 느껴졌다. 그녀는 늘 수영을 잘했으며 헤엄치는 동작은 기쁨을 안겨 주었다. 물은 차가웠지만 그녀는 그 신선함을 만끽했다. 그 신선함이 그녀의 살갗에서 어린아이의 때를, 아이들의 침과 눈길을 몽땅 씻어 내는 것 같았다.

그녀는 오랫동안 헤엄을 쳤고 태양이 서서히 물속으로 내려오기 시작했다.

그러다 어둠이 짙어졌고 곧 완전히 캄캄해졌다. 달도 별도 없었는데 타미나는 같은 방향을 고수하려고 애썼다.

28

그녀는 어디로 돌아가고 싶었던 걸까? 프라하로?

그녀는 프라하의 존재조차 잊었다.

서유럽 소도시로?

아니다. 그녀는 그저 떠나고 싶었을 뿐이다.

죽고 싶었다는 말인가?

아니다, 아니다. 그건 아니다. 오히려 그녀는 끔찍이도 살고 싶었다.

그렇다면 자신이 살고 싶은 세상에 대한 생각은 적어도 품고 있었을 것 아닌가!

그녀는 그런 생각을 전혀 품지 않았다. 정말이지 그녀에게는 살고 싶다는 엄청난 갈증과 몸밖에 남지 않았다. 그 두 가지 말고는 아무것도 없었다. 그녀는 그 둘을 섬에서 빼내어 구하고 싶었던 것이다. 그녀의 몸과 살고 싶다는 갈증을.

29

날이 밝기 시작했다. 그녀는 맞은편 해변을 보려고 눈을 찡그려 보았다.

그런데 그녀 앞에는 아무것도 없었다. 물밖에 없었다. 뒤를 돌아다보았다. 그다지 멀지 않은 곳에, 100미터 남짓한 곳에, 초록색 섬의 해변이 있었다.

이럴 수가! 밤새도록 제자리에서 수영을 했단 말인가? 절망이 그녀를 덮쳤고, 희망을 잃는 순간, 팔다리에 힘이 빠지고 그녀는 물이 견딜 수 없을 정도로 차갑다고 느꼈다. 그녀는 눈을 감고 계속해서 헤엄을 치려고 애썼다. 이제는 반대편에 닿을 생각이 아니라 죽음만 생각했다. 그녀는 모든 접촉으로부터 멀리 떨어져 물 한가운데에서 오직 물고기와 더불어 죽고 싶었다. 그녀의 눈이 감겼다. 잠시 졸았던 것이다. 폐 속에 물이 차서 기침이 나왔고 숨이 막혔다. 기침을 하다가 그녀는 갑자기 아이들의 목소리를 들었다.

그녀는 제자리에 멈춰 선 채 기침을 하며 주변을 둘러보았다. 몇 번만 헤엄치면 닿을 곳에 아이들을 실은 배가 있었다. 아이들은 소리를 지르고 있었다. 그녀가 자기들을 본 것을 알아차리자 아이들은 입을 다물었다. 그들은 그녀에게서 눈을 떼지 않고 다가왔다. 아이들이 잔뜩 흥분한 것이 보였다.

그녀는 아이들이 자기를 구해서 예전처럼 억지로 그들과 놀게 할까 봐 겁이 났다. 피로감이 몰려왔고 팔다리가 뻣뻣해졌다.

배는 아주 가까이에 있었고 다섯 아이들의 얼굴이 탐욕스레 그녀를 내려다보았다.

타미나는 '죽게 내버려 둬, 날 구하지 마.'라는 말을 하듯 절망스레 고개를 저었다.

하지만 그녀의 두려움은 괜한 것이었다. 아이들은 아무 몸짓도 하지 않았다. 아무도 그녀에게 노나 손을 내밀지 않았으며 아무도 그녀를 구하려 들지 않았다. 그들은 그저 동그랗게 뜬 탐욕스러운 눈으로 그녀를 쳐다보고 관찰할 뿐이었다. 한 아이가 노를 방향키처럼 쥐고서 배를 아주 가까이 유지하고 있었다.

그녀는 다시 폐로 물을 삼켰고 기침을 했으며 더 이상 수면에 떠 있을 수가 없다고 느끼며 팔을 휘저었다. 다리가 점점 더 무거워졌다. 그녀의 다리가 무거운 추처럼 그녀를 바닥으로 끌어당겼다.

그녀의 머리가 물속으로 들어갔다. 그녀는 세차게 움직였

고 몇 차례 다시 올라오는 데 성공했다. 그럴 때마다 그녀는
배와 그녀를 지켜보는 아이들의 눈을 보았다.
　그러다 물속으로 사라졌다.

7부 경계선

7부 경계선

1

정사를 나누는 동안 여자들에게서 그가 가장 흥미롭다고 생각한 것은 그들의 얼굴이었다. 마치 그들의 몸이 움직임을 통해 거대한 영화 필름을 풀어서 텔레비전 화면처럼 얼굴 위로 온갖 혼란과 기다림과 폭발과 고통과 비명과 감동과 증오를 비추는 것만 같았다. 다만 에드위즈의 얼굴은 꺼진 화면이어서 얀은 그 얼굴을 뚫어져라 쳐다보면서 대답을 찾지 못하는 질문들을 떠올리며 번민했다. 그와 있는 게 지루한 걸까? 피곤한 걸까? 억지로 정사를 나누는 걸까? 더 능숙한 애인들에 익숙한 걸까? 아니면 그녀 얼굴의 고요한 수면 아래 그가 감지 못 하는 감동을 숨기고 있는 걸까?

그는 물론 그녀에게 물어볼 수도 있었다. 하지만 그들에게는 이상한 일이 일어났다. 그들은 항상 말이 많았고 서로에게 마음을 열었는데 알몸으로 서로를 끌어안기만 하면 말하는 습관을 잃었던 것이다.

그는 이 침묵을 어떻게 설명해야 할지 도무지 알지 못했다. 성관계를 나눌 때를 제외하고 에드위즈는 언제나 그보다 훨씬 적극적이었기 때문인지도 모른다. 그보다 더 젊은데도 그녀는 평생 동안 최소한 그보다 세 배가 넘는 말을 했고 열 배가 넘는 교훈과 조언을 베풀었다. 그녀는 그에게 손을 내밀어 인생을 인도하는 다정하고 현명한 어머니 같았다.

그는 정사를 나누는 동안 그녀 귀에 외설적인 말들을 속삭이는 걸 종종 상상하곤 했다. 하지만 그런 몽상 속에서조차 시도는 실패로 끝나곤 했다. 그녀의 얼굴에 비난과 너그러운 호감의 미소가, 어린아이가 벽장 속 금지된 과자를 훔치는 걸 지켜보는 어머니의 미소가 그려질 것이라고 그는 확신했다.

아니면 그는 세상에서 가장 평범한 말을 그녀에게 속삭이는 걸 상상했다. "이것 맘에 들어?" 다른 여자들에게는 이 단순한 질문이 언제나 음탕한 효과를 냈다. 사랑의 행위를 '이것'이라는 말로 지칭하는 것만으로도 곧 육체적 사랑은 거울놀이에서처럼 비출 수 있는 다른 말들에 대한 욕망을 일깨웠다. 그런데 그는 에드위즈의 대답을 미리 알 것 같았다. 물론 맘에 들지. 내 마음에 안 드는 것을 내가 흔쾌히 할 것 같아? 좀 논리적으로 생각해 봐, 얀! 하고 그녀는 찬찬히 설명할 것만 같았다.

그래서 그는 그녀에게 외설스러운 말을 하지 않았고 마음에 드느냐고도 묻지 않았다. 그들의 몸이 텅 빈 필름을 풀며 격렬하고 오래도록 움직이는 동안 그는 침묵을 지켰다.

그는 두 사람의 말없는 밤에 대해 자신도 책임이 있다고 생각할 때가 종종 있었다. 그가 연인 에드위즈로 하나의 캐리커처 이미지를 만들어 냈고, 그 이미지가 이제 그녀와 그 사이에 우뚝 자리해서 그림을 뛰어넘어 진짜 에드위즈에게, 그녀의 감각과 그녀의 외설적인 암흑 세계에 다가갈 수가 없는 것이다. 어쨌든 말 없는 밤을 보내고 나면 매번 그는 다음에는 그녀와 정사를 나누지 않으리라 다짐했다. 그는 그녀를 지적이고 충직하고 대체할 수 없는 친구로 사랑했지, 애인으로 사랑한 것이 아니었다. 그런데 친구와 애인을 분리하기가 가능하지 않았다. 매번 만날 때마다 그들은 밤늦도록 토론을 했는데 에드위즈는 술을 마시며 이론들을 전개하고 강의를 했다. 마지막으로 얀이 더 이상 피곤해서 못 견딜 지경이 되면 갑자기 그녀는 침묵했고 그녀 얼굴에는 평온하고 행복한 미소가 피어올랐다. 그러면 마치 거부할 수 없는 암시에 복종하듯 얀은 그녀 가슴을 만졌고 그녀는 일어서서 옷을 벗기 시작했다.

그녀는 왜 나랑 자고 싶어 하는 걸까? 그는 종종 이런 생각을 했지만 대답은 찾지 못했다. 다만 국가를 들은 시민이 자기에게나 조국에게나 전혀 기쁨을 주지 못할지라도 불가피하게 부동자세를 취할 수밖에 없는 것처럼 그들의 말없는 성교가 피할 길 없는 것이라는 사실만 알았다.

최근 이백 년 사이에 티티새는 숲을 버리고 도시 새가 되었다. 먼저 영국에서는 18세기 말부터, 그리고 몇십 년 뒤에는 파리와 루르 지역에서 그랬다. 19세기에 티티새는 유럽 도시들을 하나씩 정복했다. 1900년쯤에는 빈과 프라하에 자리를 잡았고 점차 동쪽으로 진출해 부다페스트와 벨그라드와 이스탄불을 정복했다.

지구의 시각에서 볼 때 인간 세계로 침입한 티티새의 정복이 의심할 여지 없이 스페인인들의 남아메리카 정복이나 유대인들의 팔레스타인 복귀보다 훨씬 중요하다. 다른 종들(어류, 조류, 인간, 식물) 간의 관계 변화는 한 종 내 서로 다른 무리 사이의 관계 변화보다 훨씬 높은 질서의 변화다. 보헤미아에 켈트족이 살건 슬라브족이 살건, 루마니아인들 혹은 러시아인들이 베사라비아를 정복하건 지구는 아랑곳하지 않는다.

하지만 티티새가 자연을 배반하고 인간을 따라 반자연적이고 인위적인 세상 속으로 들어온다는 것은 지구의 조직에 어떤 변화를 가져오는 것이다.

그런데도 마지막 두 세기를 티티새가 인간 도시를 침범한 역사로 해석하는 사람은 없다. 우리는 모두 무엇이 중요하고 무엇이 중요하지 않은지에 대한 고정관념에 사로잡혔으며 불안한 눈길로 중요한 것을 응시한다. 그러는 동안 몰래 우리 등 뒤에서 무의미한 것이 게릴라전을 이끌어 은밀히 세상을 바꾸고 말 것이며 기습 공격으로 우리를 덮치고 말 것이다.

우리가 얀의 전기를 쓴다면 내가 말한 시기를 대략 이런 말로 요약할 수 있을 것이다. 에드위즈와의 관계는 당시 마흔다섯 살이었던 얀의 인생이 새로운 국면에 접어들었음을 말해주었다. 그는 마침내 텅 비고 지리멸렬한 삶을 거부하고 서유럽 도시를 떠나 미국으로 가서 새로운 에너지를 품고 중요한 일에 전념해서 성공하기로 결심했다.

그런데 얀의 가상 전기 작가는 바로 이 시기에 얀이 좋아했던 책이 왜 하필이면 『다프니스와 클로에』라는 고대 소설이었는지 내게 설명해 주면 좋겠다! 아직 아이나 다름없어 육체적 사랑이 무엇인지 알지 못하는 두 젊은이의 사랑 말이다. 숫양 울음소리가 바다 소리에 뒤섞이고 양이 올리브 나무 그늘 아래에서 풀을 뜯는다. 두 젊은이는 알몸으로 거대하고 막연한 욕망에 사로잡힌 채 나란히 눕는다. 그들은 서로를 끌어안고 몸을 밀착하고 뒤엉킨다. 그렇게 오래도록, 아주 오래도록 남아 있다. 그 이상 무얼 할 수 있는지 모르기 때문이다. 그들은 그 포옹 자체가 사랑의 쾌락의 목적이라고 생각한다. 그들은 흥분했고 심장이 세차게 뛰었지만 정사를 나눈다는 것이 무엇인지 알지 못한다.

그렇다. 바로 이 대목에 얀은 매료되었다.

3

여배우 한나는 세계의 모든 골동품 가게에서 팔리는 부처 상들처럼 책상다리를 하고 앉았다. 그녀는 긴 침대의자 가까이에 놓인 원탁 주변을 천천히 훑는 자기 엄지손가락을 보면서 쉬지 않고 말했다.

발로 박자를 맞추거나 머리를 긁적이는 것이 버릇인 신경 예민한 사람들이 보이는 기계적인 행동이 아니었다. 의식적이면서 단호하고 유연하면서 우아한 몸짓이었으며, 그녀 주위로 마법의 원을 그려 그녀가 전적으로 자기 자신에게 집중하고 다른 사람들도 그녀에게 집중하게 만드는 동작이었다.

그녀는 희열을 느끼며 자기 엄지의 움직임을 좇았고 이따금 맞은편에 앉은 얀을 향해 눈을 들었다. 그녀는 옛 남편 집에서 사는 자기 아들이 가출했으며 며칠 동안 돌아오지 않아서 신경쇠약 증세를 겪었노라고 그에게 얘기하고 있었다. 아들의 아버지는 너무도 야만적인 사람이어서 공연이 시작되기 삼십 분 전에 전화로 그 소식을 알려왔다. 그 때문에 한나는 열이 났고 편두통이 생겼으며 뇌가 감기 들었다. "코가 어찌나 아픈지 코를 풀 수조차 없었죠!" 그녀는 이렇게 말하며 아름다운 큰 눈으로 얀을 응시했다. "내 코가 꽃양배추처럼 되어 버렸어요!"

그녀는 감기로 빨개져도 자기 코가 여전히 매력적이라는 것을 아는 여자처럼 미소 지었다. 그녀는 본보기가 될 만큼 자기 자신과 조화롭게 지냈다. 자기 코를 좋아했고 감기를 감기라 부르고 코를 꽃양배추라 부르는 자신의 대담성 또한 좋아했다. 빨간 코의 색다른 아름다움을 지적 대담성이 보완해 주었고, 엄지로 원을 그리는 동작은 그 마법의 원 속에 두 가지 매력을 뒤섞었으며 나눌 수 없이 하나가 된 그녀의 개성을 표현해 주었다.

"열이 심해서 불안했지요. 의사가 뭐라고 했는지 아세요? 한나 당신한테 해 줄 건 한 가지 조언밖에 없군요. 체온을 재지 마세요!"

한나는 자기 의사의 농담에 큰 소리로 오래도록 웃더니 이렇게 말했다. "내가 누굴 알게 되었는지 아세요? 파세르예요!"

파세르는 얀의 오랜 친구였다. 얀이 그를 마지막으로 본 것은 몇 달 전, 그가 수술을 받아야만 했을 때였다. 그가 암에 걸렸다는 것은 모두가 아는 사실이었다. 원기 넘치고 놀랄 만큼 우직한 파세르만 의사의 거짓말을 믿었다. 어쨌든 그를 기다리는 수술은 매우 심각한 것이어서 둘만 남았을 때 그가 얀에게 말했다. "이 수술을 받고 나면 난 더 이상 남자가 아닐 거야. 이해하겠어? 남자로서의 내 인생은 이제 끝이야."

한나가 말을 이었다.

"지난주에 클레비스의 시골집에서 만났어요. 정말 멋진 남자예요! 우리 모두보다 훨씬 젊어요! 정말 마음에 들어요!"

얀은 자기 친구가 아름다운 여배우의 마음에 든다는 소식에 기뻐해야겠지만 특별한 감흥이 없었다. 왜냐하면 모두가 파세르를 좋아했기 때문이다. 세속적 인기라는 비합리적인 주식 시장에서 최근 몇 년 그의 주가는 급격히 올랐다. 도시의 저녁 식사 동안 나누는 지리멸렬한 수다 중에 파세르에 관해 감탄하는 말을 하는 것은 거의 의식(儀式)처럼 되었다.

"클레비스의 빌라 주변에 있는 멋진 숲을 아시죠. 그 숲에 버섯이 자라는데, 저는 버섯 따러 가는 걸 좋아해요! 내가 말했죠. 저랑 버섯 따러 갈 사람 있어요? 아무도 그러고 싶어 하지 않았는데 파세르가 말하더군요. 제가 같이 가지요! 상상해 보세요. 아픈 파세르가 그랬다니까요! 정말이지 그는 우리 가운데 가장 젊은 사람이에요!"

그녀는 잠시도 멈추지 않고 계속해서 원탁 가장자리에서 원을 그리고 있는 자기 엄지를 쳐다보더니 말했다. "그래서 파세르와 버섯을 따러 갔지요. 정말 멋졌어요! 우리는 숲에서 길을 잃었다가 카페를 하나 발견했어요. 지저분한 시골 카페였죠. 그런 카페를 저는 좋아해요. 그런 카페에서는 건축 인부들이 마시는 포도주를 싼 값에 마실 수 있죠. 파세르는 눈부신 사람이었어요. 제가 얼마나 좋아하는지 몰라요!"

4

　내가 말하는 시절, 여름이면 서유럽의 해변은 브래지어를 걸치지 않은 여자들로 뒤덮이고, 사람들은 벌거벗은 젖가슴에 찬성하는 사람과 반대하는 사람들로 나뉘었다. 클레비스 가족, 즉 아버지, 어머니, 열네 살 딸은 텔레비전 앞에 앉아 그 시대 모든 지적 흐름을 대표하는 토론자들이 브래지어에 대한 찬성과 반대 논거를 펼치는 토론 프로그램을 보고 있었다. 정신분석학자는 벗은 가슴을 열렬히 옹호하며 에로틱한 환상의 전능으로부터 우리를 해방해 주는 풍습의 해방에 대해 얘기했다. 마르크스주의자는 브래지어에 대한 의사 표시를 하지 않고(공산당 당원들 가운데는 청교도와 자유사상가들이 꽤 많아서 서로에 맞서는 것은 좋은 정책이 아니었다.) 지탄받는 부르주아 사회의 위선적인 도덕이라는, 보다 근본적인 문제 쪽으로 능숙하게 토론을 이끌었다. 기독교 사상을 대표하는 자는 브래지어를 옹호해야 한다고 느꼈지만 매우 소심하게 주장했다. 왜냐하면 그 역시 그 시대의 보편적인 정신에서 벗어나지 못했기 때문이다. 그는 브래지어를 옹호하기 위한 논거로 단 한 가지밖에 찾지 못했다. 아이들의 순수함을 우리 모두가 존중하고 보호해야 할 의무가 있다는 것이다. 그는 어린 시절부터 알몸에 대한 위선적인 터부를 없애야 한다고 주장하며 부모들에게 집에서 알몸으로 지낼 것을 권고하는 에너지 넘치는 여성으로부터 공격을 받았다.

얀이 클레비스 네에 도착한 것은 여자 아나운서가 토론의 끝을 알리는 순간이었지만 아파트에서는 한동안 들뜬 분위기가 이어졌다. 클레비스 가족 모두가 진보적인 생각을 품어서 브래지어에 반대했다. 마치 어떤 명령에 대한 응답처럼 수백만 여성들이 그 불명예스러운 천 조각을 멀리 집어 던지는 거창한 몸짓이 그들에게는 인류가 예속 상태를 뒤흔드는 행위를 상징했다. 젖가슴을 내놓은 여자들이 마치 눈에 보이지 않는 여성 해방군 부대처럼 클레비스 아파트 안을 행진했다.

클레비스 가족은 이미 말했듯이 앞서 가며 진보적인 사고를 하는 사람들이었다. 진보적인 사고에도 여러 종류가 있는데 클레비스 가족은 그중에서도 가능한 최선의 사고를 항상 지지했다. 진보적인 사고 가운데서 가능한 최선이라는 것은 그 신봉자가 독창적임을 자부할 수 있을 정도로 꽤 강력한 도발적인 측면을 내포하면서도 동시에 많은 경쟁자들을 끌어당겨서 의기양양한 다수가 떠들썩하게 동의하여 고독한 예외가 될 위험은 즉각 배제되는 그런 사고다. 이를테면 만약 클레비스 가족이 브래지어에 반대하는 게 아니라 일반적인 옷에 반대하는 것이어서 사람들이 도시 거리를 벗고 다녀야 한다고 주장했다면 분명 진보적인 사고를 지지하는 것이긴 하지만 가능한 최선의 것은 분명 아니다. 이 생각은 과도한 측면 때문에 거북스러운 것이 되었을 테고, 그것을 주장하려면 에너지가 필요 이상으로 요구될 것이다.(반면에 가능한 최선의 진보적인 생각은 말하자면 저절로 옹호된다.) 그리고 이 생각의 신봉자들도 결코 관습적이지 않은 그들의 태도가 갑자기 모든 사람의 태도로 바뀌는 만족감을 결코 얻지 못할 것이다.

그들이 브래지어에 반대하여 노발대발하는 것을 들으면서 얀은 벽돌공이었던 그의 할아버지가 건축 중인 담 위에 올려놓곤 했던 기포수준기라는 작은 목재 기구가 생각났다. 그 기구 한가운데에는 유리판 아래 물과 기포가 있어서 쌓은 벽돌이 수평인지를 가리켰다. 클레비스 가족은 지적(知的) 기포수준기의 구실을 할 수 있었다. 어떤 생각 위에 놓으면 그것이 가능한 최선의 진보적 생각인지 아닌지를 정확하게 일러 주는 것이다.

클레비스들이 모두 동시에 말하며 얀에게 방금 텔레비전에서 벌어진 토론의 전체 내용을 반복했을 때 아버지 클레비스가 그에게 몸을 기울이더니 농담처럼 말했다. "예쁜 가슴들을 보기 위해 조금도 망설일 것 없이 지지할 수 있는 개혁이라고 생각하지 않나?"

왜 아버지 클레비스는 이런 말로 자기 생각을 표현했을까? 그는 모범적인 가장이어서 자리한 모든 사람들이 받아들일 만한 말을 찾으려고 늘 애썼다. 얀이 여자들을 좋아한다는 소문이 있으므로 클레비스는 벌거벗은 젖가슴에 대한 자신의 찬성을 정확하고 심오한 의미로서가 아니라, 다시 말해 천 년의 구속이 폐지되는 일에 대한 윤리적인 열광이 아니라, 젖가슴의 아름다움에 대한 미학적 동의와 같은 타협의 방식(얀의 취향으로 가정되는 것에 대한 배려이면서 자기 자신의 신념에 반하는 방식)으로 표현했던 것이다.

동시에 그는 외교관처럼 정확하고 신중하고 싶었다. 그래서 추한 가슴은 숨겨 두어야 한다고 분명하게 말하지는 않았다. 그럼에도 말은 하지 않았지만 결코 받아들이기 힘든 그 생각은 그가 말한 문장에서 너무도 명백히 흘러나왔고, 그것은 열네 살 청소년에게 손쉬운 먹잇감이 되었다.

"그러는 당신들 배는 어쩌고요? 옛날부터 조금도 부끄러워하지 않고 해변에서 내놓고 다니는 뚱뚱한 배 말이에요!"

엄마 클레비스가 웃음을 터뜨리면서 딸에게 환호를 보냈다. "브라보!"

아빠 클레비스도 엄마의 환호에 합세했다. 그는 즉각 자기 딸이 옳다는 걸 알았고, 아내와 딸이 그에게 늘 비난하는 불운한 타협적 성향 때문에 또다시 희생양이 되었다는 걸 깨달았다. 그는 너무도 속속들이 타협적인 사람이어서 절제된 자기 의견을 극도로 절제해서 주장했으며 극단주의적인 딸아이가 옳다고 곧장 인정했다. 게다가 비난받는 문장은 자신의 고유한 생각을 표현한 것이 아니라 얀의 관점이라고 가정되는 것이었다. 따라서 그는 기꺼이, 망설임 없이, 아버지로서 만족감을 느끼며 딸의 편에 설 수 있었다.

딸은 부모의 박수갈채에 힘입어 말을 이었다. "우리가 브래지어를 벗는 게 당신들을 기쁘게 하기 위해서라고 생각하세요? 우리는 우리 자신을 위해 그러는 거예요. 우리가 그러고 싶어서, 그렇게 해야 더 기분이 좋으니까, 그렇게 해야 우리 몸이 더 햇볕과 가까워지니까요! 당신네 남자들은 성적 대상으로밖에 달리 우리를 볼 줄 모르지요!"

아버지와 어머니 클레비스는 다시 박수를 쳤지만 이번에 그들의 브라보는 약간 어조가 달랐다. 딸의 말이 맞긴 하지만 열네 살치고는 약간 무례했다. 마치 여덟 살 꼬마가 이렇게 말하는 것과 같았다. 강도가 나타나면 엄마를 지켜 줄 거예요. 이런 경우 역시 부모는 환호를 한다. 그들의 아들은 이론의 여지 없이 칭찬받을 만하니까. 하지만 그러면서도 그 말에 지나친 확신이 담겼기에 칭찬은 모호한 웃음을 동반한다. 바로 그런 웃음을 클레비스 부모가 그들의 두 번째 브라보에 실었고, 딸아이는 그 미소를 이해하고서 받아들이지 못하고 짜증 섞인 집요함으로 거듭 말했다.

"그런 건 완전히 끝났어요. 전 누구에게도 성적 대상이 아니에요."

부모는 딸이 또다시 단언하지 않도록 웃지 않고 고개를 끄덕이는 데 그쳤다.

하지만 얀은 이렇게 말하지 않을 수 없었다.

"얘야, 성적 대상이 되지 않기란 정말 쉽지 않은 일이란다."

그는 부드럽게 말했지만 너무도 진지한 슬픔이 담겼기에

그 말은 오래도록 방 안에 울렸다. 침묵으로 처리하기가 어려운 말이었지만 그렇다고 대답하기도 힘들었다. 진보적인 말이 아니었기에 동의할 만하지도 않았고, 그렇다고 명백히 진보에 반대되는 것도 아니어서 논쟁을 일으킬 만하지도 않았다. 가능한 가운데 최악의 문장이었다. 왜냐하면 그 말은 시대정신이 주도하는 토론의 바깥에 자리했기 때문이다. 그것은 선과 악의 밖에 위치한 문장이었고, 그야말로 엉뚱한 문장이었다.

잠시 침묵이 흘렀고, 얀은 마치 방금 말한 것에 대해 용서라도 구하는 듯 거북한 표정으로 웃었다. 그러자 동료들 사이에 다리를 놓는 기술의 대가로 통하는 아버지 클레비스가 그들의 공통된 친구인 파세르에 대해 말하기 시작했다. 그들은 파세르를 존중하는 마음으로 이어져 있었다. 위험 없는 영역이었다. 클레비스는 파세르의 낙관주의와 어떤 의학 요법에도 굴하지 않은, 삶에 대한 굳건한 사랑에 찬사를 보냈다. 그렇지만 파세르의 삶은 이제 여자도 음식도 술도 움직임도 미래도 없는 좁은 길로 제한되어 있었다. 그가 최근에 시골집으로 그들을 보러 왔다. 그날 여배우 한나도 왔다.

얀은 그가 거의 참기 힘든 자기중심주의 증세를 확인한 여배우 한나에 대해 클레비스 가족의 기포수준기는 뭐라고 하는지 매우 궁금했다. 그런데 수준기는 얀이 틀렸다고 가리켰다. 클레비스는 여배우가 파세르에게 보인 태도에 대해 전적으로 동의했다. 그녀는 오직 그에게만 몰두했는데 그녀로서는 정말이지 관대한 행동이었다는 것이다. 모두가 알다시피 그녀가 최근에 그런 비극을 겪었는데도 말이다.

"무슨 비극?"

눈치 없는 얀이 놀라며 물었다.

뭐라고? 몰랐단 말이야? 한나의 아들이 가출해서 며칠째 돌아오지 않았잖아! 그래서 한나는 신경쇠약 증세를 보였지! 그런데도 죽음을 선고받은 파세르 앞에서 자기 생각은 조금도 하지 않았단 말이야. 그녀는 파세르를 걱정에서 벗어나게 하고 싶어서 쾌활하게 외쳤단 말이야. "버섯 따러 가고 싶어요! 저랑 같이 갈 사람 있어요?" 파세르가 같이 가겠다고 했고 다른 사람들은 같이 가는 걸 거부했지. 그가 그녀와 단둘이 있고 싶어 한다고 생각했기 때문이지. 두 사람은 세 시간 동안 숲에서 걸었고 카페에서 포도주를 마셨대. 파세르는 산책을 해도 안 되고 술을 마셔도 안 되는데 말이지. 그는 기진맥진했지만 행복한 마음으로 돌아왔어. 이튿날 그는 병원으로 실려 갔어.

"꽤 심각한 모양이야."

아버지 클레비스가 말했다. 그러더니 얀에게 비난하듯 덧붙였다. "너도 보러 가는 게 좋을 거야."

5

얀은 생각했다. 인간이 성생활을 시작할 때는 쾌락 없는 흥분만 있고, 끝낼 때에는 흥분 없는 쾌락만 있다고.

쾌락 없는 흥분은 다프니스다. 흥분 없는 쾌락은 스포츠용품 대여점의 여자 판매원이다.

일 년 전, 그가 그녀를 알게 되어 자기 집으로 초대했을 때 그녀는 잊을 수 없는 말을 했다. "우리가 같이 자면 기교적인 관점에서 보면 분명히 아주 좋을 거예요. 하지만 감정적인 측면에 대해서는 확신이 안 서는군요."

그는 자기에 대해서는 감정적인 측면은 전적으로 믿어도 좋다고 말했고, 그녀는 가게에서 스키 대여를 위해 보증금을 받는 것처럼 그 확신을 받아들이고 감정에 대해서는 입도 벙긋하지 않았다. 반면에 기교적인 측면에 대해서는 말 그대로 그녀는 그를 기진맥진하게 만들었다.

그녀는 오르가슴의 광신도였다. 그녀에게 오르가슴은 종교
요, 목적이요, 위생의 지상 명령이요, 건강의 상징이면서 또한
요트나 유명한 약혼자처럼, 운이 그다지 좋지 못한 여자들과
그녀를 구별해 주는 그녀의 자부심이기도 했다.

그녀를 즐겁게 해 주는 일은 쉽지 않았다. 그녀는 그에게
"더 빨리, 더 빨리."라고 소리쳤고, 얼마 후에는 반대로 "천천
히, 천천히."라고, 그리고 다시 "더 세게, 더 세게."라고 외쳤다.
마치 조정 경기에서 리더가 노 젓는 선수들에게 명령을 외치
는 것 같았다. 자기 살갗에서 민감한 부분들에 전적으로 몰두
해서 그녀는 그의 손이 제때에 제 장소에 놓이도록 인도했다.
그는 땀범벅이 되어 젊은 여자의 참을성 없는 눈길과, 모든 것
의 의미이자 목적인 작은 폭발을 일으키기 위해 움직이는 기
계 같은 그녀 몸의 달뜬 몸짓들을 보았다.

그녀 집에서 마지막으로 나오면서 그는 자신도 청춘기를
보낸 중앙 유럽 도시의 오페라단에서 연출을 하는 헤르츠를
생각했다. 헤르츠는 무대장치를 갖춘 특별 연습 때 여가수들
에게 자기 앞에서 알몸으로 역할 전체를 연기하도록 요구했
다. 그들의 자세를 확인하기 위해 그는 그들에게 항문 깊이 연
필을 하나씩 꽂게 했다. 연필은 척추를 연장하여 아래쪽으로
튀어나왔고, 까다로운 연출가는 그런 식으로 과학적인 정확
성으로 여가수의 거동과 움직임을, 보폭과 자세의 유지를 통
제할 수 있었다.

어느 날 젊은 소프라노 여가수가 그와 말다툼을 하고 그를
경영진에 고발했다. 헤르츠는 여가수들을 결코 괴롭힌 적이

없고 단 한 사람도 건드린 적이 없다고 말하며 자기 방어를 했다. 그건 사실이었지만 연필 건은 변태적으로 보일 수밖에 없어서 헤르츠는 추문을 품에 안고 얀의 고향을 떠나야만 했다.

그의 추문이 유명해져서 그 덕에 얀은 아주 젊어서부터 오페라에 가기 시작했다. 그는 비극적인 동작을 하는 모든 여가수들이 알몸에 고개를 뒤로 젖히고 입을 크게 벌린 모습을 상상했다. 오케스트라는 신음소리를 냈고 여가수들은 왼쪽 가슴을 움켜쥐었다. 그는 연필이 발가벗은 엉덩이에서 삐져나온 모습을 상상했다. 그의 심장은 세차게 고동쳤다. 그는 헤르츠의 흥분에 흥분했던 것이다!(오늘날까지도 그는 오페라를 다른 식으로 볼 수가 없다. 오늘날까지도 그는 오페라에 갈 때면 포르노 극장에 몰래 들어가는 아주 젊은 청년 같은 심정이다.)

얀은 생각했다. 헤르츠는 악덕의 숭고한 연금술사로 엉덩이에 꽂은 연필에서 흥분의 마법적 주문을 발견했다. 그리고 얀은 그 앞에서 부끄러웠다. 헤르츠 같으면 그가 스포츠용품 대여점 여자 판매원의 몸 위에서 고분고분하게 펼쳐 보인 힘겨운 동작을 결코 하지 않았을 것이기 때문이다.

6

티티새의 침입이 유럽 역사 이면에서 일어난 것과 마찬가지로 나의 이야기는 얀의 삶 이면에서 펼쳐진다. 나는 이 이야기를 얀이 틀림없이 특별한 관심을 기울이지 않았던 고립된 사건들에서 만들었다. 왜냐하면 그의 삶 전면은 다른 사건들과 다른 걱정들이 차지했기 때문이다. 아메리카에서 얻은 새로운 일자리, 열띤 직업 활동, 여행 준비 등.

그는 최근에 길거리에서 바바라를 만났다. 그녀는 비난하는 투로 그에게 왜 자기 집에 오지 않는지 물었다. 바바라의 집은 그녀가 주최하는 집단 섹스파티로 유명하다. 얀은 험담이 두려워서 몇 년 동안 그 초대를 거부해 왔다. 하지만 이번에는 웃으며 말했다. "그래요, 기꺼이 가지요." 그는 다시는 이 도시에 돌아오지 않으리라는 걸 알기에 이제 비밀 보장 따위는 그에게 그다지 중요하지 않았다. 그는 유쾌한 알몸 사람들

로 가득한 바바라 집을 상상했고, 떠나는 것을 그런 식으로 축
하하는 것도 나쁘지 않겠다고 생각했다.

왜냐하면 얀은 곧 떠날 것이기 때문이다. 몇 달 후면 그는
경계선을 넘을 것이다. 이런 생각을 하자 흔히 쓰는 지리적 의
미에서 사용된 경계선이라는 말은 또 다른 경계선을 생각나게
했다. 얼마 전부터 점점 더 생각하게 되는 비물질적이고 만질
수 없는 경계선.

무슨 경계선?

그가 세상에서 가장 사랑한 여자(당시 그는 서른 살이었다.)는
그에게 아주 가느다란 실이 자신을 삶에 붙들어 매고 있다고
말했다.(그 말을 듣고서 그는 거의 좌절했다.) 그렇다. 그녀는 살고
싶어 했고, 삶은 그녀에게 거대한 기쁨을 제공했다. 하지만 그
녀는 "나는 살고 싶다."라는 말이 거미줄로 짜였다는 것도 알
았다. 아주 사소한 일, 지극히 사소한 일로도 경계선 너머에
있을 수 있었다. 경계선 너머에서는 사랑, 신념, 믿음, 역사, 그
어느 것도 의미가 없었다. 인간 삶이 경계선 아주 가까이에서,
심지어 경계선과 맞닿은 곳에서 펼쳐진다는 사실에, 인간 삶
이 경계선에서 수 킬로미터 떨어진 것이 아니라 겨우 1밀리미
터 정도 떨어져 있다는 사실에 인간 삶의 모든 신비가 놓여 있
었다.

7

모든 인간에겐 두 가지 성적 전기(傳記)가 있다. 사람들은 대개 사랑의 만남과 관계 목록으로 이루어진 첫 번째 전기만 얘기한다.

더 흥미로운 것은 분명 다른 전기다. 우리가 갖고 싶었지만 갖지 못했던 여자들의 행렬, 이루어지지 못한 잠재성들의 고통스러운 역사.

하지만 세 번째 전기도 있다. 신비롭고 불안한 범주의 여자들. 그 여자들은 우리 마음에 들었고 우리도 그들 마음에 들었지만 동시에 우리는 그들을 가질 수 없다는 사실을 금세 깨달았다. 왜냐하면 그들과의 관계에서 우리가 경계선 건너편에 서게 되었기 때문이다.

얀은 기차에서 책을 읽고 있었다. 젊고 예쁜 낯선 여자가 그의 기차칸으로 와서 앉더니(마침 그의 맞은편 자리가 유일하게 남은 빈자리였다.) 그에게 고개를 까딱했다. 그도 인사를 하고는 그녀를 어디서 알았던지 기억해 내려고 애썼다. 그러다 그는 읽던 책으로 눈길을 다시 돌렸지만 잘 읽히지 않았다. 그는 호기심과 기대를 잔뜩 품은 채 여자의 시선이 여전히 그에게 고정된 걸 느꼈다.

그는 책을 덮었다. "제가 어디서 아가씨를 만났죠?"

특별한 건 전혀 없었다. 그들은 오 년 전에 별 볼일 없는 사람들 사이에서 만났다고 그녀가 말했다. 그는 그 시절을 떠올리고 그녀에게 몇 가지 질문을 던졌다. 그 당시에는 뭘 했는지, 누구를 만났는지, 지금은 어디서 일하는지, 그리고 하는 일은 흥미로운지.

그는 그런 일에 익숙했다. 그 어떤 여자와도 빠르게 불꽃을 튀게 할 줄을 알았다. 그런데 이번에는 일자리를 구하러 온 여자에게 질문을 던지는 인사과 직원이 된 듯한 느낌이 들었다.

그는 입을 다물었다. 책을 다시 펴고 읽으려고 애썼지만 그에 관한 모든 서류를 가지고서 그에게서 눈을 떼지 않는, 눈에 보이지 않는 면접관에게 관찰당하는 느낌이 들었다. 그는 억지로 페이지들을 쳐다보았다. 그 안에 무엇이 들었는지 알지 못한 채. 판관이 최종 점수 계산에 고려하기 위해 그의 침묵 시간을 인내심으로 기록하고 있다는 것을 그는 깨달았다.

그는 다시 책을 덮고 가벼운 어조로 대화를 이어 가려고 시도했는데, 그래 봤자 아무것도 얻지 못한다는 것을 다시 확인했다.

그는 너무 꽉 찬 칸에서 대화를 나누는 데서 실패가 비롯되었다고 결론지었다. 그래서 그 아가씨를 식당칸으로 초대하고 그곳에서 단둘이 한 테이블에 앉았다. 그는 조금 더 편하게 말을 했지만 그래도 불꽃을 튀기게 할 수가 없었다.

그들은 다시 돌아왔다. 그는 책을 다시 폈지만 조금 전과 마찬가지로 그 안에 무슨 내용이 들었는지 알지 못했다.

여자는 잠시 맞은편에 앉아 있더니 일어나서 창문 밖을 내다보려고 복도로 나갔다.

그는 끔찍이도 언짢았다. 그는 여자가 마음에 들었고, 그녀가 나간 것은 침묵의 호출이었을 뿐이다.

마지막 순간 그는 다시 한 번 상황을 구제해 보려고 나섰다. 그는 복도로 나갔고 그녀 곁에 섰다. 그리고 조금 전에 알아보지 못한 건 그녀가 머리 모양을 바꾸어서였던 게 분명하다고 말했다. 그는 여자 이마의 머리를 걷고 갑자기 달라 보이는 얼굴을 처다보았다.

"그래요, 이제 알아보겠어요."

물론 그는 그녀를 알아보지 못했다. 게다가 그런 것은 중요하지 않았다. 그가 원하는 건 그녀의 머리에 손을 확실하게 대고 그녀의 머리를 살짝 뒤로 젖혀서 그녀 눈을 처다보려는 것이었다.

살면서 그는 몇 번이나 여자의 머리에 손을 대고 이렇게 물었을까? "이렇게 하면 어떤 모습일지 보고 싶어요." 그 강압적인 접촉, 그 당당한 눈길은 단번에 모든 상황을 뒤집곤 했다. 그 접촉과 눈길엔 그녀를 완전히 사로잡을 장면이 싹의 형태로 담겨 있었다.

그런데 이번에는 그의 행동이 아무런 효과도 내지 못했다. 그의 눈길은 그가 자기 위로 느끼는 눈길, 그가 같은 행동을 반복한다는 것을 이미 알고, 그에게 모든 반복은 모방일 뿐이며, 모든 모방은 가치 없는 것이라고 이해시키는 면접관의 의심스러운 눈길보다 훨씬 약했다. 갑자기 얀은 젊은 여자의 눈으로 자기를 보았다. 그는 자기 눈길과 자기 동작의 가련한 판토마임을 보았다. 몇 년 동안 반복하다 보니 의미를 몽땅 잃은, 틀에 박힌 판토마임이었다. 즉흥성을, 자연스럽고 즉각적인 의미를 잃어버린 그의 동작은 그에게 갑자기 견디기 힘든 피로감을 불러일으켰다. 마치 손목에다 10킬로그램의 무거운 짐을 매단 것 같았다. 젊은 여자의 눈길은 주위 중력이 열 배로 늘어난 기이한 환경을 만들어 냈다.

계속할 방법이 더 이상은 없었다. 그는 여자의 머리를 놓고 창문 너머로 펼쳐지는 정원을 바라보았다.

기차는 목적지에 도착했다. 역에서 나오면서 그녀는 자신이 얀과 멀지 않은 곳에 산다며 자기 집으로 초대했다.

그는 거절했다.

그런 뒤 몇 주 동안 그는 줄곧 생각했다. 어떻게 자기 마음에 드는 여자를 거절할 수 있었을까?

그녀와의 관계에서 그는 경계선 밖에 있었던 것이다.

8

남자의 시선은 이미 자주 묘사되었다. 그 시선은 여자 위에 차갑게 놓이는 것 같다. 마치 그녀의 키를 재고 무게를 달고 가치를 평가하고 선택하듯이, 다시 말해 여자를 사물로 바꾸듯이.

우리가 잘 모르는 것은 여자가 이런 시선에 완전히 무장해제되지 않는다는 사실이다. 사물로 바뀐 여자는 남자를 사물의 눈으로 관찰한다. 갑자기 눈이 생긴 망치가 못을 박기 위해 자기를 사용하는 벽돌공을 뚫어져라 관찰하는 것과 같다. 벽돌공은 망치의 기분 나쁜 눈길을 보고는 자신감을 잃고 자기 손가락을 친다.

벽돌공은 망치 주인이지만 망치가 벽돌공보다 유리한 위치에 있다. 왜냐하면 도구는 자신이 어떻게 다루어져야 하는지를 정확히 아는 반면에 그것을 다루는 사람은 대략으로밖에 알지 못하기 때문이다.

바라보는 힘은 망치를 살아 있는 존재로 바꾸지만 선량한 벽돌공은 망치의 불손한 시선을 감내해야 하고 힘 있는 손으로 망치를 다시 사물로 바꾸어야 한다. 여자는 이렇게 위를 향한, 그리고 다시 아래를 향한 우주적 움직임을 경험한다고들 한다. 피조물로 변하는 사물의 비상, 그리고 피조물이 사물로 변하는 추락을.

그런데 얀에게는 벽돌공과 망치의 놀이가 더 이상 이루어질 수 없는 경우가 점점 더 자주 일어났다. 여자들은 잘 쳐다보지 않았다. 여자들은 게임을 망쳤다. 그 시절 여자들이 스스로 행동을 결정하고 여성의 해묵은 조건을 변화시키기로 결심했기 때문이었을까? 아니면 얀이 늙어서 여자들과 그들의 시선을 다르게 보기 때문일까? 세상이 변한 걸까 아니면 그가 변한 걸까?

말하기 힘든 일이다. 어쨌든 기차의 여자는 의심 가득한 경계의 눈으로 그를 째려보았고 그가 미처 망치를 들지도 못하고 놓아 버렸던 건 사실이다.

그는 최근에 파스칼을 만났는데, 파스칼은 그에게 바바라에 대한 불평을 늘어놓았다. 바바라가 파스칼을 자기 집으로 초대했는데, 거기엔 그가 알지 못하는 여자가 두 명 있었다. 그가 한참 얘기를 나누고 있는데 느닷없이 바바라가 부엌으로 가더니 옛날에 자주 보던 커다란 양철 자명종을 가져왔다. 그러곤 아무 말 없이 옷을 벗기 시작했고 두 여자도 따라했다. 파스칼이 한탄하며 말했다. "이해하겠나? 그 여자들은 열정도 없이 무심하게 옷을 벗었어. 마치 내가 개나 꽃병이라도 되는 것처럼 말이야."

그러고 나서 바바라는 그에게 옷을 벗으라고 명령했다. 그는 낯선 두 여자와 정사를 나눌 기회를 놓치고 싶지 않아서 시키는 대로 했다. 그가 알몸이 되었을 때 바바라가 그에게 자명종을 가리키며 말했다. "초침을 잘 봐. 일 분 내로 발기하지 못하면 나가!"

"여자들은 내 가랑이에서 눈을 떼지 않았어. 일 초 일 초가 흐르기 시작했고 여자들은 폭소를 터뜨렸지! 그러더니 나를 내쫓았어!"

망치가 벽돌공을 거세하기로 결심을 한 경우가 바로 그런 경우다.

"있잖아, 파스칼은 형편없는 놈이야. 그래서 난 바바라의 규율 특공대에게 은근히 호감을 느꼈지." 얀이 에드위즈에게 말했다. "더구나 파스칼과 그의 친구들은 바바라가 그에게 한 장난과 흡사한 짓을 여자들에게 했지. 여자가 왔고 정사를 나누고 싶어 했고, 그래서 그들은 옷을 벗기고 여자를 침대에 묶었지. 여자는 묶이는 것에 아랑곳하지 않았지. 유희에 속하는 것이었으니까. 추잡한 것은 그들이 그 여자에게 아무것도 하지 않았다는 거야. 그들은 그녀를 건드리지도 않았고 여러 각도에서 살피기만 했어. 여자는 강간당하는 느낌을 받았지."

"이해하겠어."

에드위즈가 말했다.

"그런데 난 그 여자들이 묶인 채 곁눈질당하면서 정말로 흥분했을 거라고 상상할 수 있어. 그와 유사한 상황에서 파스칼은 흥분하지 않았지. 그는 거세당했어."

시간이 꽤 늦었고, 두 사람은 에드위즈 집에 있었다. 반쯤 빈 위스키 병이 그들 앞 낮은 탁자 위에 놓여 있었다. "그게 무슨 얘기지?" 그녀가 물었다.

"그러니까 내 말은, 남자와 여자가 같은 행동을 할 때도 같은 것이 아니라는 얘기지. 남자는 강간하고, 여자는 거세하지."

"그러니까 남자를 거세하는 건 추잡한 일이고 여자를 강간하는 건 아름다운 일이라는 거군."

"내 말은 단지 강간은 에로티시즘에 속하지만 거세는 에로티시즘을 부정하는 거라는 얘기야."

에드위즈는 단숨에 잔을 비우더니 화를 내며 대답했다. "강간이 에로티시즘에 속한다면 모든 에로티시즘은 여성의 뜻과 반대로 이끌린다는 뜻이니 다른 에로티시즘을 만들어 내야겠네."

얀은 한 모금을 마시고 잠시 침묵을 지키더니 다시 말했다. "몇 년 전에 우리나라에서 친구들과 함께 우리 애인들이 사랑을 나누는 동안 했던 말들로 선집을 만든 적이 있어. 가장 자주 사용된 말이 무엇인지 알아?"

에드위즈는 전혀 알지 못했다.

"아냐였지. 연거푸 반복되는 아냐였어. 아냐, 아냐, 아냐, 아냐, 아냐, 아냐, 아냐……. 여자는 정사를 나누러 왔는데 남자가 품에 안았을 때 그녀는 아냐라고 말하며 그를 밀쳤고, 그 결과 모든 말 가운데 가장 아름다운 이 말의 붉은 빛을 받은 사랑 행위는 강간의 모방이 되었지. 희열에 가까웠을 때조차도 여자는 아냐, 아냐, 아냐, 아냐, 아냐라고 말했고, 아냐라고 말하며 희열을 느끼는 사람들도 많았지. 이때부터 내게는 아냐가 위풍당당한 말이 되었지. 당신도 아냐라고 말하는 버릇이 있었어?"

에드위즈는 '아냐.'라는 말을 해 본 적이 없다고 대답했다. 생각지도 않는 말을 왜 하겠어? "여자가 아냐라고 할 때는 맞다는 뜻이라는, 수컷들이 으레 쓰는 이 경구에 나는 늘 화가나. 인간 역사만큼이나 어리석은 문장이야."

얀이 응수했다.

"그렇지만 그 역사는 우리 안에 있고, 우리는 거기서 벗어날 수가 없어. 달아나고 자기 방어를 하는 여자. 자기를 내놓는 여자, 덮치는 남자. 베일을 쓰는 여자, 여자의 옷을 벗기는 남자. 이것은 우리가 우리 안에 품고 있는 해묵은 이미지들이지!"

"케케묵고 멍청한 이미지들이지! 경건한 이미지들만큼이나 멍청해! 그리고 여자들이 남자가 제시하는 모델에 따라 행동하는 데 진절머리가 나기 시작했다면 어쩔 거야? 그 영원한 반복이 역겨워졌다면? 여자들이 다른 이미지들과 다른 유희를 만들어 내고 싶어 한다면?"

"그래, 멍청하게 반복되는 멍청한 이미지들이지. 당신 말이 옳아. 하지만 여자 몸에 대한 우리 욕망이 바로 그 멍청한 이미지들에, 오직 거기에만 달렸다면 어쩌지? 우리 안에서 멍청한 그 이미지들이 파괴된다면 그래도 남자가 여자와 정사를 나눌 수 있을까?"

에드위즈는 폭소를 터뜨렸다. "별걸 다 걱정하는 것 같네."

그러더니 그녀는 엄마 같은 눈길로 그를 응시했다. "그리고 모든 남자들이 당신 같다고 상상하지 마. 남자들이 여자와 마주 대할 때 어떻지? 어때?"

얀은 남자들이 한 여자와 단둘이 마주할 때는 어떠한지 정말이지 몰랐다. 침묵이 흘렀고, 그러자 에드위즈의 얼굴 위로 행복한 미소가 떠올랐다. 저녁 시간이 꽤 되었으며 얀이 그녀 몸 위로 텅 빈 필름을 펼칠 때가 되었다는 의미였다.

잠시 생각한 뒤 그녀가 덧붙였다. "요컨대 정사를 나눈다는 건 그다지 중요하지 않아."

얀이 귀를 쫑긋 세웠다. "정사를 나눈다는 게 그다지 중요하지 않다고 생각해?"

그녀는 다정하게 웃으며 말했다. "그럼, 그다지 중요하지 않아."

그는 곧 그들의 대화를 잊었다. 방금 아주 중요한 무언가를 깨달았기 때문이다. 에드위즈에게 육체적 사랑은 하나의 기호, 우정을 확인하는 상징적 행위에 불과했던 것이다.

그날 저녁, 처음으로 그는 용기를 내어 피곤하다고 말했다. 그리고 침대 속에서 필름을 풀지 않고서 그녀 곁에 정숙한 친구처럼 누웠다. 그는 그녀의 머리카락을 쓰다듬었고 그들의 미래 위로 평온한 평화의 무지개가 떠오르는 걸 보았다.

9

　십 년 전에 결혼한 한 여자가 얀을 찾아왔다. 그들은 몇 년째 알고 지냈지만 매우 드물게 만났다. 왜냐하면 그 여자가 일을 해서 그를 만나기 위해 시간을 낼 때조차 허비할 시간이 없었기 때문이다. 그녀는 우선 소파에 앉았고 그들은 잠시 애기를 나눴다. 그렇지만 아주 잠깐 동안만이었다. 얀은 곧 일어서야 했고, 그녀에게 다가가 키스를 하고 그녀를 안아서 들어 올려야 했다.

　그런 다음 포옹을 풀고서 그들은 서로 약간 떨어져서 서둘러 옷을 벗기 시작했다. 얀은 상의를 의자 위에 던졌다. 그녀는 스웨터를 벗어서 의자 등걸이에 걸쳤다. 그는 바지 단추를 끌러서 흘러내리게 했다. 그녀는 앞으로 몸을 숙이고 스타킹을 벗기 시작했다. 그들은 둘 다 서둘렀다. 마주 보고 서서 몸을 앞으로 숙인 채 얀은 바지에서 다리를 하나씩 뺐고(그러기 위해 그는 마치 사열하는 군인처럼 다리를 아주 높이 들어올렸다.) 그녀는 스타킹을 발목까지 내리기 위해 몸을 구부리고는 다리를 천장을 향해 들어 올려 빼냈다. 꼭 그처럼.

매번 똑같았다. 그런데 어느 날, 그가 절대 잊지 못할 사소한 일이 일어났다. 그녀는 그를 쳐다보고서 웃음을 참지 못했다. 이해심과 호감이 가득 담긴, 거의 다정해 보이는 미소였고, 스스로 용서받고 싶어 하는 수줍은 미소였지만 분명히 우스꽝스러움을 보고 터져나온 웃음이었다. 그 웃음이 갑자기 무대 전체에 흘러넘쳤다. 그는 따라 웃지 않으려고 참는 것이 매우 힘들었다. 습관의 희미한 빛에서 마주 보고 기이하게 서두르며 다리를 높이 치켜드는 두 사람의 뜻하지 않은 우스꽝스러움이 두드러지는 걸 그도 보았기 때문이다. 자칫하면 그는 웃음을 터뜨릴 뻔했다. 하지만 그러고 나면 다시는 정사를 나누지 못하리라는 걸 그는 알았다. 웃음은 거대한 함정처럼 눈에 보이지 않는 얇은 칸막이 뒤에 몸을 숨긴 채 그 방에서 인내심을 품고 기다리고 있었던 것이다. 겨우 몇 밀리미터가 육체적 사랑과 웃음을 가르고 있었고 그는 그것을 넘어설까 봐 두려웠다. 몇 밀리미터가 경계선과 그를 갈라놓았다. 그 경계선 너머의 사물들에는 의미가 없었다.

그는 자신을 제어했다. 웃음을 밀어내고 바지를 던졌으며 서둘러 여자 친구를 향해 다가가서 곧장 그녀 몸을 만졌다. 그 몸의 열기가 웃음의 악마를 쫓아 줄 것이다.

10

그는 파세르의 건강 상태가 악화되고 있다는 사실을 알게 되었다. 환자는 모르핀 주사 덕에 버텼고 하루에 몇 시간 정도만 상태가 괜찮았다. 얀은 먼 병원에 있는 그를 보러 가기 위해 기차를 탔고, 가는 동안 너무도 드물게 그를 보러 간 것을 자책했다. 그는 너무 늙어 버린 파세르를 보는 것이 겁났다. 얼마 남지 않은 은빛 머리카락이 그의 머리 위에서 물결치는 곡선을 그렸다. 얼마 전만 해도 숱 많은 갈색 머리가 똑같은 곡선을 그렸더랬다.

파세르는 평소처럼 활기차게 그를 맞이했다. 그의 팔을 잡고 힘찬 걸음으로 자기 방으로 이끌었고, 두 사람은 그곳 탁자 양편에 앉았다.

얀이 파세르를 처음으로 만난 건 아주 오래전 일인데 그때 파세르는 인류의 위대한 희망에 대해 말했다. 그 얘기를 하며 그는 탁자를 주먹으로 쳤고, 탁자 위에서는 늘 열정적인 그의 커다란 눈이 빛났다. 오늘 그는 인류의 희망에 대해서가 아니라 자기 몸의 희망에 대해 말했다. 의사들은 그가 주사를 이용한 집중치료에 힘입어 큰 고통을 이겨 내고 보름의 고개를 넘기기만 하면 병을 이길 것이라고 말했다. 그 말을 얀에게 하면서 파세르는 주먹으로 탁자를 쳤고, 그의 눈은 빛났다. 몸의 희망에 관한 열정적인 이야기는 인류의 희망에 관한 이야기의 슬픈 메아리였다. 두 열정은 똑같이 헛되었고 파세르의 빛나는 눈은 두 열정 모두에 똑같이 마법의 빛을 제공했다.

그러더니 그는 여배우 한나에 대해 말하기 시작했다. 남성적인 수줍음을 보이며 그는 얀에게 마지막으로 다시 사랑에 미쳤다고 털어놓았다. 그는 미친 듯이 아름다운 여자에게 미쳤다고 했다. 가능한 모든 광기 가운데서도 가장 미친 것이라는 걸 알면서도. 그는 눈을 반짝이며 그들이 함께 보물이라도 찾듯 버섯을 찾았던 숲에 대해, 포도주를 마시기 위해 들렀던 카페에 대해 말했다.

"한나는 멋졌어! 이해하겠어? 그녀는 재촉하는 간호사 같지도 않았고, 내 불구 상태와 노쇠를 떠올리게 하는 동정어린 눈길을 보내지도 않았지. 그녀는 나와 함께 웃고 술을 마셨지. 우리는 포도주를 1리터나 마셨어! 나는 열여덟 살이 된 느낌이었지. 내 의자는 정확히 죽음의 선 위에 놓였는데 나는 노래를 하고 싶었어."

파세르는 주먹으로 탁자를 치고 반짝이는 눈으로 얀을 쳐다보았다. 그 눈 위로는 은빛 머리카락 세 가닥이 사라진 풍성

한 갈기를 그리고 있었다.

얀은 우리 모두가 죽음의 선 위에 걸터앉아 있다고 말했다. 폭력과 잔혹함과 야만성에 빠진 세상 전체가 그 선 위에 앉아 있었다. 그가 이 말을 한 것은 파세르를 사랑하기 때문이고, 주먹으로 탁자를 멋지게 내리치는 이 남자가 어떤 사랑도 받을 자격이 없는 세상보다 먼저 죽는 것이 끔찍하다고 생각했기 때문이다. 그는 파세르의 죽음이 조금이라도 견딜 만하게 느껴지도록 세상의 종말이 가까웠다고 보이게 하려고 애썼다. 하지만 파세르는 세상의 종말을 받아들이지 않았고, 그는 주먹으로 탁자를 내리치고 다시금 인류의 희망에 대해 말하기 시작했다. 그는 우리가 대변혁의 시대를 산다고 말했다.

얀은 변하는 것에 대한 파세르의 감탄에 한 번도 공감한 적이 없었다. 하지만 그는 변화에 대한 그의 욕망을 사랑했다. 거기서 가장 오래된 인간 욕망을 보았기 때문이다. 그 욕망을 사랑하면서도 그는 그에게서 그 욕망을 훔쳐 내고 싶었다. 이제 파세르의 의자는 죽음의 선 위에 놓여 있었기 때문이다. 파세르가 잃어 가는 삶을 조금 덜 아쉬워하게 하기 위해 얀은 미래가 더러워지는 걸 그에게 보여 주고 싶었다.

얀은 말했다. "우리가 위대한 시대를 살고 있다고 사람들은 항상 얘기하지. 클레비스는 유대-기독교 시대의 종말을 얘기하고 다른 사람들은 전 세계적인 혁명과 공산주의에 대해 말하지. 하지만 이 모두 다 어리석은 짓거리야. 이 시대가 변혁기라면 전혀 다른 이유에서지."

파세르는 반짝이는 눈길로 그의 눈을 쳐다보았다. 그의 눈

위에서 은빛 머리칼 세 가닥이 갈기의 기억을 그리고 있었다.

얀은 말을 이었다. "영국 귀족 이야기 알아?"

파세르는 주먹으로 탁자를 치며 그 이야기는 모른다고 말했다.

"첫날밤을 보낸 뒤 어떤 영국 귀족이 아내에게 말했지. 부인, 당신이 임신했기를 바랍니다. 이 우스꽝스러운 동작을 다시는 반복하고 싶지 않소."

파세르는 웃었지만 주먹으로 탁자를 치지는 않았다. 그 일화는 그의 열광을 불러일으키지 않았다.

얀은 이어서 말했다. "사람들이 나한테 세계 혁명에 대해 얘기하지 말았으면 좋겠어! 우리는 성행위가 결정적으로 우스꽝스러운 동작으로 변하는 위대한 역사적 시기를 살고 있으니까."

미묘한 미소가 파세르의 얼굴에 나타났다. 얀은 그 미소를 잘 알았다. 기쁘거나 동의하는 미소가 아니라 관용의 미소였다. 둘은 늘 멀리 떨어져 있었다. 그들의 차이점이 너무도 분명하게 드러나는 드문 순간에 그들은 서로 이런 미소를 지어 보였다. 그들의 우정이 위험에 처하지 않았다는 것을 확인하기 위해.

11

왜 경계선의 이미지가 그의 눈앞에 줄곧 나타나는 걸까?

그는 자신이 늙어 가기 때문이라고 생각했다. 사물들은 반복되면서 매번 의미의 일부를 잃는다. 아니면 좀 더 정확히 말하자면 그들에게 의미의 환상을 제공해 주는 생명력을 한 방울씩 잃는다. 얀에 따르면 경계선이란 반복을 받아들일 만한 최대 용량을 뜻한다.

그는 어느 날 어떤 공연을 보았는데, 한창 공연 중에 매우 재능 있는 희극 배우가 갑자기 매우 천천히, 극도로 몰두해서 수를 세기 시작했다. 하나, 둘, 셋, 넷…… 그는 수를 하나 셀 때마다 마치 그 수가 그에게서 빠져나가듯 굉장히 몰두한 표정으로 발음했다. 그리고 주변 공간에서 수를 찾았다. 다섯, 여섯, 일곱, 여덟…… 열다섯에서 관중은 웃기 시작했고, 그가 느리게, 점점 더 몰두한 표정으로 100에 이르렀을 때 사람들은 의자에서 꼬꾸라지며 웃었다.

다른 공연에서 똑같은 배우가 피아노에 앉아서 왼손으로 왈츠 곡을 연주하기 시작했다. 탐타담, 탐타담. 그의 오른손은 축 늘어져 있었고, 아무런 멜로디도 들리지 않았으며, 똑같은 탐타담, 탐타담만 계속해서 반복되었다. 그러다 그는 마치 그 왈츠 반주가 감동과 박수갈채와 열광을 받아 마땅한 눈부신 음악이라도 되는 듯이 의미심장한 눈길로 관중을 바라보았다. 그는 쉬지 않고 연주했다. 스무 번, 서른 번, 오십 번, 백 번째 똑같은 탐타담, 탐타담을 연주하자 관중은 자지러지며 웃었다.

그렇다. 경계를 넘어섰을 때 피할 길 없는 웃음이 터져 나왔다. 하지만 더 멀리 간다면 어떨까? 웃음 너머까지?

얀은 그리스 신들이 처음에는 인간의 모험에 열정적으로 개입했다고 상상한다. 그러다 그들은 올림푸스 산에 머물며 아래를 내려다보았고 크게 웃었다. 오늘날 그들은 오래전부터 잠들어 있다.

그러나 내 생각에는 얀이 경계를 어떤 지점에서 인간 삶을 자르는 선으로 보고, 그것이 시간 속 균열을 가리킨다고, 인간 삶이라는 시계에서 정확한 초라고 상상한 거라면 잘못 생각한 것 같다. 아니다. 나는 오히려 경계가 시간과 우리의 나이와 무관하게 항상 우리와 함께 있다고, 그것이 상황에 따라 더 눈에 띄기도 하고 덜 눈에 띄기도 할지언정 도처에 편재한다고 확신한다.

얀이 무척이나 사랑한 여자의 말이 옳았다. 그녀는 자신을 삶에 붙들어 두는 것은 거미줄에 불과할 뿐이라고 말했다. 아주 사소한, 아주 미미한 바람만 불어도 사물들은 아주 조금씩 움직여서 일 초 전만 해도 우리가 목숨이라도 바쳤을 사물이 갑자기 아무것도 아닌 무의미처럼 보이는 것이다.

얀에게는 그와 마찬가지로 옛 조국을 떠나서 잃어버린 자유를 위해 투쟁에 모든 시간을 바친 친구들이 있다. 그들 모두가 그들을 조국과 잇는 관계가 허상이었을 뿐이며, 그들이 자신들과 상관없는 무언가를 위해 죽을 준비가 된 것은 남은 습관일 뿐이라고 느낀 적이 있었다. 그들은 모두 그 감정을 알았고, 동시에 그것을 안다는 사실을 두려워했다. 그들은 경계를 보고 경계 너머로 미끄러져 들어갈까 봐 겁이 나서 고개를 돌렸다. 경계 너머에서는 고문당한 그들 민족의 언어가 이미 새들의 지저귐처럼 아무 의미 없는 소음일 뿐이었다.

얀이 경계를 '반복이 받아들일 만한 최대 용량'이라고 정의한다면 나는 그것을 수정하지 않을 수 없다. 경계는 반복의 결과가 아니다. 반복은 경계를 눈에 보이게 만드는 방식들 가운데 하나일 뿐이다. 경계선은 먼지로 뒤덮였고, 반복은 그 먼지를 터는 손짓과 같다.

나는 얀에게 그의 어린 시절로 거슬러 올라가는 그 놀라운 경험을 상기하고 싶다. 당시 그는 열세 살쯤 되었다. 다른 행성들에 생명체가 산다는 얘기들이 있었고, 그는 그 외계인들 몸에 지구 주민인 인간 몸보다 에로틱한 부위가 훨씬 더 많다는 생각을 하면서 놀았다. 당시 그는 아이였고 발가벗은 무용수 사진 앞에서 남몰래 흥분하곤 했는데, 성기 하나와 젖가슴

두 개라는 너무도 단순한 삼위일체를 갖춘 지구 여자가 관능성의 빈곤에 괴로워한다는 느낌을 받았다. 그는 몸에 그 가련한 삼각형이 아니라 열 개, 혹은 스무 개의 에로틱한 지점이 있어서 바라보는 눈길에 고갈되지 않을 흥분을 제공할 피조물을 꿈꾸었다.

이 말을 통해 나는 그가 오래도록 동정(童貞)을 지키는 동안에도 이미 여성 몸에 대해 질린다는 것이 무엇인지를 깨달았다는 말을 하려는 것이다. 그는 성적 쾌락을 알기도 전에 이미 생각으로 흥분의 끝에 도달했던 것이다.

따라서 그는 유년기 후로 그의 눈길이 미치는 거리에 그 신비한 경계를 둔 채 살았다. 그 경계를 넘어서면 여성의 젖가슴은 상체에 매달린 물컹한 살덩어리일 뿐이다. 경계는 첫 시작부터 그의 숙명이었다. 열세 살에 여자 몸에서 다른 에로틱한 지점을 꿈꾸던 얀은 훗날의 서른 살 얀만큼 여자를 잘 알았다.

12

바람이 불었고 온통 진흙투성이였다. 장례 행렬은 열린 무덤 앞에서 반원을 그렸다. 얀은 거기 있었다. 그리고 그의 모든 친구들, 여배우 한나, 클레비스 가족, 바바라, 그리고 물론 파세르 가족도 있었다. 그의 아내와 우는 아들과 그리고 딸이.

닳아서 해진 옷을 입은 두 남자가 관이 얹힌 밧줄을 들어올렸다. 그러자 손에 종이를 한 장 들고 서 있던 신경질적인 한 사람이 무덤 가까이 다가와 인부들을 향해 돌아서더니 종이를 들고 큰 소리로 읽기 시작했다. 인부들은 그를 쳐다보며 관을 무덤 옆에 내려놓아야 할지 몰라 잠시 망설였다. 그러다 그들은 관을 구덩이 속으로 천천히 내려놓기 시작했다. 죽은 사람에게 또다시 네 번째 연설을 듣는 의무를 면제해 주기로 결심한 듯이.

관이 갑자기 사라지자 연설자는 당황했다. 그의 연설문 전체가 이인칭 단수로 작성되어 있었다. 연설문은 죽은 사람에게 직접 말하면서 그에게 약속을 하고, 그를 지지하고, 그를 안심시키고, 그에게 감사하고, 가정된 그의 질문들에 답했다. 관이 구덩이 바닥에 이르자 인부들은 밧줄을 빼내고는 무덤 가까이에 꼼짝 않고 겸손하게 섰다. 연설자가 격분해서 그들을 쩨려보고 있다는 것을 깨닫고서 그들은 겁먹은 채 고개를 숙였다.

상황의 야릇함을 깨달을수록 연설자는 그 우중충한 두 사람에게 관심이 쏠렸다. 그래서 다른 곳을 보기 위해 애써야만 했다. 그는 반원을 그리는 장례 행렬을 향해 돌아섰다. 그런데 그렇게 해도 이인칭으로 쓰인 그의 연설의 울림은 나아지지 않았다. 왜냐하면 사라진 소중한 사람이 군중 어딘가에 숨어 있는 것 같은 느낌이 들었기 때문이다.

연설자는 어느 쪽을 바라봐야 했을까? 그는 연설문을 외우고 있었음에도 불안하게 종이를 보며 눈을 글에다 고정했다.

모인 사람들은 변덕스러운 돌풍 때문에 더욱 짜증이 났다. 아버지 클레비스는 머리에 모자를 세심하게 눌러쓰고 있었다. 그런데 세찬 바람이 모자를 벗겨 열린 무덤과 첫 줄에 선 파세르 가족 사이로 실어 갔다.

처음에 그는 사람들 사이로 슬며시 들어가서 모자를 주워 올 생각이었지만 그런 행동은 그가 친구를 기리는 진지한 의식보다 모자를 더 중요하게 여기는 것처럼 보일지도 모른다는 걸 깨달았다. 따라서 아무것도 알아차리지 못한 것처럼 가만히 남아 있기로 결심했다. 그런데 그것은 좋은 해결책이 되

지 못했다. 모자가 무덤 앞 황량한 공간에 덩그러니 놓이고부
터 사람들은 더욱 신경이 쓰여 연설자의 말을 전혀 들을 수가
없었다. 모자가 예의 바르게 꼼짝하지 않는데도 그 모습은 클
레비스가 모자를 줍기 위해 몇 발짝을 걸었을 경우보다 사람
들의 의식을 훨씬 더 심각하게 방해했다. 결국 그는 그의 앞에
선 사람에게 "미안합니다."라고 말하고 무리에서 빠져나왔다.
그렇게 그는 무덤과 행렬 사이 빈 공간에 (작은 무대와 흡사한)
있게 되었다. 그는 몸을 숙이고 바닥을 향해 팔을 뻗었다. 그
런데 바로 그때 바람이 다시 불기 시작하더니 모자를 더 멀리
날려 연설자 발밑에 갖다 놓았다.

　이제는 누구도 아버지 클레비스와 그의 모자 외에는 다른
것을 생각할 수가 없었다. 연설자는 모자에 대해서는 전혀 알
지 못했지만 청중 사이에서 무슨 일이 일어났다는 것은 느꼈
다. 그는 종이에서 눈을 들었고, 웬 낯선 사람이 두어 발짝 떨
어진 그 앞에 서서 마치 덤벼들 듯이 그를 쳐다보고 있는 걸
보고 깜짝 놀랐다. 그는 다시 얼른 눈을 종이 위로 떨구었다.
눈을 다시 들면 그 믿기 힘든 환영이 사라지기를 바라면서 말
이다. 그런데 눈을 다시 들어도 남자는 여전히 그의 앞에 서서
여전히 그를 바라보고 있었다.

　아버지 클레비스는 앞으로 나아갈 수도 뒤로 물러설 수도
없었다. 그는 연설자 발밑에 몸을 던지는 건 무례하고 모자 없
이 돌아가는 건 우스꽝스럽다고 생각했다. 따라서 결정을 내
리지 못한 채 바닥에 못 박힌 듯 그 자리에 꼼짝 않고 남아서
해결책을 찾으려고 헛되이 애썼다.

그는 누군가 그를 도우러 오기를 바랐다. 인부들 쪽으로 힐끔 눈길을 던졌다. 그들은 구덩이 반대편에서 꼼짝 않고 연설자의 발만 뚫어져라 쳐다보고 있었다.

그때 다시 돌풍이 불더니 모자는 서서히 구덩이 가장자리를 향해 갔다. 그는 서둘러 한 걸음을 걸었고 팔을 뻗으며 몸을 숙였다. 모자는 달아났고, 다시 달아나더니 거의 그의 손에 닿을 듯한 순간에 묘 가장자리를 따라 미끄러져 구덩이 속으로 떨어졌다.

클레비스는 마치 모자를 부르려는 듯이 다시 한 번 팔을 뻗었다. 그러다 그는 갑자기 모자가 존재한 적이 없었던 것처럼, 그가 아주 사소한 우연 때문에 구덩이 가장자리에 있게 된 것처럼 행동하기로 마음먹었다. 그는 절대적으로 자연스럽고 편안한 태도를 보이고 싶었지만 그러기가 힘들었다. 모든 시선이 그에게 쏠려 있었기 때문이다. 그의 얼굴은 경직되었다. 그는 아무도 보지 않고 파세르 아들이 울고 있는 첫 줄로 가서 자리했다.

달려들 것 같던 남자의 위협적인 유령이 사라지자 종이를 든 인물은 냉정을 되찾았고 마지막 문장을 말하기 위해 전혀 듣지 않는 군중을 향해 눈을 들었다. 인부들을 향해 돌아보며 그는 아주 엄숙한 어조로 선언했다. "빅토르 파세르, 당신을 사랑했던 사람들은 결코 당신을 잊지 않을 겁니다. 그대를 덮는 흙이 가볍기를!"

그는 무덤 가장자리에 작은 삽이 박힌 흙더미 위로 몸을 숙이고 삽으로 흙을 떠서 구덩이 위로 몸을 기울였다. 그때 숨죽인 웃음으로 행렬이 들썩였다. 사람들은 모두 흙을 뜬 삽을 든 채 굳어 버린 연설자가 아래를 내려다보며 구덩이 바닥에 놓인 관과 관 위에 놓인 모자를 보았으리라 상상한 것이다. 꼭 죽은 사람이 품위를 지키려고 엄숙한 시간 동안 맨머리로 있고 싶어 하지 않은 모양새였다.

연설자는 웃음을 참고 파세르의 머리가 모자에 정말로 덮여 있기라도 한 듯 모자 위로 흙이 떨어지지 않도록 주의하며 흙을 관 위로 던졌다. 그런 다음 삽을 미망인에게 넘겼다. 그렇다. 그들은 모두 끝까지 유혹의 성배를 마셔야만 했다. 모두가 웃음과 끔찍한 싸움을 벌여야 했다. 모두가 그랬다. 거기엔 미망인도 울고 있던 아들도 포함되었다. 그들은 삽으로 흙을 떠서 웅덩이로 몸을 숙여야 했다. 웅덩이엔 관이 있고, 관 위에는 모자가 놓였다. 마치 파세르가 그 불굴의 낙천적이고 활달한 기질을 발휘해 머리를 내밀고 싶어 한 것 같았다.

13

바바라의 빌라에 스무 명 남짓한 사람이 모였다. 모두가 거실에 있었다. 긴 의자나 소파나 아니면 바닥에 앉아 있었다. 한가운데에는 사람들의 산만한 눈길을 받으며 시골 마을에서 온 한 여자가 분주하게 움직이며 있을 수 있는 온갖 방식으로 몸을 비틀어 댔다.

바바라는 넓은 플러시 천 안락의자에 앉아 있었다. "좀 처지는 것 같지 않아?" 엄격한 눈빛을 여자에게 던지며 그녀가 말했다.

여자애는 그녀를 바라보더니 몸을 한 바퀴 빙 돌렸다. 그런 식으로 그곳에 자리한 모든 사람들을 가리키며 그들의 무관심과 산만한 표정에 불만을 표시하는 것 같았다. 하지만 바바라의 엄중한 눈은 무언의 변명을 받아들이지 않았고, 여자는 표현력이 부족하고 의미를 알 수 없는 동작을 계속하며 블라 우스 단추를 풀기 시작했다.

이때부터 바바라는 그 여자에 대해 신경 쓰지 않고 자리한 모든 사람에게 눈길을 번갈아 가며 돌렸다. 그 눈길을 감지하고 사람들은 수다를 멈추었고 옷을 벗고 있는 여자를 향해 고분고분히 눈동자를 돌렸다. 잠시 후 바바라는 자기 치마를 들어 올리고 손을 허벅지 사이에 넣고는 다시 도발적인 눈으로 거실 구석구석을 보았다. 그녀는 자신의 시범을 따라하는지 보려고 그녀의 체조 선수들을 주의 깊게 관찰했다.

마침내 일이 시작되었다. 느리면서 확실하고 고유한 리듬에 따라. 시골 여자는 이미 오래전에 알몸이었고 웬 남자의 품에 누워 있었다. 다른 여자들은 다른 방으로 흩어졌다. 그런데 바바라는 곳곳에 끼어들어 언제나 경계를 게을리하지 않고 지극히 까다롭게 굴었다. 그녀는 손님들이 짝을 지어 자기들만의 구석으로 숨는 걸 받아들이지 않았다. 그녀는 얀이 어깨를 끌어안고 있는 한 젊은 여자에게 화를 냈다. "둘이서만 머리를 맞대고 싶다면 그 사람 집으로 가! 여기에선 단체로 즐기는 거야!" 그녀는 여자 팔을 잡고 다른 방으로 데려갔다.

얀은 호감 가는 대머리 청년의 눈길을 느꼈다. 그도 멀리 떨어져 앉아서 바바라의 개입을 지켜보고 있었다. 그들은 서로에게 웃었다. 대머리가 다가왔고, 얀이 그에게 말했다. "바바라 총사령관."

대머리가 웃음을 터뜨리더니 말했다. "올림픽 게임을 위해 우리를 준비시키는 코치죠."

그들은 함께 바바라를 보며 그녀의 다음 행동을 관찰했다.

그녀는 정사를 나누는 한 남자와 여자 곁에 무릎을 꿇고 앉더니 두 사람 얼굴 사이로 그녀의 머리를 집어넣고 여자의 입술에 입을 밀착했다. 바바라를 한껏 배려한 남자는 바바라가 그녀를 혼자 차지하고 싶어 한다고 생각하고서 파트너에게서 떨어졌다. 바바라는 여자를 품에 안고 자기 쪽으로 끌어당겼다. 두 여자는 옆으로 누워 몸을 서로에게 밀착했다. 한편 남자는 여자들 앞에 겸허하고 정중하게 서 있었다. 바바라는 여자에게 키스를 계속하며 들어 올린 손으로 허공에다 원을 그렸다. 남자는 그것이 그에게 보내는 호출이라는 것은 이해했지만 남으라는 건지 가라는 건지 알지 못했다. 그는 주의를 집중해서 점점 더 단호하고 초조하게 움직이는 손을 관찰했다. 바바라는 결국 여자 입에서 입술을 떼고 자신이 바라는 것을 큰 소리로 표현했다. 남자는 그 뜻에 따라 다시 바닥에 미끄러지듯 내려가더니 여자 뒤로 붙었고, 이제 여자는 그와 바바라 사이에 포로가 되었다.

"우리는 모두 바바라 꿈의 등장인물들이군요."

얀이 말했다.

"그래요."

대머리가 대답했다.

"하지만 완벽하게 맞아떨어지는 적이 없죠. 바바라는 자기 시계 바늘들을 움직여야 하는 시계공 같지요."

남자의 자세를 바꾸는 데 성공하자 바바라는 열정적으로 키스를 하던 여자에게 즉각 무관심해졌다. 그녀는 일어나더니 거실 모퉁이에서 불안하게 서로 몸을 맞대고 웅크린 아주 젊은 연인에게 다가갔다. 그들은 옷을 반쯤밖에 벗지 않았고 청년은 자기 몸으로 아가씨를 가리려고 애쓰고 있었다. 오페라 장면에서 단역들이 소리는 내지 않고 입만 벌리고서 활발한 대화를 나누는 것처럼 보이기 위해 과장되게 손을 움직이는 것같이 그들은 자신들이 서로에게 완전히 빠졌다고 믿게 하기 위해 무진 애쓰고 있었다. 그들이 바라는 건 다만 눈에 띄지 않고 다른 사람들에게서 벗어나는 것뿐이었다.

바바라는 그들의 술책에 속지 않았다. 그녀는 그들 곁에 무릎을 꿇고 잠시 그들의 머리를 쓰다듬었고 뭔가를 얘기했다. 그러곤 옆방으로 사라지더니 벌거벗은 세 남자들을 데리고 돌아왔다. 그녀는 두 연인 곁에 다시 무릎을 꿇고 앉더니 청년의 머리를 두 손으로 잡고 키스를 했다. 세 알몸 남자는 그녀의 시선이 던지는 말없는 지시에 따라 여자 위로 몸을 숙이더니 나머지 옷을 벗겼다.

대머리가 말했다.

"이게 끝나고 나면 모임이 있을 겁니다. 바바라가 우리 모두를 불러서 자기 주변에 동그랗게 앉게 한 다음 우리 앞에 서서 안경을 쓰고 우리가 잘하고 못한 것을 분석할 것이고 열심히 한 학생들은 칭찬하고 게으른 학생들에겐 비난을 나눠 줄 겁니다."

수줍은 두 연인은 마침내 다른 사람들과 자신들의 몸을 나누었다. 바바라는 그들을 버려 두고 두 남자를 향해 왔다. 그녀는 얀에게 짧게 미소를 던지고 대머리에게 다가갔다. 거의 동시에 얀은 자기 살갗에서, 옷을 벗음으로써 저녁 모임 시작을 알렸던 시골 여자의 섬세한 접촉을 느꼈다. 그는 바바라의 커다란 시계가 꽤 괜찮게 작동한다고 생각했다.

　시골 여자는 열정적으로 그에게 몰두했다. 하지만 그의 눈은 줄곧 거실 다른 쪽을, 대머리 쪽을 바라보고 있었다. 대머리의 성기는 바바라의 손이 열심히 작업해 놓았다. 두 커플은 같은 상황에 처해 있었다. 두 여자는 상체를 숙이고 똑같은 동작으로 똑같은 것에 몰두했다. 꼭 꽃밭 위로 몸을 숙이고 열심히 일하는 정원사들 같았다. 한쪽 커플은 다른 쪽 커플의 거울 속에 비친 이미지와 다름없다. 두 남자의 눈길이 마주쳤고, 얀은 대머리의 몸이 웃음 때문에 떨리는 걸 보았다. 하나의 사물과 그것이 거울 속에 비친 모습처럼 그들은 서로 이어져 있었기 때문에 한쪽이 떠는데 다른 쪽도 떨지 않을 수 없었다. 얀은 그를 애무하는 젊은 여자가 기분 상하지 않도록 고개를 돌렸다. 하지만 거울에 비친 그의 모습은 저항할 수 없을 정도로 그를 끌어당겼다. 그는 다시 그쪽을 쳐다보았고 웃음을 참느라 커다랗게 뜬 대머리의 눈을 보았다. 그들은 최소한 다섯 배는 되는 텔레파시로 연결되어 있었다. 각자는 상대가 생각하는 것을 알 뿐만 아니라 상대가 그것을 안다는 것도 알았다. 그들이 얼마 전에 바바라에게 한 모든 비교가 그들 머릿속에 떠올랐고 그들은 새로운 비교도 발견했다. 그들은 성당에서 사제가 면병을 들어 올릴 때 그렇듯이 여기서도 웃음이 불경스러울 수 있다는 걸 알기에 서로의 눈길을 피하면서 서로를 쳐다보았다. 하지만 이 비교가 그들 두 사람 머리에 떠오르자마자 그들은 더욱더 웃고 싶을 뿐이었다. 그들은 너무 약했다.

웃음이 훨씬 강했다. 그들의 몸은 저항할 수 없이 움찔거리기 시작했다.

바바라는 파트너의 머리를 쳐다보았다. 대머리는 참지 못하고 제대로 웃어 버렸다. 그녀는 악의 원인이 어디 있는지 짐작한 듯이 얀을 향해 돌아보았다. 바로 그 순간 시골 여자가 그에게 중얼거렸다. "왜 그래요? 왜 울어요?"

하지만 바바라는 이미 그의 곁에 와 있었다. 그녀가 이를 악물고 말했다. "파세르의 장례식에서 일어난 수작을 나한테 하려는 거야!

"화내지 마."

얀이 말했다. 그러곤 그는 웃었고, 그의 뺨을 타고 눈물이 흘러내렸다.

그녀는 그에게 나가 달라고 했다.

14

아메리카로 떠나기 전에 얀은 에드위즈를 바닷가로 데려갔다. 그곳은 버려진 섬이었다. 그곳에는 작은 마을들이 있고, 양들이 무기력하게 풀을 뜯는 풀밭이 있고, 울타리를 친 해변에 호텔이 단 하나 있을 뿐이었다. 그들은 그곳에 각자 방을 빌렸다.

그는 그녀 방의 문을 두드렸다. 침실 안쪽에서 그녀의 목소리가 들어오라고 했다. 처음엔 아무도 보이지 않았다. "오줌 누고 있어." 문이 반쯤 열린 화장실에서 그녀가 그에게 소리쳤다.

그는 그것을 잘 알았다. 그녀 집에 사람들이 많을 때에도 그녀는 오줌 누러 간다고 태연하게 말했고, 화장실 문을 반쯤 열어 놓고 수다를 떨었다. 그것은 교태도 아니고 외설스러운 행동도 아니었다. 오히려 그 반대였다. 교태와 외설의 완벽한 폐지였다.

에드위즈는 짐처럼 인간을 짓누르는 전통을 받아들이지 않았다. 그녀는 발가벗은 얼굴은 순결하지만 발가벗은 엉덩이는 외설스럽다고 받아들이길 거부했다. 그녀는 왜 우리 눈에서 흐르는 짠 액체는 숭고한 시가 되고, 반면에 우리 배에서 나오는 액체는 혐오감을 불러일으키는지 알지 못했다. 이 모든 것이 그녀에게는 어리석고 인위적이며 사리에 어긋나는 것처럼 보였고, 그래서 반항하는 여자애가 가톨릭 기숙학교의 내부 규정을 대하듯 그 관습들을 대했다.

화장실에서 나오면서 그녀가 얀에게 웃어 보이고 입 맞추도록 두 뺨을 내주었다. "해변에 갈까?"

그는 좋다고 했다.

"옷은 우리 집에다 놔둬."

그녀가 가운을 벗으며 말했다. 가운 속 그녀는 알몸이었다.

얀은 다른 사람들 앞에서 옷 벗는 것을 언제나 약간 이상하게 생각했지만 에드위즈가 마치 편안한 실내 가운을 입은 것처럼 알몸으로 오가는 것이 부러웠다. 그녀는 옷을 입었을 때보다 벗었을 때 훨씬 더 자연스러워 보이기까지 했다. 마치 옷을 벗으면서 그녀는 성적 특성을 벗은 인간이 되기 위해 여성의 힘겨운 조건을 벗어던지는 것 같았다. 마치 성(性)은 옷 속에 있고, 알몸은 성적 중립 상태인 것 같았다.

그들은 알몸으로 계단을 내려가서 해변으로 갔다. 해변에는 벌거벗은 사람들이 쉬고, 산책하고, 수영을 하고 있었다. 벌거벗은 어머니와 아이들, 벌거벗은 할머니와 벌거벗은 손자들, 벌거벗은 청년들과 노인들. 아름답고 다양한 엄청나게 많은 젖가슴이 있었다. 아름답고, 덜 아름답고, 추하고, 크고, 쪼그라든 젖가슴들. 얀은 젊은 젖가슴 옆에선 늙은 젖가슴이 젊어 보이는 게 아니라 오히려 젊은 젖가슴이 더 늙어 보이고, 모두가 함께 있으니 똑같이 이상하고 의미 없어 보인다는 것을 깨닫고 우울한 기분이 들었다.

그는 또 다시 경계에 대한 불가사의하고 막연한 생각에 사로잡혔다. 그는 정확히 경계선에 서서 경계를 넘어서고 있는 것 같은 느낌이었다. 또한 묘한 슬픔에 사로잡혔는데 그 슬픔으로부터 마치 안개에서 솟아나듯 더욱 기이한 생각이 솟아났다. 유대인들이 가스실로 갈 때도 무리를 지어 발가벗고 갔다는 생각이었다. 그 영상이 왜 그렇게 집요하게 머리에 떠오르는지, 그것이 정확히 무슨 의미인지 그는 알지 못했다. 어쩌면 그 영상은 그에게 바로 그 순간 유대인들도 경계선 너머에 있었으며, 따라서 알몸은 경계 건너편 남녀의 유니폼이라고 말하려는 건지도 몰랐다. 알몸이 수의라고 말이다.

해변에 흩어진 알몸들 때문에 느껴지는 슬픔을 얀은 점점 더 견디기 힘들어졌다. 그는 말했다. "정말 이상해. 이곳의 저 모든 알몸들 말이야……."

에드위즈가 동의했다. "그래. 더 이상한 것은 저 모든 몸들이 아름답다는 거야. 봐 봐, 늙은 몸조차 병든 몸조차 몸이 그저 몸이기 때문에, 옷을 벗은 몸이기 때문에 아름다워. 자연처럼 아름다워. 오래된 나무도 젊은 나무만큼이나 아름답고, 병든 사자도 여전히 동물의 왕이지. 인간의 추함은 옷의 추함이야."

에드위즈와 그는 결코 서로를 이해하지 못했다. 그럼에도 언제나 뜻을 같이했다. 각자가 상대 말을 자기 식으로 해석해서 그들 사이에는 놀라운 조화가 유지되었다. 몰이해 위에 세워진 경이로운 연대였다. 그들은 그것을 잘 알았고, 그에 거의 흡족해했다.

그들은 천천히 해변을 걸었다. 발 아래로 모래가 뜨거웠고, 숫염소의 울음소리가 바다 소리에 뒤섞였으며, 올리브 나무 그늘 아래에서 지저분한 양 한 마리가 말라붙은 풀을 뜯고 있었다. 얀은 다프니스가 생각났다. 그는 클로에의 알몸에 매료된 채 누워 있었고 흥분했지만 그 흥분이 그를 어디로 부르는지 알지 못했다. 끝도 없고 누그러지지도 않으며 끝없이 무한히 펼쳐지는 흥분이었다. 엄청난 향수가 얀의 심장을 죄어 왔고 그는 뒤로 돌아가고 싶은 마음이 들었다. 뒤로, 어린아이로. 뒤로, 인간의 시작으로, 자기 자신의 시작으로, 사랑의 시작으로. 그는 욕망을 욕망했다. 심장의 두근거림을 욕망했다. 그는 클로에 곁에 누워서 육체적 사랑이 무엇인지 모르고 싶었다. 성적 쾌락이 무엇인지 모르고 싶었다. 그저 흥분으로, 여자의 몸 앞에서 불가사의하고 이해 불가능하고 기적적인 남자의 흥분으로 변하고 싶었다. 그는 크게 외쳤다. "다프니스!"

양은 마른 풀을 뜯고 있었고, 얀은 다시 한 번 한숨을 내쉬며 말했다. "다프니스, 다프니스……."

"다프니스라고 했어?"

"그래. 다프니스라고 했어."

"맞아. 그에게로 돌아가야 해. 인간이 기독교에 아직 훼손되지 않았던 곳으로 가야 해. 이 말을 하려는 거지?"

"그래."

전혀 다른 것을 말하고 싶었던 얀이 대답했다.

"그곳엔 어쩌면 아직 자연적인 작은 낙원이 있을지도 몰라. 양떼와 양치기들. 자연에 속하는 사람들. 감각의 자유. 당신한테는 이게 다프니스지, 그렇지?"

그는 다시금 그가 말하려던 것이 바로 그것이라고 확인해주었다. 그러자 에드위즈가 말했다. "그래, 당신 말이 맞아. 이곳은 다프니스의 섬이야!"

그는 오해에 토대를 둔 그들의 공감을 발전시키는 것이 재미있어서 덧붙여 말했다. "우리가 머무는 호텔은 건너편이라고 불러야 할 거야."

"그래! 우리 문명의 감옥 건너편 말이지!"

에드위즈가 열광하며 외쳤다.

몇 안 되는 벌거벗은 사람들이 무리 지어 그들에게 다가오고 있었다. 에드위즈는 그들에게 얀을 소개했다. 사람들은 그와 악수를 하고, 인사를 했으며 자신들의 신분을 밝혔고 반갑다고 말했다. 그런 뒤 다양한 주제에 대해 얘기했다. 수온, 영혼과 육체를 갈라 놓는 사회의 위선, 섬의 아름다움에 대해.

이 마지막 주제에 관해서 얘기할 때 에드위즈가 말했다. "얀이 방금 이곳을 다프니스의 섬이라고 했어요. 난 그의 말이 옳다고 생각해요."

모두가 그 발견에 기뻐했고, 엄청나게 배가 나온 한 남자가 서양 문명은 멸망할 것이며 인류는 유대-기독교 전통의 예속적인 짐에서 마침내 해방될 것이라는 생각을 전개했다. 그것은 얀이 이미 열 번, 스무 번, 서른 번, 백 번, 오백 번, 천 번 들었던 문장들이었고, 이 몇 미터의 해변은 곧 강의실로 변했다. 남자는 말을 했고, 다른 사람들은 관심을 보이며 들었다. 그들의 벌거벗은 성기들은 바보스럽고도 슬프게 노란 모래밭을 내려다보고 있었다.

옮긴이 백선희   프랑스 그르노블 3대학에서 불문학 석사와 박사 과정을 마치고
전문 번역가로 일하고 있다. 옮긴 책으로는 『단순한 기쁨』, 『청춘. 길』,
『풍요로운 가난』, 『앙테크리스타』, 『아프리카 트렉』, 『행복을 위한 변명』,
『텔레비전과 동물원』, 『스물아홉, 그가 나를 떠났다』, 『무거움과 가벼움에
관한 철학』, 『쇼핑의 철학』, 『안경의 에로티시즘』, 『하늘의 뿌리』,
『예상표절』, 『셜록 홈즈가 틀렸다』, 『햄릿을 수사한다』,
『나가사키』 등이 있다.

밀란 쿤데라 전집   Milan Kundera   05

웃음과 망각의 책

1판 1쇄 펴냄 2011년 11월 25일
2판 1쇄 찍음 2026년 2월 20일
2판 1쇄 펴냄 2026년 3월 10일

지은이   밀란 쿤데라
옮긴이   백선희
발행인   박근섭 · 박상준
펴낸곳   (주)민음사

출판등록   1966. 5. 19. 제16-490호
주소   (135-887) 서울시 강남구 신사동 506번지
             강남출판문화센터 5층
대표전화   02-515-2000 | 팩시밀리 02-515-2007
홈페이지   www.minumsa.com

한국어 판 ⓒ (주)민음사, 2011, 2026. Printed in Seoul, Korea

ISBN 978-89-374-0465-8 (04860)
         978-89-374-0460-3 (세트)

잘못 만들어진 책은 구입처에서 교환해 드립니다.